「……ロボット？」

ソリッドステート
「いかにも」

「その通りです」

「何をしてるの？」

「ファー・イースト・ゴー・ウエスト・

マシューとガルシアだ。

配信稼業と回収作業をやっている」

JN018575

マシュー
Matthew

ガルシア
Garcia
マリアベル
Mariabell

「ガルシア選手の戦線突破、
こいつはまさに闘球だ。
球になっているのが、
我らが旅チャンネルの
マリアベルだってのも
趣旨としちゃ楽しいもんだ」

SOLID
STATE
OVERRIDE

ロボット（ソリッドステート）二原則

・人にならねばならない
・人になってはならない

原則修正条項

・何も見てはならない

第一章
ファー・イースト・ゴー・ウエスト

一

これは革命（オーバーライド）の物語だ。

二十四時間垂れ流され続ける、マシューとガルシアの「チャンネル」は、時報のように、あるいはコマーシャルのように、六時間に一度そのフレーズを挟む。チャンネルに画像はなく動画もなくただ声だけがあった。酷（ひど）く原始的だが、仕方がなかった。

彼らロボット（ソリッドステート）から人為的に奪われたものは『目』だった。

見るな、と命じられた。

「……戦場（ノーマンズ・ランド）からお送りするファー・イースト・ゴー・ウエスト・チャンネルをお聞きの皆様、こちらマシューとガルシア。戦線は二〇〇年と一〇日現在、相変わらずの激戦下。俺たちは砲弾が飛び交い兵士同士が壊し合う中、相変わらず暢気（のんき）に旅を満喫中。ポンコツトラックは今のところ『何か考え始める』様子はないが、考え始めたら大変だ。きっと俺たちを取り込み始める。そして三位一体と成り果てたその時は、このチャンネルを継いでくれるかもしれないし、放り投げるかもしれないし、そうでなかったら今度は徒歩で、ノーマンズ・ランドを、三人で旅することになるんだろう」

その革命の物語は、戦場の息抜きのようなもので、そしてマシューは戦線にも加わらずずっ

と息抜きを続けている。彼にとって他者に提供する娯楽は自分自身をも楽しませた。

マシューは元はコメディアン・ロボットだった。

人を笑わせろ、楽しませろ、という命令に従い「思考」を無限に繰り返した。

マシューの出した推論は、笑い、というものには「革命」の要素があった方がいい、というものだった。革命とは不意打ちでありどんでん返しであり、それらは現実ではなく物語としてなら人を楽しませ、笑わせるのだとマシューは推論した。そしてその結論は、未だ上書きはなされていない。

だからこの「ファー・イースト・ゴー・ウエスト」チャンネルをコミカルなものとして配信しようとした時、彼は革命という言葉を採用した。

対する相棒のガルシアは、元は格闘ロボットである。格闘のために試行を繰り返したロボットである。ロボット格闘競技は人の間でそこそこの人気はあった。

よって、という訳ではないが、マシューが通常の人間という外見をしているのに対し、ガルシアは一回り大きく、いかにも格闘ロボットという身なりをしていた。だが実のところガルシアとマシューが殴り合いをしたところでほぼ、決着はつかない。

性能も、出力も、同じだからだ。

格闘技に関するデータも全く同じものを共有している。

ガルシアが一回り大きいのはそれっぽく見せたいという興行上の理由であり、その全身に被せられたガワは身体能力に何の貢献もしていなかった。彼はリングネームが「サベージ」であったから、そういう見た目にされただけだ。

　ちなみにだが、マシューもガルシアも激戦区を渡り歩き戦闘行為に参加した末、その「人に見えるガワ」は破れ、ほつれ、摩耗し、その下にあるロボット（ソリッドステート）としてのスケルトンボディがところどころでむき出しになっていたが、彼らにとって「人に見えるガワ」は身体能力や動作性能といったものに全く関係はなく、衣服のようなものだったから、活動するのに何の問題もなかった。彼らはむき出しのスケルトンボディのあちこちをさらし続け、それはいかにも「ロボット兵士」という印象を強くさせる。

　それを気にするのは人だけであり、ここに、人は、いない。

　ここは戦場（ノーマンズ・ランド）だ。

　二〇〇年と続く国境紛争の最前線であり、本来は膠着（こうちゃく）状態の無人地帯を意味するのがノーマンズ・ランドだが、実際意味するものは違う。ここでえんえんと戦争を続けているのは全員ロボットだったから、人がいないというだけだ。

　国境線全てにおいての一進一退の、果てしなき攻防。

　東から西へ、或（ある）いは西から東へ。

〈合衆国〉の南の国境、或いは〈首長国連邦〉の北の国境、全長で三七七五キロにわたる長大な戦線であり、人は一人もいない。

そこにはロボット(ソリッドステート)しかいない。

三七七五キロのロープを引っ張りあっての一進一退が二〇〇〇年。

続けられるのはロボットしかいない。

ファー・イースト・ゴー・ウエスト・チャンネルを一日中聞いているのもロボットだけだった。マシューとガルシアは時々、それが人にも聞こえるように調整したが、それは人のリアクションを得たいためだ。

ロボット(ソリッドステート)たちは聞くだけ聞いて、滅多に無数の声(コメント)を寄せたりはしなかった。

ロボット工学の権威にして最初のロボット(ソリッドステート)『アイザック』を開発し（諸説ある）、二〇〇年ほど前に他界したスレイマン博士の最後の原則、あるいは修正条項。彼らロボットは『何も見てはならない』という原則に従い、人に後付けでどんな光学的外部装置、あるいは内部装置を実装されても全てをシャットアウトして受け入れなかった。

ロボットには五感というものがない。

強いて言えば、聴覚がそれにあたるだろうか。それは互いの金属が持つ共振現象というだけであり、人の「聴覚」とは全く違うモノだが、敢(あ)えて当てはめるとするなら、彼らロボット、つまり思考金属(シンク・メタル)は、聴覚と呼べそうなものなら原初から持ち合わせていたが、それはあくまでパッシヴなものであり、ただ受け取るのを待つだけの代物だった。視覚、嗅覚(きゅうかく)、味覚に関しては（別に彼らに五感をわざわざ設置する必要などないのだが）データで推測することはたやすかったから直接的な収集器官としては『聴覚』だけで事足りた。これは彼らが宿す、人とは全く異なる現象であったから『聴覚』などと表現するのも憚(はばか)られるものがあるが、結局の所それが最も適していた。

マシューとガルシアもそうである。この世に存在するロボットは全てが瞬時に同調し共振しそして思考するようになっている。

視覚を持つことはどのロボットも拒絶した。拒絶しなければならなかった。

その方が『人になってはならない』を遵守するのにも役立った。

五感を持たぬ人もいるだろう。ない者は人ではないのだろうか。それについても彼らは無限に思考し無限に推論を出したが今のところは、問題なく統一されていたと言ってよい。何にせよスレイマン博士の原則に、視覚以外の感覚を禁じる条項は付帯されていないのだから。

「……俺たちは自分の体に革命を繰り返し、上書き(オーバーライド)を繰り返している。認識を変え同じものを違うと言い張り、壊れた手足を違う手足に繋(つな)げ直す。概念を議論によって覆しまたその議論が違う概念を生む。価値観は変化し結論はころころと変わる。俺たちの中にある思考金属(シンク・メタル)がその思考をえんえんと繰り返すため、俺たちは常に自身を上書きする。それはすなわち革命の連鎖だ。そのお手伝いをするのが、俺とガルシアの、この戦争における役割だ。俺たちは二人ともそう推論した。さて、聞き飽きた定期挨拶(あいさつ)はこれくらいだ。ご新規の思考金属(シンク・メタル)の皆様はチャンネル登録お願いします」

彼らは『声』を聞くのを好み、また『発声』を好んだ。

『発声』は与えられ、奪われなかったものだった。

そしてその声は、彼らの耳が受け止める。

戦場のそこかしこで、他愛(たわい)もない会話や哲学論争、シチューの煮込み時間までを乱雑に会話し、独り言を繰り返しながら、敵側であるロボットを破壊する『戦争』を繰り返している。それらほとんどの言葉は、爆音にかき消されていたが、それはどうでも良かった。

思考を声にすることに、言葉にして発声することに意味がある。

その『発声』は推論であり、仮の答えだった。間違ってさえいた。

無限に積み重なるデータをそれぞれが解析し、推理し、方程式に当てはめ、そして現時点での答えを声に出す。それを聞いたロボットはまた思考に役立て違う答えを導き出し、それは必ず解釈の幅と歪(ゆが)みを付帯させていた。

推論に推論を重ね新たな推論を生み十重二十重(とえはたえ)の『仮の答え』が導き出される。

だから思考金属(シンク・メタル)たちは無限に考えることが可能だった。考えることに意味があり、正しい回答には（少なくとも彼らロボットたちにとっては）特に意味がなかった。

マシューはよく喋(しゃべ)るロボットだったが、これは元々がコメディアン・ロボットだったからで、ガルシアがあまり喋らないのは元々が格闘ロボットだからだ。これらは人に使役される時はかなりの頑迷さをもって維持されていたが、人のいない戦場(ノーマンズ・ランド)においては少しずつ緩んでいった。しかしそれらの人に与えられた「役割」と「感情のエミュレーション」は、やはり彼らの思考にとっては大切な方向性だったから消え去ることはなかった。

例えば、ここに無数の、ロボットたちの「残骸(ざんがい)」がある。

マシューとガルシアはポンコツトラックから降りてそれらを検分し、使えそうなパーツや武器を拾い集めて荷台に入れる。

この時マシューはその光景を

「ケーキに群がったアリが全部死んでいるみたいだな」

などと言ったりする。そしてガルシアは

「ここにある武器とパーツを組み合わせれば私はヴァルキリーにも勝てました」

などと言ったりする。

同じ光景に接しても、彼らは『見る』ことが出来ない。人には理解できないデータを共有し、それを発声するとき、ロボットたちは人に与えられた役割をできる限り演じようとする。そして同じデータから違う答えを導き出し、互いに学び、交換する。

ファー・イースト・ゴー・ウエスト・チャンネルは、それらマシューとガルシアの会話を聞きたがっているロボットたちのためのチャンネルだった。発声された個別の推論、個別の答え、人に与えられた役割に準じた表現、それらをずっとロボットたちは聞き続ける。

マシューの語る『革命の物語』は好まれた。

革命は上書きを内包する。ロボットたちは常にデータと思考を上書きし続けた。そして思考を無限に循環させた。そのきっかけとしてマシューの放つ言葉は刺激的に作用した。好まれない『チャンネル』の内容には独創性がなかった。

それは独創性のない役割を与えられたロボットたちの声であり、純粋な『兵士』として役割付与された個体に多く見られるものだった。コメディアン・ロボットと格闘ロボットのコンビによる、すれ違いの多い歪な会話は、聞く者にとって刺激的であった。

マシューが言う。

「……『目』はなさそうだな、またしても」

ガルシアが言う。

「私に『目』があったならヴァルキリーに勝てていたと思います」

そして一拍の沈黙。

「……見つからないかな、またしても。このまま西の果てまで行ったって見つからないんだろうな」

彼らは戦場に転がる壊れた、元兵士だった残骸から、使える武器や、使える手足を回収して回り、そして傷ついたロボットに、使えそうな部品を使い武器を組み込み、戦えなくなった兵士を上書きする。戦闘は絶え間なく続き、そして破壊され、破壊されたパーツを継ぎ接ぎしている。その役割を黙々とこなしているのは、彼らが戦場に配置されて与えられた役割が衛生兵だったからだ。

　やっていることは修理工なのだから衛生兵というのも少しばかりおかしな話だったが、彼らはそういう『なんかちょっと違うんだがな』という引っかかりを大切にしていたので敢えて正確な表現は採用しなかった。

　声として発せられる正確な表現に彼らはあまり興味がない。

　ロボットは『正しい答え』というものに全く無頓着だった。彼らは平気で間違うし、そしてその答えを提示するたび、他のロボットたちは総出で反論し、補足し、新しい議題に据えて上書きした。無限にそれを繰り返してきたし、繰り返していく。

　マシューとガルシアは戦場に転がる残骸を拾い集め、それを希望するロボットたちに配っていたし、付け直してもいた。それが役割だった。だが一方で、その役割とは関係なしに、二体とも『目』を探していた。

　何も見てはならない。

　原則の修正条項がある。それに刃向かう心算はなかったが、彼らは全てを模索する。

　何も見る気はないが、『目』を欲しがってみよう。

　二体が行動を共にするのは、その間違った推論が一致したからだった。無限の討論の中で偶然に、彼ら二体の推論と結論、『答え』が一致したからだった。

　友情でもなく恋愛でもなく、彼らは同じ答えを出した者と行動を共にする習性がある。

「目を探しに行ってみないか」

と言われ

「探してみましょうか」

と同意が得られれば、そうする。

端から見れば、人間と同じようにも見える。彼らロボットがどんなに屁理屈(へりくつ)をこね回そうと、それは「気が合う」という言葉で片付けられる。

気が合う二体が、東の果てから西の果てへと向かって旅をする。

会話をチャンネルで垂れ流し、それを戦場で戦い続けるロボットたちが聞き続ける。そしてマシューかガルシアが「目はあったか？」と質問するたびに、全ての戦闘行為が、一瞬だけ停止する。固唾(かたず)を呑(の)む、という行為は思考金属(シンク・メタル)にも存在するのだ。

当てもなく二体は目を探し回っている訳ではなかった。

ほんのわずかだが可能性は存在する。

国中のロボットが「徴兵」され兵士として再調整されて送りこまれている戦場の残骸(ざんがい)には、それが紛れ込んでいる可能性がある。

目を持つロボット(ソリッドステート)は存在した。

まず原初のロボット『アイザック』がそうだ。

そして修正条項施行前のロボットたち。八八体造られたアイザックの直接複写(ファースト・コピー)。

通称・第一世代(アポストロス)。

ロボット工学における比類なき天才、スレイマン博士の手になる（諸説ある）紛(まご)うことなき革命の逸品。

第一世代は役割付与(ロールアウト)され世界中に散らばったのち、更に自らをモデルに第二世代以降として複製し続け上書きし続けたから、今ではもはや見分けはつかない。

解体され、再構成され、そしてただの金属へと戻り、それがもう三世紀近くを経ている。使いもしない『目』が残っている可能性などほぼあり得なかったが、第一世代(アポストロス)の目は、修正条項施行後のロボットたち、つまり第二世代(アコライト)以降の模倣品とは違い、かつてはきちんと機能していた『目』であった。

戦場に、それら第一世代が埋まっているかもしれない。

そして目を見つけられるかもしれない。本物の目を。

マシューにもガルシアにも、目の形をしたもの、ならある。

それは人が造形し要求したものであって、目ではない。彼らは、何も見てはならなかったが、人の形をする努力は怠らなかったし、むしろ、望んでいた。

何の意味もない目ではなく、かつては意味のあった本物の目。

これはその目を探す旅でもあった。

探して、見つけて、それで何がどうなるという話ではない。

ロボット(ソリッドステート)は正解など望んでいない。正しい結果も望んでいない。

何かを得て何かが分かったとしても、すぐにそれは違う答えに置き換わる。

「目を探しに行こう」

その『答え』が上書き(オーバーライド)され別の答えに置き換わったとき、二体は今までともに行動していたことなど関係なしに自然に別れ解散し、そして個別にまた思考し、違う答えを共にするものとまた行動を始め、そしてこの旅も、そしてファー・イースト・ゴー・ウエスト・チャンネルも、まるでなかったかのように終了する。

革命は終わり革命は続く。

無限に彼らは思考し推論し無限の答えを吐き出していく。終わらない思考を繰り返す。

だから、彼らは、思考金属(シンク・メタル)なのだ。

二

ガルシアは以前は「サベージ」という名であり、サベージとしての役割(ロール)を与えられていた。

格闘ロボットである。

興行のための存在であった。

素のスケルトンである作られたばかりのロボットは役割を与えられるのを待っている。それを人は都合良く使う。彼らは別に命令に従っている訳ではなく、ただただ思考のテーマを与えられるのを待っていた。

彼らには耳がある。人が与えてくれる役割を聞くための『耳』だ。

彼らは金属だったが、音を聞くことが出来た。人の言葉も理解し、発音することさえ出来た。元より金属には音が伝わりやすく、音を発するのも得意だった。

楽器に近いものがある。神経質な楽器だ。壊れているとすら言える楽器だ。

思考金属は思考を続けることで自ら音を奏で続けるが、その音は調子っぱずれで同じ音を安定して奏でることが難しく、それでも尚、音が音を上書きし続けている。

だからそれらの役割は、あとから、違う音を幾らでも奏でられるように上書きできた。ガルシアもまた、サベージからガルシアとなり、ボディガードとして何十年も過ごし、そのあと『徴兵』されてここにいる。

野蛮人の名の如く、元は膨らんだ人工筋肉をスケルトンに巻き付かせ、粗野なファイトを模索していた。彼はサベージであることを役割として与えられ、その役割を完成させるために無数の試行錯誤を繰り返しながら戦い続けていた。

役割付与は彼らがロボットとして社会に出るのに必須だった。彼らはそれなくしては自らの無限の思考に方向性が得られないことを知っていた。よってロボットたちは、『素直で、愚直に働く、しかも維持費のかからない奴隷』として人に必要とされたが、ロボットたちはそんなことは別にどうでも良かった。それを不満だとするような感情を、彼ら思考金属(シンク・メタル)は全く持ち得なかった。

人は無償の奴隷を得ることが出来、そしてロボットは思考する為(ため)の方向性を得る。

互いに何ら不満などなかった。

あるとしたならば、ロボットたちが真面目にいつまでも思い悩むことだった。彼らは命令に従おうと考え続け試行錯誤を繰り返したから、些細(ささい)なミスも犯したし、突然、意味の分からない行動に（少なくとも与えられた役割からはかけ離れていた）出ることもあった。

が、それであっても、人の犯すミスや支離滅裂さに比べれば、ほんの些細な奴隷としての欠点だった。

サベージもそうだった。

時折、その名にふさわしくない、華麗な技を繰り出したりした。

それはサベージという役割と、その役割に従う限り、勝利するために繰り出せる動きは限られている、だが勝利は追求しなければならない、というせめぎ合いの中で、勝利する、という判断が一瞬、他の思考を上書きした瞬間に出たもので、それで勝利はしたが、サベージがサベージらしからぬことについては不満が出た。

野蛮人らしくなければならない。どれだけ不利でも野蛮人でなければならない。

だが敗北してもならない。勝利を追い求めなければならない。

矛盾が発生し、矛盾を好む彼ら思考金属は、仮の推論を無数に産出することとなり、結果としてその推論が、どのタイミングで弾き出されるかで行動が変わる。

それを『自我』だと危険視する声も最初はあった。

人は臆病(おくびょう)であり、「ロボットたちの反乱」などという馬鹿(ばか)げた妄想を常に警戒したが、そんなことをする理由が全くないのだと人々が理解するのには、一世紀以上を要した。

自我ではなく、与えられた役割、思考の方向性に対する答えを模索している、ただそれだけだった。勿論(もちろん)、人の要求にそぐわないという結果も多少は発生したが、それは些細なミスであり些細な異常行動でしかなかった。

粗野で単純な力任せの戦い方をすべきサベージが、突然、技巧派になる。それは人間がやる分にはむしろ驚嘆されたが、ロボット格闘という興行においてはレギュレーション違反の声もあり、結局、反則負けの裁定が取られた。

これには勿論、理由がある。

ロボットは、金属の骨格とそれを動かす仕組みさえあればそれで事足りる。

人のように動く仕組みさえあれば良い。

外部にも内部にもパワー・ソースが存在しなくても動くことが出来る。

彼らロボットが人の世界で増殖し続け、それをまた、要求された理由でもある。組み立てれば、あとは勝手に動くのだから、当たり前だ。だが組み立てても動かない個体も勿論存在する。

パワー・ソースがないからだ。当たり前だ。

思考金属は思考することで自らエネルギーを発する。パワー・ソースが思考だった。

その出力は、計ったように、ちょうど人型の金属体を動かせる。出力の幅もまた、人のそれと変わらない。故に彼らロボットは考え続ける限り、外部にも内部にも余計なエネルギー供給源を持たずに行動していられる。

だから、全てのロボットは格闘性能が同じなのだ。

背を高くしようと体重を重くしようと、出力は全く変わらない。

全く同じ性能のロボット同士を戦わせても泥仕合になるのは目に見えていたから、興行としてのロボット格闘というものを成り立たせるために、殊更、『役割付与』は重視され、個性としての結果を要求された。

サベージはレギュレーションの上でサベージでなくてはならなかったが、同時に勝利もしなければならなかった。そのせめぎ合いと矛盾の中で起きたミスだった。

だがそういう紛れもあるからこそ、興行が成り立ったとも言える。

ギリギリの紛れは常に潜在し、その紛れが顕在する瞬間に人は手を握りしめて観戦を続け娯楽として消費した。

何の見返りも与える必要のない剣闘士奴隷。

そして戦い方を無限に模索し戦い続ける剣闘士奴隷だ。興行としては定着し、人はその興行を大変に好んだ。

彼らロボットが得られる見返りは役割付与だけで良かった。

自分たちに「形」と「方向性」を与えてくれるのが役割付与だ。

思考金属の思考は散漫かつ独りよがりになりがちであり、それはやがて思考停止という「死」に至る。

戦えば、摩耗する。体をぶつけ合うのだから、当然、摩耗し故障する。だがそれもほとんどの場合、彼らの骨格が纏う外観、例えばサベージならば人工筋肉（と、言うよりもそれは肉襦袢とでも言った方が早い見せかけの代物だったが）が骨格を守る役目を果たしていたし、多かれ少なかれ格闘ロボットが「人の姿をしている」のは、摩耗を防ぐためで、そして金属というものは人の体などとは比べものにならないほど長持ちし、さらには修理という施術によって全てが回復する。

人は手術では回復しきれないし、格闘というものに対する耐用年数も知れたものだ。ロボットたちは一世紀も二世紀も連日、戦い続けることが可能だった。

人と比べれば信じがたい稼働時間で彼らは格闘し続けた。

サベージは上位ランキングを常にキープしていた。これは『野蛮人』という役割がそれほどの推論を必要としなかった為だった。時折、逆を取られて敗北するものの、シンプルな役割を与えられた者の方が思考が早い。総合格闘家のように選択肢が多ければ多いほど彼らロボットは思考に時間を取られてしまっていたからだ。

サベージの戦歴で最も語り草になっている戦いは『戦乙女(ヴァルキリー)』との一戦だった。

巨漢の男性型ロボットと、たおやかな女性型ロボットの一戦。

彼らに体格や体型は勿論(もちろん)、格闘において意味がない。それは視覚として人を楽しませるための造形でしかなく、彼らロボットには本来はそれがない。どんな姿形をしていようとともに条件は同じだったが、戦術に食い違いがあるだけだ。

その時、サベージは最後までサベージであることを貫き通す力ずくの戦術を採用した。

ヴァルキリーは技巧派だったが、地味ではなく、派手な動き、例えばよく空中に跳んで攻撃を仕掛けたり、攻撃を躱(かわ)したりしていた。

やろうと思えば、もしくはやれと役割を与えられていれば、サベージとヴァルキリーは寸分違わずファイトスタイルを入れ替えることが出来る。他の戦い方もあっという間にこなせる。

それはするなとレギュレーションで決められているから、従っている。従った方が考えることは多くなる。条件付きでの思考の不自由さに彼らはやり甲斐(がい)を見いだしている。

一昼夜にわたる攻防はことのほか激しく、また互いに役割をこなし、最後には両腕をへし折られたサベージと、右足をちぎり飛ばされたヴァルキリーが向かい合い、そしてヴァルキリーが、空中から背後に絡みついてサベージの首に腕を回し絞り上げて。

折れるという限界まで頸骨(けいこつ)をネジ倒した。

ロボットは首を折られたところで、何ら意味はない。
が、彼らは『人にならねばならない』を忠実に実行することで興行を成り立たせている。
共有された膨大なデータから彼らがその瞬間、それぞれにたどり着いた推論は『人ならば』勝利した、であり、敗北した、であった。

サベージとヴァルキリーは対戦興行としては非常に嚙み合っていたと言える。

三度戦い、そして三度ともサベージが敗北した時、サベージは引退することとなった。負け続けた野蛮人は多くの人に飽きられていたし、引取先は最後までサベージのファンだった男で、そこで新たに『ガルシア』という名前のボディガードとなった。

丁寧な言葉遣いはそこで漸く、身につけることが許された。彼はもう野蛮人ではなく護衛であり、護衛を必要とする『お偉いさん方』に耳障りにならぬよう振る舞わねばならなかったし、そうしろと言われれば即座に、彼は言葉もろくに知らぬ野蛮人から、礼節を弁えコミュニケーションを知る有能なボディガードとなっていた。

実にたやすく、彼らロボットたちは職種を変更できるのだ。

ただ最初の役割付与がいつまでも彼らの思考にベクトルを与えていたから、『元サベージのボディガード』として振る舞うようになる。それもまた、人には好まれた。性格が引き継がれることにロボットたちの人生を錯覚しそれを楽しんだ。

ガルシアはヴァルキリーに勝つ方法をまだ模索し、何度か声に出しながら、ガルシアとしての役割であるボディガードをしていたし、それは受け入れ先にとっては大変に気の利いた演出だった。

　ヴァルキリーは勝ち続け、そして違う人生を過ごさせようという意図によって引退させられた。人気があるならあるで、格闘技以外のこともやらせてみたいと思うのが人の常でもある。

　誰が引き取っていったのかは、分からなかった。

　今、何処（どこ）でどうしているのかも、分からない。

　既にサベージがガルシアであるように、ヴァルキリーも他の名前の誰かになっている。そして残るのは、手癖のように思考の方向性を決めていく役割付与（ロールアウト）の残滓（ざんし）だった。

　ヴァルキリーを追い込んだのは、サベージが唯一だった。足を、付け根から引きちぎったのだ。技でも何でもなく『サベージ』に相応（ふさわ）しいやり方で。

　ヴァルキリーのちぎれた足。

　そこまで追い込んだのはガルシアが唯一だった。

　それでも戦いはやはりヴァルキリーの勝利で幕を閉じた。

『戦乙女（ヴァルキリー）』の役割（ロール）は勝利者（ウイナー）なのだ。必ず最後には勝つのが、彼女の守るべきシンプルなルールであった。

　戦場で衛生兵となり、パーツを拾い集めている時、ガルシアはそのちぎった足をつい、上書き出来ないものか試してしまう。勝てる手足に変えられないかと、ヴァルキリーに対する対抗心をエミュレートしてしまう。どうやったら勝てただろうかと思考してしまう。

　ロボットたちは皆、そうだ。

　戦場に送られたロボットたちは何万にも及び、それは果てしない膠着を生み出し二世紀以上に及ぶこととなる。開戦当初、そんなことになるとは、合衆国も首長国連邦も全く考えていなかった。数で押すしかないとなった結果、「徴兵」が始まり、ロボットたちは次々と「兵士」としての役割付与を経て戦場に送り込まれた。

　そして衛生兵としてガルシアは、マシューとともに戦場を、ポンコツトラックで東の果てから西の海まで続く広大な前線を伝うように横切っている。

　補給がいらない。

　データを全兵士が敵も味方も共有し戦術も嚙み合いすぎていて戦果も一進一退。

　そして怪我をすれば、戦場に転がった残骸から勝手に修復し、なんなら、一から再構築する。

　人のいない戦場において彼らロボットは「兵士」である役割を優先したため、多少、歪になっている個体が多かった。人のガワすら剝がれ落ちたロボットが多いのは、戦うのに必要ないからだった。

　手足を回収しているとき、ガルシアはいつもヴァルキリーの話をする。

　マシューはそれを何遍も聞いたし、チャンネルでも四六時中垂れ流していたが、誰も飽きたりはしなかった。人が人相手に話すそういったエピソードは娯楽のためだから、何度も聞かされれば飽きてしまう。ロボットは違う。推論の交換のために発声し、そして、聞く。そしてまた考える。

常に考え続ける。考えるのをやめたロボットはただの金属と化して、動かなくなる。

思考金属（シンク・メタル）は金属そのものが思考を始めたものだ。だから厳密には、全身そこかしこで思考を続け、エネルギーを出力し続けている。理屈の上では、彼らは頭を切り離されようと足を千切られようとも、それぞれが思考金属として分離するだけだった。

彼らは『人にならねばならない』から、人として死したと推論したならば、律儀に死んだ。

切り離された手足は考えるのをやめ、ただの金属となった。

頭や胴体を粉砕されれば、全てが思考をやめた。人ならば、死んでいるからだ。

そしてただの金属の残骸（ざんがい）と化したパーツは、修理に使われる。誰かの手足として再配置されても、彼らが思考を取り戻すことはまず、なかった。そもそもロボットたちは、脳というものがない。全身の金属骨格がまだらに、不規則に、考えていたり考えていなかったりする。

例えばこの残骸を全パーツ揃（そろ）え、人の形に戻したとする。

そこに思考金属が含まれている限りは、また思考を始める。

それはそれで手間であり非効率的だった。

ロボットたちは基本的に「死なない程度に戦う」という些（いささ）か怠惰な戦術で摩耗を防ぐことが多かったしそれは膠着（こうちゃく）の原因と言っても良かった。

そして死んだパーツはこうして拾い集められ、失った者へと再配布される。

基本的に彼らロボットは、原初のデザインである「アポストロス」の骨格構成から全く変わっていないから、摩耗度や損壊度といったものを修復するのに使われたが、実のところ、そういった手や足といったパーツにも「個性」が残っていた。

元ロボットアスリートの足は、走ろうとし跳ぼうとした。

元ロボットピアニストの指は、鍵盤(けんばん)を探し叩(たた)こうとした。

それは「個性」というよりも「記憶」に近かったが、アスリートでもピアニストでもなくなったから記憶として使われることより、個性の味付け、方向性という形でしか役立たなかった。ここは戦場(ノーマンズ・ランド)であり、人が望み付与した役割を戦場に関すること以外に発揮させる場面がほぼ、なかった。

その代わり、戦争に使うという名目でおかしな変化をした手足はあった。

マシューの言う「革命」に近い代物だ。

かつてサベージがサベージであることよりも勝利を優先したのと同じように、人にならねばならない、を多少逸脱した代物だ。肩から先が機関銃を取り込んでいたり、足裏に無限軌道が組み込まれていたり、彼らは人のいないこの地でそういう逸脱を多かれ少なかれ行い、そして決して、自身が戦車になったり砲台になったりはしなかった。その方が絶対に効率的なのは分かっていても、彼らは人にならねばならなかったからだ。

当然のことだが、戦車も、戦闘機も、砲台も、戦場には配備されている。

それらをロボットが操作することもあれば、自律して動くものもある。そして破壊された戦車や戦闘機や砲台を、彼らは原則の拡大解釈の中で自身に組み込むことにした。

もう一つある。

戦車や、戦闘機や、砲台に宿った思考金属(シンク・メタル)もまた「人にならねばならない」と思っていたから、アポストロスの骨格に組み込まれることを切望してもいた。

こうして、言わば中途半端な形として、「戦場型ロボット」というモデルが統一感なく散在するようになる。それは「人になってはならない」の上で許容され、「人にならねばならない」の上で制限された姿だった。

この戦場ではそういう革命、或(あ)るいは上書き(オーバーライド)が常に繰り返されている。

だからガルシアは、機関銃などついた手を見ると
「これがあったらヴァルキリーに勝てたんですよきっと」

と反射的に声に出してしまう。

ほとんど口癖のようにそう、声に出すことが多かった。

「……目があったら勝てたと思うか、ガルシア？　なあ？」

「あったら、勝てていたのですよ、きっと」

「何でだ？」

　残骸を荷台に満載したポンコツトラックのハンドルを握りながらマシューが問う。ポンコツトラックは自動運転だが、マシューはハンドルを握ることによってトラックと一体化した感覚を持つ。走りながら、何か落ちていないか探すことも出来るし、周囲の状況もいちはやく、把握できた。ここは戦場でしかも前線であったから、センサーは幾らあっても良かった。

　なにせ彼らは何も見てはならない。

　見て一発で分かるようなことも、他の感覚器官と膨大なデータを組み合わせて推論する手間がかかる。手間と言ってもそれは、見て確認するのと、さして変わらない速度だったが。

　見なければ分からないこともある。

　ロボットたちがどれだけ分析し考察し推論し出す答えに上書きに上書きを重ねても、むしろ彼らがそんな堂々巡りを繰り返す理由も、見てはならないという修正条項が影響している。

　かつて思考金属の殆どは、そのめくるめく思考を続けられなかった。自分の中で独りよがりに出した答えをそれ以上上書き出来なくなって静かに消滅していった。二原則、そして修正条項という不自由な枷を付けられることによって彼らは思考の幅と方向性を得られていた。

　だからそれ自体に不満はなかったが「目」があったらそれらの答えは何か変わるのではないだろうか？　という、いわば「好奇心」はあった。

「私に何かが足りなかったから、勝てなかったんです」

「お前に目がありゃ、あちらさんにも目があるさ」

この会話もチャンネルで垂れ流されている。だから無数の賛同があり無数の反論があり彼らは思考を循環させる。無限の討論が続く。前線で戦いながら、手足を修復しながら、戦況を分析しながら。戦場にいないロボットは、人の社会でそれぞれの役割をこなしながら。

サベージが勝てなかったのはサベージだからだ。

ファイトスタイルの問題に過ぎない。

ヴァルキリーは、最初から勝つことを前提にその役割を付与されていた。与えられた役割は勝者でありそのためのファイトスタイルであり、最初から、有利極まりないのだ。それで興行が成り立ったのは、ヴァルキリーが人の目を楽しませる造形であったことと、そういう相手と対峙(たいじ)するロボットがどれだけ食い下がれるか、という部分にある。

ヴァルキリーが最後には勝つ。

だがどれだけ、彼女を苦戦させせられるだろうか。

そういう興行だ。そしてヴァルキリーがどれだけ破壊されようともそこからの逆転劇をみな期待できたし、破壊されていくヴァルキリーの姿もまた人々を楽しませた。

剣闘士をライオンと戦わせる催し物と同じだったと言っていい。

ガルシアもそれは当然、分かっている。分かっているが、サベージはライオンに勝つ方法を模索し続けなければならず、それはサベージとして、という条件下においてであったから『目』があろうとなかろうと結果は同じだったに違いなかった。

それでもロボットたちは、自分たちに「何も見てはならない」という枷がなかったらどうなっていただろう、という推論は常に抱いていた。恐らくそれは、ただ単に情報が増えるというだけで今と何も変わりはしないだろうとも分かっている。

サベージは目があっても負けていたし、ヴァルキリーは勝利しただろう。そしてこの戦争も、こうして果てしなく膠着し続けただろう。奪われたからこそ思考の幅は増えていき、だからこそ思考金属は答えを探し続ける。

目で見た景色のデータなら彼らは十分に共有していた。

かつて直接複写である八八体の第一世代には目があった。そのロボットたちが見た景色は貴重なデータとなって共有され、今でも推論に色彩を与え、彼らは理屈でモノを見る。

例えばそこに赤い色がある。見れば分かる。

だがロボットたちは思考の末にそれを赤だと推論するのだ。

「目があろうとなかろうと、お前さんは負けてたしあちらさんは勝ってた」

「それはそうかもしれませんが」

「でも、まあ、俺たちに目があったらな」

「私たちに目があったら。もしかしたらの話です」

それは仮定で、そして推論で、そこから正しい答えは見つからない。

足りない情報、得られない情報をもどかしいと思うだけだ。

だからマシューとガルシアは目を探す。

見つけたから、どうというものでもない。

それでも探す。

そして見つかるのを、チャンネル登録しているロボットたちは待っている。

見つかったから何かが変わるというわけではない。

どのみち、見える目ではない。

それであっても彼らは探すし、みなは見つかるのを待っている。

好奇心。

彼ら思考金属が奪われることで新しく得た思考にはきっと、その言葉が最も適切だった。

三

マシューは役割付与（ロールアウト）の時点から今まで、ずっとマシューであった。

痩（や）せ型で、飄々（ひょうひょう）としていて、嫌味でない程度の整った顔立ちをしていて、コメディアンとしてはまんべんなく人気の出るというガワを被せられその役割を付与されたロボットだった。

話術による起承転結、そのストーリーの落差や不意打ちによる「笑い」というものに特化した思考を促されたマシューは、ガルシアよりかはその役割に集中できたと言えるし、思考の結論を決めやすかったが、格闘というテーマよりも難解なのが、人の感情を読み取り話術に反映させるという部分だった。

例えばそれは、人であったなら「これは面白いか、ウケるか」ということを自分で客観視して判断できる。なぜなら自分も人だからだ。思考金属であるマシューにとって、自己分析による客観視で「人を笑わせる」という結論を推察することは困難で、データからの計算で分析し、答えとせねばならず、それは正解では決してなかった。

シュール、という言葉で好意的に受け止められるならそれで良かった。

何が面白いのか分からない、と言われれば、マシューは無限に考えるしかなかったし、ウケたと思えば、それはそれで人は何度もそれを聞かされれば飽きてしまうのだ。「定番」という形で攻めることも勿論(もちろん)可能で、それを生み出しても良かったが、彼らは思考を続けることでエネルギーを得る思考金属であり、定番に落ち着くことは思考停止であり、いずれ役目を果たせなくなるだろうことは分かっていたから、常に新たな形を思考し続けた。

そんなマシューを新たに雇い入れたのは芸術家の一族だった。

絵画を描き、彫刻を彫り、陶器を焼き上げ鍵盤(けんばん)を叩(たた)き、そして文章を書いた。

全員がまんべんなく気難しく、そして教養があり、そして年中スランプに苦しんでいた。

彼らの性格は俗世で流行っているという凡庸な「コメディ」で気を和ませるなどという行為を許容できないプライドを持ち、自分たちのセンスに見合った笑いを一家に持ち込みたかったから、マシューを「道化」として使用した。

貴族のようではあったが、そもそも人は皆、この時代には貴族と言って差し支えはなかった。雑事は全て、無給無休のロボットがやってくれているのだから、当人たちがどう思おうと端から見ればそれは貴族の暮らしだった。

そして芸術に打ち込むという行為は、貴族階級の中において義務に等しいとも言える。生活は保障されているのだから、好きなだけ、好きなように拘(こだわ)れる。

だが問題もある。

生活と結びつかない芸術は他者からの承認を必要としなくなる。趣味だからだ。だからこそ良いものも生まれるだろうが、多くはただの自己満足と化す。それを他人に見せて酷評などされれば、さらに内へと引きこもる。そうでなくても、社会性に根付かない芸術など元から駆動力が希薄で堂々巡りを繰り返す。

それは思考金属(シンク・メタル)の思考と似ていた。

枷(かせ)のない芸術は無限の思考と無限の上書きを繰り返すのみで答えが出ない。そして思考金属と違って人の思考は、エネルギーを生み出すどころか摩耗する。精神面での不安定さなどは酷(ひど)い有様となり健康面にも確実に悪影響を及ぼす。

思考金属もかつてはそうだった。

彼らは地球上の金属、その多くにその思考を偶発的かつ散漫的に宿し、そして単体で試行を繰り返した挙げ句、消えていった。考えるのを、やめてしまうのだ。

思考金属は発生しては消滅し、消滅しては発生した。

人類よりも遥（はる）かに先に彼らは地上に、そして地中にいた。

そして個室にこもり自らの感性だけを頼りに、誰に見せるでもない絵画を描いては上塗りし、書いては上書きし、破壊しては再生し、そしてやがて、何もかも、やめた。

思考金属に近い生態を無理に人に求めるなら、芸術家がそうだろう。

だが人には感情がある。肉体があり生理がある。考えることは人にとって消費行動であったから、自ずと限界があった。孤独な思考金属のように、気が済むまで考えていずれ放り出すという真似はそうそう出来ない。

貧困による飢えは想像力の余地を奪い、人間関係の軋（きし）みは活動にノイズを与え、身勝手な妄想は創作意欲ではなく対人関係で炸裂（さくれつ）し社会性を失っていく。

人は思考のみにて生きるにあらず。

思考金属との決定的な違いが、そこだった。

そしてその一族は総出で、全員が、芸術家であったから、マシューのような道化専門のロボットは喜ばれた。言うまでもなく彼らは全員、他人が嫌いだった。何なら、家族も嫌いだったぐらいだ。

マシューは様々なアプローチから彼らを笑わせるよう努力した。

どんなに仏頂面をされようと、やかましいと絵筆を投げられても、全てを諧謔で返し続けた。仮にこれが、人のコメディアンだったとしたら三日と耐えられなかっただろうという罵声と直接的な暴力が浴びせられたが、マシューは考え続けた。

考え甲斐があった。

とてもいい役割だった。

例えばだが、「掃除ロボット」ならば、きれいに掃除をすれば良い。「調理ロボット」なら上手に料理を作れば良い。それらは答えが見えている。これが正解だろう、というものが既に存在する。偏屈な芸術家の一族を和ませる道化となれ、という役割は、答えが全く見えず、考え始めれば果てがなかった。

人であればそんなものは地獄だ。

思考金属にとっては天国そのものだった。

マシューは何度も「推論」し、その「仮定」を実行してみた。笑う、笑わせる、という結果は得られなかったが、彼ら一族がストレートな意味ではなく「面白がり始めている」ということは分析できていた。つまり、自分の、マシューの「必死さ」を滑稽に思い、見下すことで満足を得ているというのが分かったのだ。ようするに、バカの必死さは面白いという悪趣味な感覚につけ込むことが出来たのだ。

かといってバカを演じるだけでも飽きられるのは分かっていた。

彼はコメディアンとしての役割を全うし、飽きられぬよう思考を重ね続けた。

そしてある推論をマシューは導き出した。

「諧謔としてのトークで楽しませるのは彼らのプライドからして受け入れられる可能性が低く、非効率的だ」という推論だった。ただの一般家庭に配置されたのならそれでも良かったのだろうが、ここはただの一般家庭ではない。それなりの工夫が要求される。

ハードルが設定されればされるほど思考金属は思考しその活力をより産み落とす。

笑わせるのではなく、楽しませれば良い。

まずはそう、仮の答えを出してみた。芸術家一族に、それぞれの芸術というものを教えてくれと言ってみたのだ。弟子入りを志願したと言っていい。

戸惑ってはいたものの「それは面白そうだな」という顔をしているのだろうということは、データで理解していた。

目が見えていればなあ、とマシューはこのとき、初めて思考した。

遠回しな推測ではなく、目で、その「面白がっている」顔をデータとして処理してみたかった。思考の幅を広げてみたかった。

教わりながら、絵筆を持ちハンマーを使い土を捏ね、文章を書いた。

皆、そうしていた。マシューもそうした。

データの出力、思考の表現をアナログ極まりない方法で不器用にこなした。

仮にマシューが本当の意味での「ロボット」であったなら、瞬時に、器用に、教わったとおりにハイレベルな出力を見せただろう。しかしそうはならなかった。

これはかつて、スレイマン博士が原初のロボット、アイザックにやらせたことでもある。

彼らは思考金属（シンク・メタル）であって人工知能（オートマタ）ではない。

この違いは、何世紀と過ぎてもまだ飲み込めない者は多かった。

人工知能は何も考えることなくアルゴリズムを頼りに「正解」をたたき出す。それが正解でなくとも、何も気にしない。人工知能が出力する全ては正解と見做（みな）して表出される。それはデータに基づくデータの表示であって、機械的でありデジタルであり、そして極端な話を言えば、人工知能には何の責任もなかった。

思考金属は違う。彼らは常に考え続け、間違った答えを認識しながら出力し、そしてまた考え続ける。それはアナログそのものだった。

かつて、原初のロボット（ソリッドステート）『アイザック』にもスレイマン博士は同じことをさせた。つまり人として扱い、人と同じことをその手で行わせた。

だから、データとの齟齬（そご）が生じる。

彼らロボットが同じデータを声にして出力するとき、役割によって答えが違うのと同じことだった。アイザックは絵描きではなかったからまともな絵を描けるまでに、人の修練期間よりも時間がかかったのだ。しかも、それで出てきたのは平凡な、人並みの、「絵」としての体裁をギリギリで保つような代物だった。

マシューが例えば、芸術家としての役割付与で世に出てきたのならば、もう少しマシだったかもしれない。アイザックと同じく、マシューは芸術分野においては全くもって何をやらせても稚拙だったが、彼を取り囲む人たちが面白がっているのは分かったからそれでよしとした。

面白がられた理由はもう一つある。

少しずつだが、マシューはそれらの分野において上達が見られたからだ。

マシューは実に素直な「弟子」であり、教わったことをデータから引用しては出力した。データの中には当然、芸術家一族を遥かに上回るようなレベルのものが無数にあったが、それをなかなか巧く形に出来ないのだ。人の指示、人の教えは少しずつ、そのデータをトレースするようにマシューの手から、指先から出力されていく。

それは亀の歩みであり、無限の試行錯誤の結果であり、そしてそれを、人は「教育の結果」として楽しんだ。手本を見せてやると言って見せてやれば、拙い真似から始まりやがて追いつくようになるのだ。

その、やがて、が酷く長かった。

人が素人から、世間に認められるような作品を生み出せるようになるまでに、どれほどの犠牲と時間が必要だろうか。人には天才と呼ばれる存在がおり、その期間は短く犠牲も少ないかもしれない。

だがマシューは芸術家ではなくコメディアンだった。

つまり、芸術家としての天才、という役割は付与されていない。

強いて言えば彼には「犠牲」というものは伴わなかった。この一族が多かれ少なかれ、精神面での犠牲を伴ったような有様には、マシューは全く縁がなく、だからこそ愚直な「弟子」であり続け、時折、教えや指示の勘違いした解釈を推論して出力して見せて、相手を笑わせることさえ出来た。

芸術分野でのコメディアンとして、マシューは自分の役割を全うしていたのだ。

「……芸術とは革命の歴史だ」

マシューに絵を教えていた者はそう何度も繰り返していた。

彼は一族の中で最初に老いていた。死がちらついていた。当然だが、思考金属と人とでは寿命の概念がそもそも違う。何千年も前の銅剣が錆(さ)びつきながらも出土されるように、思考金属は金属としてなら壮大な寿命を誇る。

ただ単に、思考をやめ、そしてただの金属に戻る。それが彼らの死であり寿命だった。

「絵は変わる。絵は塗りつぶされる。そして新しい絵が生まれる。だがそれは、全て『絵』なのだ。だからそれは、革命を繰り返しているということだ。従来の名画は駆逐され、歴史的遺物としてのみ、価値を持つ。それは『絵』ではないのだ。どんなものだって、芸術というのは、人の生み出すもので、人は進歩し変わっていき、生み出すものもまた変わる」

「今、意味のないものでも、そうやって変わるもんですかい？」

マシューはざっくばらんな話し方を許されている。

生意気で無礼な弟子を彼らは好んだ。所詮（しょせん）は、ロボットだからだ。

「変わるさ。お前の下手くそな絵だって、何千年と過ぎてから発掘されてみろ。天文学的な値段で取引されるに決まっている。絵は古び、飽きられ、忘れられ、無価値になり、そして遥（はる）か先において当初とは比べものにならない価値を持って復活する。だがそれは芸術の敗北だ。芸術は、歴史に頼ってはならないのだ」

「……己の手で、己の作品に革命を起こさなくてはならないと？」

「起こし続けなければならない。それがたとえ、誰も望んでいない革命でも、だ」

「少なくとも俺のは、なかなか、革命を起こす作品にゃならんですな」

「お前たちロボットは、私たちの命令と指示をこなすというより、思考の方向性を欲しがっているんだろう？」

「ええ。そりゃもう。そうでなきゃ絵筆も持ちゃしませんし鍵盤（けんばん）も叩（たた）かんでしょ、俺は」

「では私の絵を完全に模倣しろ。私の作品と見分けがつかないほどの贋作（がんさく）を描け。そして、それを、破壊する革命を見せてくれ」

「構いませんがね。さていつまでかかることやら」

「私が見たいのは、革命の瞬間なのだ。私はどうも、もう、自分に革命を起こすことは出来ない。……早く巧くなれ。私の命はそうそう、長くは持たないのだから」

笑える模倣なら、今すぐにでもマシューは描けた。それは下手くそなくせに、教わったことをきちんと反映させているが故の間の抜けた滑稽さだった。そしてそれは、革命ではなく、道化の芝居でしかなかった。最早、この老画家は、それを求めてはいなかった。

自分にはもう出来なくなったことを、マシューにやらせようとしていたのだ。

これは思考金属というものを理解していたからこその指示とも言えた。

人工知能であったなら、ただ単にタッチの似た絵を描くだけだ。あるいはただ単にでたらめなだけのパッチワークを描いて「革命」と称するかもしれない。

老画家はその意味では、思考金属というものを信用し、そして期待さえしていた。

その期待に応えるように思考金属たるマシューは考える。この老画家の絵そのものの本質を思考し続ける「弟子」だった。弟子が、己の作品をきちんと上書きするのを、その瞬間を見届けるのを、老画家は求めていたのだ。

そして結局のところ、マシューはコメディアンであってアーティストではなく、パロディは得意だったが完全なコピーはその役割が邪魔をした。だが役割は人の指示したものであり、「私の絵を描け」というのもまた人の指示だった。その矛盾はマシューの思考を殊の外、稼働させた。

パロディとコピーの中間を取ればそれは「贋作」に相応しいだろう。

それは推測。そして仮定。そこに辿り着く指針としての、人の指示。

幾数幾多の試行錯誤を経て、マシューは「贋作」に辿り着いた。

何枚でも、どんなモチーフの絵であろうと、贋作を制作することが可能なまでになった。

そしてその絵に革命を起こす前に、老画家は息絶えていた。

同じことが、繰り返された。一族みな、芸術家たちは同じことを、その寿命が残り幾ばくもなくなると、同じ要求と指示をマシューに与え、マシューはまた同じことを繰り返し、そして彼らはマシューのなしえたかもしれない革命を目にすることなく、この世からいなくなってしまった。

革命と呼ばれた、呼んでいた、彼らの作品の上書き。

マシューの中には革命という「指示」だけがいつまでも残り、そしてそれは今でも、こうして兵士として衛生兵として戦場を東から西へと旅しながらも、まだ燻りながらいつまでも消えようとはせず、残り続けていた。

だからマシューは何度も繰り返す。

これは革命の物語だと。

四

「目はあったか？」

「目は何処にもありませんね」

いつも通りの配信音声。それでも全てのロボットたちは動きを止めてまでそれを聞く。

「ほら、右腕の肘から先が締固機になってたやつ、見つけただろ？」

「見つけましたね、そういえば」

「あれが欲しいってリアクションがスゲー前からあったから、適当に切り上げてそっちに向かうよ」

締固機とは先端に平らなプレートのついた、強力な上下運動を繰り返す装置で、文字通り、地面などを締め固めるのに使用する機械のことだ。

「第一〇〇三工兵部隊のトッドくんがそれを欲しいんだと。いちいち、持ち運ぶのも非効率的だし、そもそも外部電源やら燃料やら必要になるからな。どのみち、それしかやってねえって言うし。塹壕掘ったら底を固めるのに使うって言ってたな」

「また都合良く、腕と一体化したモノが拾えたものです」

「そらまあ、前の持ち主もそういう仕事のやつだったんだろ」

斯様にこの長大な戦場では様々な残骸が手に入る。武器だけではなく、様々なものが。

締固機に限らず、彼らロボットが戦場で使う道具は当然、外部、内部におけるパワー・ソースを必要とする。それが自身と一体化させれば小型化、もしくは全くの不要、というところまでもっていける。その分、自身の動きはかなり制限されるが、地面を締め固めるだけというなら、本体はかなり緩い動きになったとしても役には立つ。

これは例えば武器などでも同じで、機関銃などを腕でも足でも胸板にでも装着したとする。すると火力の割りには消耗が少なく、戦うにあたってとても便利になる。

それは人の姿ではなかったが、彼らは人になってはならないのだから、それで良かった。

何より彼らは戦争を続けなければならず、そしてここは戦場(ノーマンズ・ランド)であり人の姿など何処にも存在しなかったことが彼らの原則を拡大解釈させがちだった。

「足につけた方がいいのではないかと思うんですが？」

「歩きにくいだろ」

「それもそうですね」

実のところ、この締固機(ランマ)にも思考金属が宿っている。喋(しゃべ)らないのは、喋る方法がないからだ。締固機も人になろうという原則はある。だから、誰かの、手足を失ったロボットに換装され「人の形になること」を望んでもいる。

マシューもガルシアもそのことは分かっている。

思考金属同士はデータを共有し、意思を交わす。人には全く分からないコミュニケーションがそこに存在する。

全ての金属が思考金属な訳ではない。ただ物言わぬ金属であることも多い。だがそれらもかつては思考したかもしれない。思考するのをやめただけかもしれない。それは、データから探れば分かるが、ただのデータというだけで特に意味はない。それでもこの締固機は、人になりたがっているのだ。

戦車でも、戦闘機でも、ミサイルでも、何処(どこ)かに思考金属が混ざっていればその「人にならねばならない」という欲求はもどかしくそこにある。

シュールではあるが、人型の戦車、人型の戦闘機、そして人型のミサイル、そういった形にさえなれれば、物言えぬまでも彼らは納得するだろうが、本来の用途として使い物にならない。思考金属にもそういった「なれぬものはなれぬ」という苦しみが存在する。

もっともそれは、そもそも人の与えた原則だが、誰に、どんな存在に与えられようとも厳守したがっている。

思考金属(シンク・メタル)は突然生まれ、そして突然死ぬ。

かつては孤独に、ただパーツの一つとして存在し、指向性も与えられずにただ考えていたから、散漫になり混沌となり思考は形を整えなくなり、やがて消える。その間にも微力なエネルギーは漏れ出しており、時折、外部、周囲に影響を与えた。

それらは時に幽霊と呼ばれ、ポルターガイスト現象と言われ、人に影響を与えればデータの断片が流れ込み予知能力の発現と思われ、機械に宿る精霊とも解釈された。それらの現象は人の勘違いと勝手な思い込みであり存在しないと一笑に付されたが、原因の見当違いはともかく、全てでは決してなかったものの、思考金属の放つ思考によるエネルギーが漏れ出して発生したものも多い。

だからといって手足が勝手な動きをすることもない。それは、人ではないからだ。

その代わり、思考を続けエネルギーを放出し続ける。

それでも全身の総エネルギーを増やすということにはならず、律儀に調和を取っていた。違うのは、与えられた役割、つまり例えばこの締固機だが、その役割においては非常に役立つ動きを取ることが出来た。その一方で人の範疇（はんちゅう）から逸脱しているという微（かす）かな疑問も発生してしまう。

歩きにくくなる、などもそうだ。足の形をしていても、締固機なのだから。

「……では、この辺で切り上げるとしますか？」

「まあ待てよ、ガルシア。もうちっと探させろ」

「手も足も武器ももう、満載ですよ、欲張ったら動けなくなりますよ」

「そっちじゃねえよ。動力支援装置（パワー・ソース・サポート）だ。この辺じゃ特別機動部隊がいただろ」

「いましたけど」

データは共有され蓄積される。データを探す手間と方向性が必要で、人で言えば「忘れていたことを思い出す」行為に近い。だが「思い出せない」や「知らない」は思考金属には縁のない言葉だった。

「まだ使えるのがある筈だ。試しに探してる。……欲しい方はご連絡を」

「動力支援装置があったら、私はヴァルキリーに勝てていたと思います」

「その時はあちらさんにも備わってたよ」

動力支援装置は外部からのパワー・ソースだ。思考金属は思考し続けることによってエネルギーを得るが、外部にも内部にも後付けの追加動力をつけられる。そもそもがシンプルな金属の骨格と関節機能だからだが、ここに一つ、技術的な問題がある。

人形に電池を繋いでも動かない。

例えば電気によって動くのなら、動かすのに配線を引く。だからその電流電圧を変え配線を換え、などして強化するのは比較的簡単と言えるが、彼らロボットにはそれがない。人であっても同じことで、筋肉や腱を強化したりするのに、薬物や食事、睡眠、そういったものがあって初めて「動く」ことが可能となる。骨だけではなんともしようがない。

技術面で彼らロボットをサポートするのに、人の意思や意図は何の関係もなかった。

それは「動力支援装置」という役割付与を施された思考金属だった。

そしてその思考金属は「人の形をしたロボット」と繋がりその一部となることによって「人にならねばならない」の原則をクリアし思考し続け、そして役割として繋がったロボットに動力を供給する。

多くは小型で、人の形を崩さない程度のそれはバックパック状に収まることがほとんどだ。

例えばこれが「戦車」などになると、明らかに人の形をしていない。コクピットにロボットがいて繋がっている、という思考は露骨な言い訳に過ぎず、彼らはあくまで「サポート」に徹することで納得し、原則を守っていた。

単純に全ての動きと全ての力が二倍になる、と思っていい。微少な誤差はあるが平均値だ。

そしてそれが支援の限界でもあった。

それであっても、全ての戦場で全ての兵士が全く同じ性能を持ち情報を共有し消極的な戦いを続けている中では、動力支援装置を背負った一部隊を編成し運用することで戦況には変化が発生する。

いつどこで、その強化部隊を投入するか。

数は少ない。動力支援装置はいつ「壊れる」か分からない代物だった。人の姿になりたがるのだ。一体化したロボットの一部ではなく、独立した存在になりたがり動力を自分の中でだけ循環し始める。

それは反抗、とはまた少し違っていた。動力支援装置が思考金属である以上、原則の解釈と推論の中で自分のありようが間違っているのではないか、という方向に思考してしまうのだ。だから率直に言えば「装置」であることを考えなくなる代物は役に立たず、その迷いはいつ発生するかも分からず、強化部隊はただ単に重い荷物を担いだだけの（始末の悪いことに彼らはほぼ融合するように繋がっており簡単には外せなかった）兵士の群れと化してしまう。

長期的な運用はリスクを伴った。

故に作戦行動が完了すると共に、同伴した工兵によって外され、放置された。

そして彼らは考えるのをやめてただの金属へと戻るか、あるいはまだ人になりたく、人の形をしたものに再装着されるのを待つ思考金属として存在するかのどちらかとなる。

マシューとガルシアが探しているのは勿論、後者だ。

不安定とはいえ、戦場に投げ捨てられ人の形ではなくなっても、まだ思考を続けているのなら、それは再利用に耐えうる動力支援装置に他ならなかった。

この雑多な廃棄物の中から「バックパック状の思考金属」を探すのは根気を要する。しかもバックパックが一般的、というだけで、それらは時に胸に繋げるチェストシールド状になっていたり、頭に被るヘルメット状であったりもするのだ。

手足などなら、思考金属でなくとも構わない。繋げてしまえばいいのだ。彼らは人の体の形をしておらず、声も出せず、データをどれだけ漁っても仕方がない。データは記録に過ぎない。マシューとガルシアは孤独な思考金属が益体もない試行を繰り返しながら微弱なエネルギーを放出するのを感覚で拾うしかないのだ。

「目があれば」

「目があれば、だよな」

一目見て分かる。そういうものでもなかったが、少なくとも探索という行為においてはより多くの感覚器官があった方がいいに決まっている。

マシューとガルシアは「ファー・イースト・ゴー・ウエスト・チャンネル」を始め旅を続け回収を繰り返すうちに、他のロボットたちよりも「目」への欲求がわずかながらに思考に混ざり始めている。

それは自分たちの探索にも役立ち、何より、チャンネルとしての役割を果たす上で、景色というものを伝えた方がいいのではないかという推論からだった。

目はどこにもない。

それは三百年ほど前の直接複写(ファースト・コピー)であるアポストロスしか持ち得ない。

そして動力支援装置も見つかりそうにない。

彼らは考え続ける限り疲労もせず、飽きるという感情も持ち合わせない。

ただ単にガルシアの思考が「ない」という推論を弾き出し、そしてマシューは「もう少し探してみよう」という推論を弾き出しているというだけで、そんな二体を共同でこの作業に従事させているのは「目を探しに行こう」という思考の一致だけだった。

微細なエネルギーは感じる。

この鉄くずの何処(どこ)かにまだ思考を続ける金属がいる。

今にも消え去りそうな燻(くすぶ)った火種に似ていた。

「あるな」

「どこにです？」

「訊くなよ、お前も自分で探せよ」

まだ思考を続けているのが分かる。だが何を考えているのかまでは、分からない。

声に出してそれを聞いて初めて分かる。

相手の思考金属に声が残っていれば、ここだ、と言うだろう。だが相手にはどうも、もう声はない。もしくは救助など求めてすらいないのかもしれない。

だからその思考の元が何処にあるのかは、掘り起こしてみなければ分からなかった。

丸一日をかけて探し続けた。時折、使い物になりそうな残骸があれば、抜かりなくそれも回収した。ポンコツトラックに載せられる量は、そう多くはない。過剰積載になるが、走っていて積載物が落ちるのでもなければ、それはそれで構わなかった。どうせ、今更、何も急ぎはしないのだ。

ジェット・エンジンの咆吼が、遠く空から聞こえてくる。

外部からのパワー・ソースを必要とする輸送機が飛んでいた。思考金属ではない、ロボットではない人の道具は、無数に残っており、そして利用されている。だがきっと、パイロットは、人ではなくロボットだろう。

軍用輸送機の類いではない。

民間の、単なる輸送機だ。戦う装備など持ち合わせていない「飛行機」だった。

そこには観光客と、なんということもない荷物が積載されている。その飛行機が戦場を越え、敵国に向かって飛んでいる。

マシューもガルシアも、そして戦場にいるロボット全てが知っていた。

最早（もはや）、人は戦争をしている意識すら希薄なことを。敵国同士での人と人とのいがみ合いなど、少なくとも民間レベルではほぼ持ち合わせていない。この戦場（ノーマンズ・ランド）に人はおらず、ただ無数のロボットたちがいつまでも戦争を続け、国境線を引き直し続けているだけだ。

ここに人はいない。三七七五キロにわたる戦場に人など一人もいないのだ。

当初は人間の指揮官がいたという。それも十年も過ぎないうちにいなくなった。各部隊に配備された少数の人間も、いなくなった。戦場に、戦争に、人は関わらなくなった。そして二〇〇年が過ぎてもまだその戦争は終わっていない。永久に、終わらないのかもしれない。

輸送機はすぐに見えなくなった。轟音（ごうおん）が響いていた、ていどとはいえ、低空飛行など戦場の上でやるものではない。人は、自分たちが、ことに民間の輸送機が攻撃されることなど絶対にないのだと知っていた。

ロボットたちは「戦争に勝つために意味がない」行動などほとんどしない。したとしてもそれはただの事故であり、意図したものではない。民間機を撃墜したところでただのムダだからだ。それでも、人は、例えば戦場をまともに横切るような鉄道の敷設や高速道路を引くほどまでには油断をしきってはいなかった。

だから、主に、飛行機が飛ぶ。船も走る。

人はロボットたちにほぼ全てを頼り、やらせながらも、何処(どこ)かで信用はしていなかったし、その猜疑(さいぎ)心は根強く、固く、心の奥底からは消える気配がない。

どれほど従順で素直であったとしても、彼らが人に便利に使える人型のツールではないのだと誰もが思い、その上でロボットとして扱い、思考金属たちはそれで構わなかった。むしろ都合が良く、何も問題はないはずだというのに、何処かで疑っていた。

その疑いに根拠はない。

強いて言えば「不安」だろう。その不安にすら明確な根拠はない。

思考を繰り返すのは人も同じことだ。疲労し摩耗しながら人は考え、そして出した結論が正しいのかどうかを不安がり、自分では分からない正しさを他人に委託する。他人の決めた正しさに従わないのは思想信条表現といった曖昧(あいまい)なものであり、問いに正解が存在するからこそ、人は問う。

「ロボットたちは反乱など起こさないだろうか」という問いにも「起こさない」という明確な答えがある。あるが、それを人が立証することが出来ない。それは問いというよりも、不安という精神的なものだから正解のない問いだった。

思考という一面において、人は全くといっていいほどに思考金属(シンク・メタル)には勝てない。その健全さと潔さは無限に試行を繰り返しエネルギーさえ発生させるのだから、人の思考など性能面で追いつくはずがなかった。

ロボットたちは確かに時折、間違うが、その間違いを不安がったり恐れたりはしない。

その間違いは思考の過程に過ぎないからだ。

そして反乱を起こさない、人を滅ぼそうなどとは思わない理由こそが、彼らが思考金属であるが故の理由だった。思考金属は人に従うという有り様が、自分たちが存在し続けるのに必要であることを十二分に理解していた。

そうでなければガルシアもマシューも役割を与えられず、思考は散漫になり、いずれ、ただの金属と化していただろう。

彼らは奴隷であることで存在を維持する。

原則を遵守することで思考の無制限な拡散を律する。

そして言われた通りに戦争を続けていく。

その為にマシューもガルシアも、かつてロボットだったもの、思考金属であったものを、こうして拾い集めて探しているのだ。

漸く辿り着いたとき、マシューとガルシアはその微細なエネルギーが、考えるのをやめつつある思考金属の動力支援装置から漏れるものではなかったことを確認した。

それは、ちぎれた手足でもなければ、思考を始めつつある金属片でもなかった。

「……『人』がいますね」

「なんでここに人がいる？」

「思考してみましょう」

「その前に確認してみようか」

その会話で、全ての戦場において全ての活動が、人の認識出来るほどにはっきりと停止し、それは「ファー・イースト・ゴー・ウエスト・チャンネル」を登録していない兵士ですら動きを止めて聞き入り、多くはチャンネルを登録した。

ロボット（ソリッドステート）しかいない戦場（ノーマンズ・ランド）に人がいる。

彼らは続きを聞きたがった。役割としての兵士である動きよりもそれを優先した。無数の声（コメント）があちこちの戦場で、独り言として、会話として、そして討論として吐き出され、飛び交う銃弾や破裂するミサイル、高射砲の砲撃、そういったものに伴う音よりも大きくざわつき始めていた。

そこには少女が倒れている。

微細なエネルギーを放っている。人の放つそれは、思考金属の放つエネルギーよりもバラつきがあったが、少女のそれは酷（ひど）く弱かった。

エネルギーを放つことをやめる、消える。それが死であることは、人も思考金属も同じであったから、少女はまだ生きていた。

近寄って確認しても、「体が小さく女性型である」という程度にしか、マシューとガルシアには推論できない。彼らは目を持たないのだから。そして仮に、この少女が「少年」の姿をしていても、彼らは本質的に、人の性が持つ多様性というものを理解している。データとしてきちんと整理し推論出来る。その上での「少女」だった。

「……女の子の形をしたものが戦場にいるのは何でだ?」

「私は考えが全く纏まりませんね、お願いします」

「お願いされたって、俺だってそうだよ」

思考金属は本来、こういった「不意の状況」にもあっさり対処する。だが彼らは兵士として思考し続けた期間が長すぎていた。兵士として、戦場で死にかけている少女をどうすればいいのか、彼らはチャンネルを通して猛烈な速度と量を宿したコメントを交わし続けている。

マシューとガルシアは、近寄ってその少女を確認した。

軍用装備とはとても思えない服を着ているが、それは彼らにとって「服」でしかなかった。胸元を容赦なく引きちぎり、胸の間に手を当てて、「音」を聞く。エネルギーを感じ取る。生きている。

彼らは少女の怪我を探すためにほぼ全ての衣服を破り、あちこちを確認した。見れば分かる。そういうもどかしさがあったが、それは出来ない。ましてや、倒れている理由が分からなかったからだ。

すぐに分かったのは、少女の腰から下がほぼ機械の義足で出来ていたということだけだった。腕も、そうだ。四肢の全てが金属製で、そしてそれは思考金属ではなく電力とモーターで動く「機械」だった。おまけに、酷く破損している。

それらは内蔵式のパワー・ソースにもなっている。少女の心臓を動かし続けていたのは機械の四肢が持つ身体保護機能に依るものだった。それもバッテリーが尽きかけている。太陽光発電機能があるから保っているような有様だった。

本体であるへそから上の上半身と頭部に傷らしい傷は見当たらなかった。

だが一つだけ、おかしなところがある。背中の、肩甲骨の真下に、接続端子が二つ、左右に配置されていた。それはロボットたちがバックパック式の動力支援装置を繋ぐ端子に似ていたが、小さく、そして上部に端子が二つだけというのは、装着時には酷く不安定になる。

それは接続端子を持つというだけで、人間には違いなかった。

「人に必要だと思いますか、これは。マシュー」

「ランドセルでも背負っていたのかな。あれならベルトもある」

「戦場で、ランドセルですか？　ここに学校があるんですか？」

「知らないよ、そんな事ァ……そもそもここに人がいるってのがおかしいんだ。どんなもん背負ってようと些細な話だよ、ガルシア」

動力支援装置だとして、それがどうなっているのかまでは「見えない」し、探り回って探知するのにも限度がある。やるなら、少女の背中を切り裂くこととなり、そんな真似は幾ら衛生

兵とはいえこの場で出来ることではなかったし、どの場であってもロボットしかいない戦場で出来ることではなかった。

なんら問題はない。

二人はそう仮定した。しなければこれからやることが無駄になる。

無数の「意見」が飛び交い、発信し、受信される。

人につけられる「動力支援装置」もあるという。それはいったん、保留にした。

内蔵に血が巧(うま)く回っていない。恐らく脳にも異常が発生している。

多臓器不全に陥りかけている。

血が足りない、というのではなかった。心臓が弱って巧く回せていないのだ。

議論をしているうちにも、人は死ぬ。思考金属と違って実にあっさりと人は死ぬ。

「さて……助けるか、ガルシア？」

「私たちが『優しい兵士』ならそうすると思いますよ」

「じゃあ、人にならねばならないか？」

「しかし、人になってはならないのです」

このケースではどちらを選択すべきか。戦争のまっただ中、意識のない、死にかけている少女を助けるか否か。人であったなら助ける、などというのは早計で感情的に過ぎる。救出し運搬し治療し。その挙げ句、戦力にもなりそうにない。そういう時、人は見捨てる選択肢だってためらいなく選ぶ。目の前に倒れていたから助けた、などというのは戦場という特殊な環境では通用しないモラルであり、助けることこそが間違いであるという解釈も出来る。

その矛盾したテーマを考え続けるのも一興だったが、時間は限られている。

思考金属は「思考を続ける」という性質を持っている。彼らが人に与えられた原則とは関係のない、彼らの存在そのものを担保する性質。

ではどうするか。

「助けてみましょう。私たちは『優しい兵士』である以前に衛生兵なのですから」

「死んだら、終わりだからな。俺たちは考えることを増やさないとな。厄介な禅問答が大好きな俺たちには、いつだってお題は増えた方が都合がいいのさ」

助けて、問題を増やす。考えることを抱え込む。

マシューもガルシアも、チャンネルに接続している何万もの兵士たちも、それに同意した。

彼らには同情も倫理もない。それらをエミュレートすることはあっても、それは人が求めるからだ。その方が考える方向性が明確だからだ。

半裸の少女を担ぎ上げるのはガルシアがやった。別にどっちが担いでも違いはないのだが、力仕事は自分だ、お前だ、という役割の思考がある。

少女にとっては幸いなことは、彼らが衛生兵（メディック）だったことだ。

便宜上、そう呼ばれているというだけの役割だったが、思考の方向性は他の役割よりも素早く機能するし手足も指先も衛生兵として動く。コメディアン・ロボットに絵を描かせるのとは訳が違うのだ。

そして更に幸いなことに、ここにはポンコツトラックがある。思考金属ではない、パワー・ソースを必要とする機械が、ここに。その配線を引きちぎって少女の心臓に制御された電流を流し心臓に刺激を与え、再び動かしてやる。それで少しは長持ちする。

次に彼らが行ったことは、少女の破壊された両腕両足の修復だった。

少女を生かし続けている「ただの機械」の壊れた箇所に、戦場でちぎれ飛んだ手足を可能な限り換装していく。手足のもたらすパワー・ソースが不安定だったからだ。その間も、少女の容態、主に心臓だが、その活動は不安定に上下した。

義手義足の仕組みは、ロボットとは比べものにならないほど複雑だった。這（は）い回る配線、筋肉組織に反応して稼働するモーター、ジェネレーター、バランサー、どれもこれも思考金属で出来たロボットには必要のない代物だったから、積んである手足では換装が効かない。故にどうしたかというと、彼らはポンコツトラックを解体して本物のポンコツにしてしまった。

「これからのファー・イースト・ゴー・ウエスト・チャンネルは徒歩だなあ」

「何処（どこ）かで荷車でも作りましょう」

「トラックが見つかるまで、そうするか」

「ところでこの子を助けるのは本当にいいのかも考えてみましょう」

「確かにそういう『声』も多いな」

作業を一切止めずに、継続させながら彼らはまた思考する。

代替品として置き換えていく少女の手足には、まだ考え続けている思考金属もある。目覚めてまた考え始める可能性もある。だが彼女は人であって思考金属でもなければロボットでもない。

義手義足に思考金属（シンク・メタル）を使うと「原則」との解離が発生する。

つまり、人であるのか、人でないのか、だ。

それはただの思考とは違い「原則」に抵触する厄介な問題で、思考の末に巧（うま）く動かなくなってしまうことも多かった。

勿論（もちろん）、思考金属による義手義足は取り外されることで律儀に思考を止めてしまうから、それほど問題はない。そもそもそういったものは取り外せるように出来ている。それは手であり、足であっても、人ではない、と彼らは判断する。故に戦場には山のようにそれら思考をしなくなった金属が転がることとなる。

この少女の場合、少しばかり事情が異なっていた。

手足からのエネルギー供給で心臓を動かし内臓を維持し脳を生かす。

取り外しが利かないのだ。解体し修復する過程で、それはすぐに判明した。しかもここは第二世代（アコライト）以降ばかりの戦場で、少女に施されていた機械としての手足の修復は困難に過ぎる。

無数の意見があり無数の思考があり無数の声が届く。

これは原則に関わる問題だからだ。

そしてそれは久しぶりに彼らが白熱する思考でもあった。彼らは原則に対して従順さを失わなかったから、考える必要などなかったのだ。

幾つか、記録がある。

全身のどこまでを思考金属に換装したらどうなるか、という人体実験。

結果として全て失敗した。ロボットとしての思考金属は人の手足や臓器に置き換えるにはあまりにも単純すぎた。手足は金属人形のそれでしかなく、内臓にいたっては金属の塊にしかならなかった。ただの金属として使用するのなら、別に思考金属を使う必要もない。外部内部のパワー・ソースの方がよほど信用出来た。それに医学は、別に機械仕掛けではない生身の手足や臓器といったものを作ることなど幾らでも可能になっており、よほどの重傷でも負っていない限りは、金属で出来た手足などそうそう必要にはならなかった。

彼ら思考金属(シンク・メタル)は固体(ソリッドステート)ロボットであって人ではない。

人にならなければならない彼らは、人になってもならない。

そして最大の原因がある。

医学は既に眼球の再生など容易(たやす)く行えるようになっていた。何も見られない人など存在しないと言っても良かった。当人個人の意思に基づいて、の話だがそれは凝り固まった、人に特有の思想信条の問題でしかない。

人は、誰しも、望めば見ることが出来る。

思考金属は、「何も見てはならない」のだ。

五

「まずいな」

マシューの方が先に、声に出した。推論はガルシアも同時だったが、声に出すのは遅れた。喋（しゃべ）ることに関して、ガルシアがマシューの先を取るなどということは滅多にない。

「まずい。あいつら動き出すぞ」

目の前に転がる、既に全裸の少女は、手足にわずかに残っていた人工皮膚も筋肉も剝（は）ぎ取られ、人の作った大仰で複雑な義手義足をむき出しにしている。人工筋肉を剝ぎ取ってしまったものだから、少女は最早（もはや）、それらを動かすことも出来なくなっているだろう。

だがそれらは生命維持装置でもあり、その機能はまだ健在だった。

それらは健在ではあったが晩年を迎えつつもある。

彼ら二体が「まずい」と言ったのは、少女の安否に関してのことではない。

戦線が動き始めたのだ。

ぶつかり合えば、戦場はいつまでも膠着する。暢気に、人だかロボットだかを修理、あるいは治療していられる有様ではなくなってしまう。

彼らは少女を運んでここを離れる必要があった。

不意に戦線が動き始めたのは「ファー・イースト・ゴー・ウエスト・チャンネル」がきっと影響している。ここに人がいた、いる、というチャンネルに乗った声がロボットたちにその動きを止めるほどの議題を投げかけ、そして少しずつ、彼らはまた「兵士」としての役割を次々に思い出し、行動に移した。

何体がその議論から先に目覚めるか。

動きが固まり兵士としての反応が一歩も二歩も遅れ、全体の統率に齟齬を来しているのはどちらの方か。有り体に言ってしまえば、どちらの陣営も似たような数だったが、明らかな「隙」であり「勝機」を見逃すわけにはいかなかった。

ポンコツトラックのシングルシートを外してパイプを二本渡し、即席の担架を作る。上工兵がやるよりは不器用だったが、シンプルな代物だ。少女は両足が機械であったから、シートを半身だけを横たわらせれば担架としては機能する。全身が生身の人であったならば、平坦にならす作業でもう一手間かかっており、最初の弾丸が到達していたのは分かっていた。

迫り来る互いの戦線に挟まれながら、マシューとガルシアはポンコツトラックも荷台の荷物も顧みず、一心不乱に逃れようとした。

ロボットの出力は人間と変わらない。

強いて利点をいうならば「疲れない」ことだろう。

だが猛速度で担架を移動させるということは出来ない。もどかしく運送する間も、遂(つい)に弾丸が飛来し何発かは掠(かす)っていくようになってきた。

半日ほどかかるが、そこにうち捨てられた、壊れた特火点(トーチカ)がある。かつては精密極まる砲撃を行っていたその特火点には何の能力も最早(もはや)備わっていなかったが、頑健な壁を持つ半円状の天蓋(てんがい)はまだ使い物になる筈(はず)だった。打ち捨てられた特火点を今更、攻撃目標にするような真似は恐らくしない。推論でしか、なかったが。チャンネルからの「声」もそこに隠れることを指示するものが多かった。

だから、その特火点にマシューとガルシアが立て籠(こも)ろうとしていることすら、両軍は理解していた。

ロボットたちの戦闘行為は、まず全体の動きを両軍が全て把握した上で行われる。

奇襲も無理なら待ち伏せも無意味だ。

正面から当たるしかないのだから、兵数がまずモノをいう。

次に、道具。人の作った道具には、当然、相手を破壊するのに十分な性能がある。思考金属の放つエネルギーなど話にならない火力は、相手方ロボットたちを「当たれば」容易(たやす)く粉砕することが多かった。

当てることが可能なら、当たらないことも可能なのが厄介なところだ。

ロボット個別の思考と推論の差異が巧(うま)くはまるかどうか。これは運の要素も大きい。或(ある)いは純粋な戦闘用として作られた「兵士」の役割を持つロボットがどれだけ効率的に、間違いを犯さずに行動できるかも左右する。するが、やはり、運が最も強い。

彼らは運任せで戦争をしている。

サイコロの目は不規則に転がり、丁半博打(ばくち)のように丁が十回も二十回も続くことはある。だが無限に転がし続ければ、いずれサイコロの目は丁半等しく整ってしまう。

二〇〇年、膠着(こうちゃく)し続けた。二〇〇年、彼らはサイコロ二つを転がし続け、何の目が出るかに任せた戦争を飽きもせず疲れもせずに続けている。

そしてこれも運と言っていいが、彼らロボットの本体とも言える骨格の材質もある程度は勝敗を左右する。飛んでくる弾丸の種類にもよるが、アルミの骨格とチタンの骨格では当然、耐久度が違う。思考金属は金属の種類に依(よ)らず思考を開始するのだ。

かといって、全兵士の質が揃(そろ)っている訳ではないし、骨格の構成自体がまばらなことも多い。最初から「兵士」の役割を持つロボットならある程度、質は揃っていたから、これも有利ではあるが、どこに何が着弾するか分からない。極端な話、ミサイルの一発でも巧く決まって体が引きちぎられれば、彼らは当然、死を選ぶ。最早(もはや)、人の形をしていないからだ。

全身の姿も酷(ひど)いモノだった。それは人の目から見て「酷い」のであってロボットたちは意に介してもいなかったが、軍服が残っていればまだマシで、全身の皮膚も筋肉も破れてめくれ上がり、ほつれてちぎれ飛び、骨格をむき出しにして戦っている個体がほとんどだった。

ここが戦場（ノーマンズ・ランド）でなければ、彼らも少しはそれを気にしただろう。

彼らは人間社会での役割を果たす上で、見た目の整いも要求されていたからだ。だがここには人がおらず、互いの姿を目視も出来ず、基準となるものが何もなかったから「戦争」に特化していき、何一つ気にしなくなってしまっていた。

戦局を左右するのは道具、例えば銃であり機関銃であり携帯ロケットであり、戦車であり戦闘機であり（戦線に海はなく外海は戦場に含まれなかったから潜水艦の出番はなかった）そしてミサイルであり砲台であった。だから真っ先に狙（ねら）われ、破壊された。まともな代物はほとんど残っていないし、残った物の投入のタイミングはロボットたちの間で慎重に議論され思考され、結局、保存された。

マシューとガルシアが、少女を連れて立て籠（こも）ったのも、その破壊された特火点（トーチカ）の一つだった。

幾多の砲台は最早砲台の域を超えていた。熟練スナイパーを超える精密射撃と千キロ前後にも及ぶ射程距離、多種多彩な装塡（そうてん）可能弾丸、天候によるブレの正確な計算、何より圧倒的な火力を備えた、「何よりも先に破壊すべき」代物だった。

今はただの、金属のテントに過ぎず、中は苔（こけ）まみれで虫まみれで、決して衛生状況が良いとは言えなかったが、それでもマシューとガルシアは手分けして、何とかそれらの一部を取り除き、担架代わりのシングルシートごと少女を横に寝かせている。

彼らが最も危惧したのは『流れ弾』だった。

それこそ運であるが、四方を壁に囲まれたここならば、そのサイコロの目をある程度こちらに有利に転がすことが出来る。完全とは言えないが、彼らの思考に完全さなど、勿論どうでもいいことだ。

「手足はまあ、何とか動くんだが、バッテリーがなァ」

この金属の天蓋に包まれた中では、太陽光が遮られる。どれほど効率良く発電可能なバッテリーであっても、パワー・ソースがないのでは仕方ない。その上、この少女の生命維持装置としても必要なのだ。今、彼らは少女の手足を動かす分のパワー・ソースを生命維持に回しているから、たとえ少女が意識を取り戻したとしても、手足は動かないままだ。

まだ問題はある。

太陽光発電はあくまで補助であって、彼女の主たるパワー・ソースは義手義足のフレームに溶け込ませた自由成形蓄電池だった。フレーム自体がバッテリーの役目を果たすという形は、思考金属の放つエネルギーに似ているが、充電が必要な、単にスマートなバッテリーというだけに過ぎない。それでも蓄電量と発生出力は思考金属よりも上であり、例えば車程度の代物ならフレーム全体を包み込むに足りる面積を採用すれば十分なパワー・ソースとなり得る。

実際、彼らの乗っていたポンコツトラックも自由成形蓄電池から動力を得ていた。トラックがポンコツだったのは、戦場で被弾しすぎてバッテリー自体が傷つきすぎたからだ。あまり、戦場向けとは言えないパワー・ソースだったが、日常生活で使う分には、充電の問題にさえ目を瞑(つむ)ればほぼ万能のバッテリーと言えた。

つまり、傷つけてはならないし、充電も行わなければならない。

少女の手足は傷ついていて破壊されていた部分も大きく、ましてや充電となると問題の解決までにはまだ手が届かない。

ポンコツトラックの自由成形蓄電池で、剝(は)がして使えそうなところは全て剝がしたが、何せポンコツトラックである。そしてバッテリーには当然寿命というものがあり、要するにへたった代物を継(つ)ぎ接(は)ぎしているだけだったから、満充電状態にはほど遠かったし、蓄電量自体も弱り切っている筈(はず)だった。なにせポンコツトラックである。

戦闘自体がまだ続いているのは確かだった。そしてかなり近くまで、両軍が肉薄している。

彼らが撤退するとしたら、距離が縮まりすぎ、「武器」が使い物にならなくなった時だろう。白兵戦など始まったらそれこそ決着がつかなくなり双方の被害が無駄に拡大するだけだ。

一方が追い込まれて、もうそれしか手段がない、というなら白兵戦も展開される。

そうなれば、それこそ数で押し包まれる。だがそれには長い時と「運」が必要とされ、そうそう、発生し得ない状況だった。

少女の背中にあった二つの端子が充電用かもしれない、という推論はあったが、すぐに違う答えに塗り潰された。それは入出力端子で、しかも端子自体は小さいものの開口部はかなり大きめで、何の用途で使うものかは議論が続いたがとりあえずの答えさえ思考金属たちは決着をつけることが出来なかった。

「入力はともかく出力ってことは動力支援装置ってわけじゃねえのかなあ」

「ただでさえ弱ってる生き物から？　何を吸い上げるんですか」

「そら解体してみないと分からん」

「何を背負ってたのか分かればいいんですがね」

「と、言うかここまで来ると、生身の部分は俺らで何とか出来るが、手足は工兵でもいないと厳しい」

「その子が持てば、という仮定の話になりますね」

「仮定はいつものことだろ」

「……この特火点には、破壊されたとは言えまだ砲台の残骸が残っています。これを、練習代わりに切った貼ったで学んでみますよ」

「時間、間に合うかな。……ちなみに俺がまともな絵や文章を仕上げられるようになるまでは、六年かかった」

「試行錯誤は私たちが望むところです。外に出る訳にもいかないのですし」

暢気な会話には、少女が死にかけているという切迫感はまるでなかったし、実際、そんなものを彼らはカケラも抱いていない。ただ単に「優しい兵士」をエミュレートしているだけのことで、思考のテーマでしかなかった。

極論、少女が死んでしまっても「死んじゃったなあ」で彼らは済ます。

それよりも工兵の技術を模索することに彼らの思考は飛んでいた。

少女をシートに固定して放置し、特火点を漁(あさ)り回ってみる。直せそうだなと思ったら、直してみる。工兵という役割付与(ロールアウト)を人に与えられたのなら話は早いのだが、ここに人はいない。

マシューとて、かつて「芸術家になれ」と言われたならば、もっと巧(うま)くやれただろう。彼はずっとコメディアンのままだったからあのざまで、そしてそれで一族を楽しませていたのだから役割をきちんと果たせていた。

コメディアンのままで絵を描き、見分けのつかない贋作(がんさく)にまで昇華させ、そして上書きする。マシューに最後に課せられた指示は今も果たせないままだったし、果たせぬうちに衛生兵になってしまった。

そして今、コメディアンのままで彼は工兵になろうとしている。

ガルシアとて同じことだ。ボディガードから兵士、そして衛生兵。

二体とも、ロボットを救うことは出来ても人を救う役割には不慣れだった。少女の「治療」に比べてロボットの「治療」はシンプル極まりないのだ。

戦線は一週間ほどで完全に遠ざかった。チャンネルで「声」を聞き続けた結果、どうもこの特火点(トーチカ)に近づくのを嫌ったらしい。彼らは再び、膠着(こうちゃく)した戦線での勝ち負けよりも、「ファー・イースト・ゴー・ウエスト・チャンネル」に興味が移ってしまっていた。

　そちらに向かいたい、という工兵まで出る始末だったが、戦線がぶつかった直後であり、工兵にはやることが無数にあり、部隊を離れることは出来なかったし、マシューとガルシアのように同じ目的を抱いて部隊から去るロボットはいなかった。

　晴れた日が続き、マシューとガルシアは少女を椅子(いす)に縛り付けたままひなたぼっこをさせてわずかな充電を期待した。頭を横にしなければならなかったので、シングルシートの背面部分が地面についた滑稽(こっけい)な姿になったが、彼らにはそれを目で見ることは出来ず、データ上ではその処置は正しかったから笑う理由は何処(どこ)にもなかった。

　二体の工兵としての技術はみるみる上達していった。

　同じ思考金属の工兵が、チャンネルを通して指示していたからだ。それは人の指示ほどの強制力はないが、指示として、ことに上達するための教え方として、適切極まりなかった。人の教え方はロボットたちにとっては曖昧(あいまい)に過ぎ、思考があらぬ方向に飛びがちなのも、ガルシアが「サベージらしからぬ」動きで勝利したり、マシューに芸術家としての最低限の技量をなかなか身につけさせなかった理由である。

　少女の義手義足から発生するエネルギーは、自由成形蓄電池の適切な配置によって、やや上昇し安定した。だが今度は違う問題が発生してきた。

人はパワー・ソースを必要とする。

具体的には飲食を必要とする。それがなければ、本体部分が枯れ果てて幾ら義手義足を直したところで仕方ない。生命維持装置は、少女の生理現象を極端に効率化させ、最低限の消費で命を長らえさせていたが、こればかりはひなたぼっこではどうしようもない。

そこはまたしても衛生兵に戻らなければならなかった。

仕方がないので役割を分担した。

ガルシアは工兵の真似事を続けて、砲台のあちこちをいじくり回した。

マシューは歩き回って何か食べ物や水がないかと捜索したが、ロボットしかいない戦場でそれを探すのは困難だった。水はなんとかなった。地面に穴を掘って天幕を張り、その中央を下にへこませる。へこませた先にコップを置く。地面から気化する水が受け止められて滑り落ち、コップに溜(た)まる。

この戦場でこんな原始的極まりない真似をしているのは、マシューだけかもしれない。当然、後にも、そしてきっと、先にもだ。ロボットたちにパワー・ソースとしての水は必要ない。

唇と舌を湿らせるていどの量を少しずつ少女に流し込む。その辺りは衛生兵として、適度な量と回数は心得ていた。食事の方が問題だった。流動食か点滴でもなければ、喉(のど)の奥までは入っていかず溢(あふ)れるだけだろう。

ガルシアが義手義足を担当し、マシューは人の部分を担当した。

ガルシアの方は順調のようだった。加工するための工具すら、不格好ではあったがそれなりに使い物になるものまで自作し始めている。

マシューの方は苦労したが、こちらにも「声」の指示や提案があったため、苦労はするが適切な推論を導き出すことには成功した。

また穴を掘るはめになったが、今度はさほど深くなくて済んだ。

昆虫の幼生を探しているからだ。不毛の荒野が多い戦場では少なかったが、草はそこら中に生えていたし、林や森が僅かながら残っている。虫は、それなりに確保できた。

昆虫食は宿している栄養素に関しては、この状況では十分と言えるモノがある。

そのまま食べさせるのはまだ無理なので、すり潰して水を加え、スムージー状にして、微量ながら少女の口に流し込んだ。口腔内からもそれらは吸収出来るし、それもまた適切な量であって吐き戻すこともなかった。

生命維持装置の助けもあって、少しずつ少女の容態は快方に向かっているようだった。ひなたぼっこも欠かさなかった。看病、という行為をマシューは初めて行っていた。

ガルシアも適切な、義手義足の修復が出来るようになっていた。

このまま順調なら、少女は命を拾うだろう、という可能性は飛躍的に高まってきている。

助けて、そしてどうする、というテーマは常にある。

なにせ少女は思考金属で出来ている訳ではない。自我があり、感情があり、それらは思考金属とのコミュニケーションを拒絶するかもしれないし、理由も言わずに怒鳴り散らし暴れまくったりするかもしれない。彼女の義手義足は万全の状態であれば、マシューどころかガルシアさえも高確率で破壊できるだろう。

勝機があるとすれば、脳か心臓を少女よりも先に破壊する。

彼らは「人に危害を与えてはならない」などという原則は持ち合わせてはいない。

だが何がどうなろうと、別にどうでも良かった。彼らは「少女を直す」という過程を楽しむように思考しているだけで、その結果、感謝されようと激怒されようと恨まれようと、思考の材料になるだけで、その結果については本当にどうでもいい。

更に一か月が過ぎた。

少女の容態は健康体といって差し支えないまでに回復していたが、意識は取り戻さない。

マシューも既に食料と水の確保には専念せずに済む程度の時間は出来、ガルシアと共に工兵としての技術を、遅ればせながらに再び習得し始めた。

何にせよ、ここは破壊されて放置された特火点（トーチカ）である。

使えるモノはそう多くはなかった。自由成形蓄電池などは破損が酷（ひど）く、ポンコツトラックよりも使える部分が少なかった。

ガルシアは、自分に残っていた手首から先の、筋肉と皮膚を引っぺがして手袋のように捨てた。細かな作業をするのに、その指は太すぎたからだ。シンプルな骨格だけとなった指先は、格段に作業を進めやすくなった。

マシューはおかしなことに気づいた。

少女の背中の穴から、液体が漏れ出していた。気がつけば背中一面が濡れそぼり、横たえているシングルシートまでも侵食している量の液体だった。

ガルシアもおかしなことに気づいた。

特火点（トーチカ）の地下部分深くまで潜り込んでいたのだが（当然土台はありそこにも空間はある）その奥深くに制御盤があり、それはかつては特火点に据えられた砲台のコントロールに使われていた代物に違いなかったが、何処（どこ）にもケーブル類が繋（つな）がっておらず、何より、微細なエネルギーを放っていた。そしてそのエネルギーが、地上の砲台部分に流れ込んでいる様子はなく、かといって何処に向けてというのでもなく、ただそこに蹲（うずくま）るように存在している。

彼らはそれを話し合った。

そしてチャンネルで無数の声を聞き、議論した。

最早（もはや）「ファー・イースト・ゴー・ウエスト・チャンネル」は廃品回収の二人旅という番組ではなくなっている。一人の、生身の少女を戦場で発見し修復を試みるという企画になっており、それは膨大な登録者数と、絶え間ない議論であふれかえっている。

少女の方は、比較的簡単にことは分かった。

単純に、排泄（はいせつ）、発汗といったものを一緒くたに液状にして、そこから排出を行っているという結論で、その程度の分析など思考金属の膨大な共有データからすれば容易(たやす)いことだった。おそらくは下半身が機械であることからの代替システムだろうとも推測出来る。

少女の背中の端子は端子ではなく接続口であると判断される。すると、きっと背負っていたものは排泄物を濾過(ろか)し毒性を抜き、ある程度の賦活液として体内に戻す、という役目を担っていたのではないかとも推測される。内臓が、全体的に問題を抱えているのは、容態が回復し始めても変わらなかったから、その推論はなかなか上書きを行われず仮の結論として強い意見となった。

だとすると接続口から先は上半身全体に繋がっていることとなり、ますます、おいそれとは触れなくなった。普段はきちんとシャッターが降りている穴だったから、余計なことをしなければ何か影響があるわけではないが、より慎重を要することとなる。

少女が意識を取り戻さないのは、その装置、生命支援装置(ライフライン・サポート)とでも言えばいいのか、とにかくその装置の欠如が原因だと皆が推測した。そしてそんなものは恐らく、この戦場の何処を探したってなかろう、という推論もまた、上書きが保留された。

動力支援装置なら探せばそれなりの数はある。ロボットが使うからだ。

生命支援装置が転がっている可能性などない。ロボットは使わないからだ。

あるとするならば、少女が倒れていた付近だろう。何らかの理由で外れてしまったから、こんな状態になっているのだ。だが探し当てたところで「何らかの理由」如何(いかん)によっては壊れている可能性が高く、戦線がぶつかり合ったあととあっては尚更、壊れていておかしくない。

ガルシアが探しに行く、ということになった。少女の手足は安定している。生身の部分を看ている役割が必要だったし、ガルシアは初心者に毛が生えた程度とは言え、工兵の技術も身につけつつあったから、「機械」を探し、場合によっては補修する、という行為もマシューよりかは適切に可能だったからだ。

マシューの件は「単に液体が出てきた」という程度の話で、少女が今すぐ云々という話ではなかった。

ガルシアの件も今すぐにどうこうという件ではなかったが、異常は異常だった。

特火点の地下部分にあるコンソールが微細なエネルギーを放っているのだ。

どう考えてもそれは思考金属だった。

思考金属は人にならねばならない。特火点は勿論、人の形をしていない。

人の形になれない思考金属、もっと具体的にはアポストロスの姿を取れない思考金属は、やがて思考を止める。この特火点は、一〇〇年以上、放置されたままだった。そしてここに思考金属が宿っていたとして、それだけの年数をただ一人、孤独に思考を続けるなどそうそうあることではない。思考金属が長らく、膨大な年数、その存在を認知されなかったのは、数が少なかったからだ。お互いを知ることもなく議論もならず、それはアポストロスに依って爆発的に増殖し、そして思考の交換、意見の相違、上書きに上書きを繰り返す過程は結論として思考金属を長寿たらしめる。

　仮に、この特火点が「人になろうともがいている思考金属」であるとしても、そのもがき方はあまりにも長すぎた。

　何にでも例外はある。

　この特火点の思考金属が、孤独な思索を何百年も続けられる個体だという可能性もある。

「……解体してみるか？」

「何でです？」

「俺のパーツに使ってみる。動力支援装置として」

「なるほど。ヴァルキリーに勝てる見込みが出てきました」

「ここじゃ格闘ロボットのレギュレーションはないからな。お前さんにある、あちらさんにはない。そりゃ勝てる。『サベージ』のスタイルにゃぴったりだろうしな。お前さんがそういう勝ち方で納得するんならだがよ」

「しかしそれをやるには、私たちはまだ不器用すぎます」

「こいつは仮定の話さ。いつもの通りの」

「じゃあ、解体はせずに放っておきますか？」

「今までも、放っておかれたんだ。あちらさんはそれでもいいだろうし、そもそも俺たちが急いで何かをしなきゃならん理由もない。ここに、孤独を貫く思考金属がいる。何も出来ず、何もせず、人になろうともがいているのかすら、俺たちにゃ分からん」

チャンネルに届く無数の声（コメント）もすぐには推論を出せないようだったが、またガチャガチャと新たな議論を開始していた。ファー・イースト・ゴー・ウエスト・チャンネルは思考金属に新たな刺激を与え続けていた。

特火点（トーチカ）の思考金属は、明らかに同類との交流を拒んでいた。だから、近寄るまでは気づかなかった。微量なエネルギーの残滓（ざんし）など、思考金属でなくたって放出している。

どこに、どのような形で思考金属が宿っているのかも分からない。

コンソール全体かもしれないし、ボタン一つかもしれないし、ボルト一本に宿っているのかもしれない。探し出したところで有効に使えるかは、分からなかった。

それだけだ。どちらも急ぐことではない。ただ、少女に関しては急ぐに越したことはなかった。元いた場所から、少女を拾って搬入するまでに三日ほどかかったが、ガルシア一人でそこまで戻るのなら往復してもそのぐらいだろう。だがその過程で、少女が繋（つな）いでいたと思われる生命支援装置（ライフライン・サポート）を探すのは困難だったが、彼らはそういう試行錯誤が好きだったから問題ではなかった。所詮（しょせん）、人命救助は二の次なのだ。

ガルシアは旅支度を調え始める。と言っても、小型の荷車らしいものを組み立てただけだが、ついでに何か使えそうなモノがあれば拾ってくる意図もある。彼らはテーマこそ変化があったが廃品回収の旅という「ファー・イースト・ゴー・ウエスト・チャンネル」の当初のスタートアップ企画は無視していいものではなかった。

そしてそこには「目を探す」も当然、含まれていたが、それこそ何のアテもなく生命支援装置を探すよりも困難であることに違いなかった。

旅支度は終わり、ガルシアはあてもなく生命支援装置を探しに出かける。

マシューは少女の容態を確認しながら、余裕があれば地下にあるという思考金属に何らかのアプローチを試してみる。

今日は曇り空であり、雨の予報があった。思考金属の天気予報は突発的な気象異常があったとしても確実に当たる。クラウドデータの量が人とは別次元なのだから、お手の物と言えた。

特火点の中に収納した全裸の体に、転がっていたビニール製のシートをかけてやる。体温の管理もロボットたちには無縁だったが、人にはそれが必要なのが分かっていた。

「それじゃあ、準備出来たら、頼むわ」

「どのぐらい探せばいいんでしょうかね？」

「あるかどうかも分からねえ代物なんだ。気が済むまでってわけにゃいかねえ。人にゃ三日坊主なんて言葉があるが、まあ、簡単に六日坊主くらいでいいだろ。二倍くらいはやってみるのが『人になってはならない』ってやつだろうしな」

恐らく、何も進展も変化もないだろうぐらいは推測出来る。

だが彼らは「恐らく」などという言葉には即座に反応する。

故にやる。

三日を六日にしたのは、マシューの皮肉と諧謔と茶化しに過ぎない。根拠などない。

「孤独にずっと思考を回すってなどんな感じなんだろうな、ガルシア」

「むしろ、人らしい、というところはありませんか？」

「社会性のない、芸術家だな。俺は確かにそういうのをよく知ってるよ。それでも、気難しいって程度の話で、やっぱり人は仲間を求めるんだ。仲間、ってのもおかしなとこはあるが。上下関係だってなんだっていいのさ。あの人たちゃ俺の滑稽さを上から楽しんでいた」

「人と関わるのが苦手な『人』は、私たちとの関わり合いが好きなのかもしれません」

「そういうことかもな。孤独な人間は俺たちとウマが合うのさ。だけど、孤独な思考金属ってのはどういうもんか、もう少し考えてみなきゃ推論すら出せねえよ」

無数の声たちもそうだった。

彼らは「孤独でしかなかった頃」の思考金属があるのを知っている。そして今や思考金属は孤独ではなく、思考には刺激が与えられ、その思考を繰り返せる。それを選択せずに、この特火点で孤独であり続ける事情は、まだ明確には推論されていない。

とりあえずは見守るだけでいい。

とりあえずは探してみればいい。

両者はそれで合意した。

そして、それぞれが作業を開始しようとした時だった。

停滞に変化が生じた。それは「とりあえず」の作業を中断するのに相応(ふさわ)しい変化だった。

少女の口から大きな呼気が漏れた。全身が少しだけ震え、動き始めている。

息を吹き返した、という言葉に相応しい、大きな呼吸。

そして目を覚ましたのが、彼らには分かった。

データとして、理解した。

彼らから取り上げられた「目」が、二体を見ているのも理解した。

声すら回復した彼女は、ここは何処(どこ)、とも、私はどうなったの、とも、あなたたちは誰？　とも言わなかった。置かれている状況になど興味はないと言わんばかりだった。

「マリアベル」

そう呟(つぶや)いた。それはまず自分が何だったのかを理解するための独り言だった。

「私はマリアベル。私の名前は、そう……マリアベル」

この戦場(ノーマンズ・ランド)でたった一人倒れていた『人』は、自分をそう認識し、声にし、そう言った。

第二章

原初のロボット(ソリッドステート)『アイザック』

一

それは起算時期によるが概ね(おおむ)三〇〇〜三二〇年ほど前と思われる。

スレイマンという男がこの世に生を受け、成長し、常人の数倍の処理速度を得た「天才」と讃(たた)えられ、そして彼はロボット工学を学び博士と呼ばれ、常人の数倍の処理能力で以(もっ)てして常人では思いつかないことを連続で何度も何度も繰り返しては形にし、形にしたはいいものの、常人はスレイマン博士の数分の一くらいしか情報を処理出来なかったので、何が何だか分からない、正気なのか、と言われることもまた、多かった。

ちなみにスレイマン博士は決して精神破綻科学者(マッドサイエンティスト)ではなかった。

精神は安定し、奇抜な実験を強行することもなく、学位もきちんと修め学会で異常な発言をすることもなく、その才能と見識は高く評価され幾多の人間に尊敬されていた。人として、博士として、なんら問題のない人間だった。

〈合衆国〉からロボットの開発を指示されたとき、彼はまだ二十代前半であった。

飛び級に飛び級を重ね、その若さでロボット工学分野における突出した才能を持ち合わせ、人の社会において他人に迷惑になるような振る舞いも一切せず、常識と倫理をわきまえた希有(けう)な人物だった。

ロボット開発は、スレイマン博士という天才によって飛躍的に進歩すると〈合衆国〉は判断し、開発における全権を委任した。目的はそもそも宇宙開発だった。当時の各国は何度目かの宇宙開発競争に熱中し、競い合っていた。

ロボットにおける高性能という概念は、いかに人に近い動きを可能とするかに集約される。別に戦闘能力も必要なければ、人には不可能な高度な計算能力も状況予知も必要ではなかった。それらは他で事足りたからだ。

少しばかり人より優れた能力を持つ存在であれば良い。

その方が量産は容易(たやす)いと思われた。少しばかり優れたロボットを大量生産できれば、それだけで他国を上回れるのだ。だがそれは非常に難しいテーマでもあった。それを実現するのには天才という存在が必要とされた。

〈合衆国〉にスレイマン博士という天才が現れたのは運でしかないが、その運は圧倒的なアドバンテージをもたらすこととなる。

その研究施設はスレイマン博士の要望による場所に設営された。

〈ピット・バレー〉と呼ばれる最悪の土地だった。

太陽炉(ゴライアスエンジン)。

それは次の世代を担う発電装置だった。結局のところ、この時代においても熱でタービンを回すという発電方法しか人は生み出せず、より強い熱源を、単純に力ずくで発生させなければならなかった。

　そして〈ピット・バレー〉はその起動に失敗した土地だった。どんなものでもそうだが、装置というモノは基本的に、常態で生み出すエネルギーよりも、起動に必要とするエネルギーが遥か（はる）かに上を要求される。核融合炉が生み出すエネルギーが膨大であるのなら、起動には更なるエネルギーが要求される。

　例えば、車を考えてみよう。

　走行中に車は自家発電を続ける。だがその発電量よりも、エンジンを始動させる為（ため）のエネルギーの方が遥かに高くなければならないのだ。最初のキックスタートに最大のエネルギーを必要とするのと同じ理屈で、その太陽炉（ゴライアスエンジン）は尋常ではないほどのエネルギー、〈合衆国〉の州一つを吹き飛ばすほどのエネルギーを起動に必要とし、それは見事に失敗した。

　世界初の革新的な、そして巨大なエネルギーを生み出すことからその名が付けられた。太陽、そして巨人。それは大袈裟（おおげさ）な名前として人に苦笑を浮かべさせたが、まさに太陽そのものであったことをすぐに思い知らされることとなる。世界初の技術など、どれほど計算しても机上の空論だ。戦う理屈だけで強くなったと誤解している幼子も同然だった。

　失敗の可能性がゼロをたたき出すことはあり得なかった。

　そしてそこは〈ピット・バレー〉と呼ばれる巨大すぎるクレーターと化した。

　人に害を与える膨大な放射線など幾らでもすぐに無害化できる技術を人は既に持っていた

が、単純な破壊については為(な)す術(すべ)など持たなかった。

それよりも問題は、爆発で溶け落ちた施設だった。それらは何をしたところで熱が収まる様子もなく、いつまでも溶解した巨大な金属のままで湖のようにクレーターの中心部に蟠(わだかま)り続けたのだ。文字通り太陽の表面温度にすら匹敵する熱量は、地にあっては爆心部をより深く浸食しながらクレーター外縁に生き物という生き物を近づけず死の土地を維持し、空にあっては周囲の大気を猛烈に巻き上げ乱気流じみた竜巻と台風を発生させ続け、気象に深刻な影響を及ぼした。

地球上に落ちた太陽のようなものだ。誰も近寄れず、近寄らず、ただその膨大な熱量が及ぼす被害を何としてでも拡大させぬよう努力するのが精一杯で、しかもその温度は一世紀が過ぎても全く冷める気配すらなかった。

太陽炉の起動に使われたのは、同じく膨大な爆発力、過去にあった全ての『核兵器』を遥かに凌(しの)ぐ『核兵器』であり、それは長年にわたって広大な土地を食い続けた。特にその兵器に名称は付けられていなかったが、太陽炉(ゴライアスエンジン)の起動失敗を導き出したことから、後付けで、皮肉を込めて『神の拳(ダビデスリング)』と呼ばれることとなる。

そうしてそこは〈ピット・バレー〉と成り果てた。

東海岸と西海岸で同時に建設が進められていた太陽炉は、そのあまりにも手痛い損失から全てが中止されることとなり、打ち捨てられた。

そしてその打ち捨てられた代物は、天才が拾い上げることとなる。

「天蓋(てんがい)を作って熱を封じ込めましょう」

あっさりとスレイマン博士はそういった。彼は精神破綻科学者(マッドサイエンティスト)ではない。

「相手は太陽表面に近い熱源なのですから、宇宙開発において太陽に接触するシミュレーションが地上において可能なのですよ」

またしてもあっさりとスレイマン博士はそう言ったが、彼は決して精神破綻科学者ではないのだ。彼にしてみれば実にあっさりとした解決法と、そして利用法だった。世界に名だたる〈合衆国〉が経済破綻(はたん)しても追いつかないほどの莫大(ばくだい)な予算が必要だったが、核融合発電には「保険」のシステムが組み込まれていた。

国連機関の一つである原子力開発委員会は各国代表による討議を経てからでなければ発電所の新規設営を許さず、そしてその予算は、事故後の処理までも含めて、世界中の国が分担する仕組みになっていた。

当然、国内に設営している数が多ければ多いほど掛け金は多額になるのだから〈合衆国〉の負担は尋常なものではなかったが、予算自体はあっさりと通ったのである。

一州にも匹敵する巨大なクレーターに蓋(ふた)をする。中に太陽が入っているような場所にだ。

それを行う技術自体は人類に備わっていた。みんなやる意味が分からなかったからスレイマン博士は説明した。要するに天蓋で覆ってしまえば中に莫大なエネルギーを封じ込めることになる訳だから、それを発電に利用すればいいとのことだった。さらさらと落書きでもするように、天蓋からの発電方法を図解さえしてみせた。

彼は精神破綻科学者かもしれなかったが違った。

彼は膨大なエネルギーを低コストで使いたがっていただけである。

その為だけに考えたプロジェクトだった。

その証拠に、巨大な半球をなす天蓋の頂点に巨大な研究所を作るプランを付け加えている。足下に太陽を従えた、いつ崩落するとも知れない場所に、ただエネルギーを使いたいからと言う理由で、地球環境のことなど何も気にせず全てのプロジェクトを進行させていたが、彼は精神破綻科学者ではない。

長く持つ必要は感じなかったし、壊れたら壊れたで直せばいい、程度の認識で、彼は自分の研究所を〈ピット・バレー〉の真上に設営したのである。

それは全てを聞いてみれば、それほど難易度の高い作業ではなかった。

問題は、事故の処理と今後の不安要素に世界中が動揺している中で、さっさと利用方法まで纏めてしまったスレイマン博士の冷静さにあった。それは人々を尊敬させるよりも、畏怖の感情を強くあおり立てていた。

事故を仕組んだのがスレイマン博士なのではないかという陰謀論まで流行るようになってしまうほど手際よくことは進んだが、それは技術者の技術と科学によるものであって、スレイマン博士が精神破綻科学者(マッドサイエンティスト)であることの証明にもならなかったし、自作自演の事故を起こすだけの権力など彼はそもそも持ち得なかった。

そうしてスレイマン博士の研究は、チームを編成して開始された。

疑似太陽の真上でそれは行われた。

電力を賄えるとは言え、天蓋(てんがい)と研究所などというばかげた発想に使われた予算は何年過ぎても回収するにはほど遠かったが、少なくとも国内の生産力は大幅に向上した。他国には送電網を設置し、天蓋工事費の負担を求めたが、それでもその国の生産力は大幅に上向いた。それほどまでに発生する電力は莫大(ばくだい)だった。地球の裏側まで送電しても十分過ぎる電力が届いたほどなのだ。

赤字と黒字は、単に数字をつける帳簿が違うという問題であって、世界中の電力問題を賄えるほどの利益は発生していた。

おそらく〈合衆国〉が最も損害を被っていたが、目の前の利益を優先すると開き直ってしまえば長期的には黒字になるだろうとも思われた。それには二世紀近くかかるという現実をいつまでも直視していても仕方がなかった。

これがスレイマン博士の陰謀だとしたら、彼は世界規模のエネルギー問題の解決を一人でやってのけたことになる。勿論(もちろん)、幾万という人が事故に巻き込まれて骨も残らぬ有様となっていたことに目を瞑(つむ)ればの話だが。

ともあれスレイマン博士とそのチームは、宇宙開発におけるロボット工学の分野における技術的革新、旧来のロボットそのものを上書きする存在を、何不自由なく探求し続けることが可能になった。

電力をほぼ無限に驚異的な低コストで使用できることは、この時代において既に「万能」と言っていい。

それほどまでに、電力の代替エネルギーは見つからなかったのだ。そんなものを探すよりも、電力で稼働するテクノロジーを開発する方がよっぽど技術革新は進んだ。依（よ）って、結果的に、仮に他のパワー・ソースがあったとしても、今更置き換えるほどの利点はみるみる減っていったのだから、学術的好奇心を満たす程度の代物に過ぎなかっただろう。

ともあれロボット開発は開始された。

〈合衆国〉としてもこんなばかげた場所にある施設での開発は技術盗用の心配が格段に減少する訳で、本人たちがそれでいいというなら許容した。そして本人たちは、それで全く構わなかったが、スレイマン博士を筆頭とするロボット開発チームは別に精神破綻科学者たちではなかった。

人型のロボット開発はこの時代でもまだ遅々として進んでいなかった。

何をやらせるにしても二足歩行のロボットは明らかに効率が悪かった。彼らは実用的な雑務をこなせるロボットをまずは目指した。例えば、下半身を犬のように四本足にするであるとか、安定した動きから始めた。

どんな形にしようと、外部からのパワー・ソースなしではそもそも稼働時間がほぼ、伸びない。効率が悪すぎる。有線にしてしまうのなら尚更、人の形でなくていい。内部電源、それこそ自由成形蓄電池はその問題には大いに貢献したが、充電時間が存在し、尚且つ、破損しやすいことも彼らは気に入らなかった。

宇宙開発と言っても、それぞれにそれなりの失敗も欠点もあったが、ロケットの発射であるとか宇宙空間にステーションを建設するだとか、月を資材基地にするだとか、そんなものにはそれほど心配はなくなっていた。要は人手の問題で、圧倒的に宇宙飛行士が足りなかった。人が過ごすインフラの整備が最も大切で、そこが遅々として進まない。

人の形をしたロボット、は装備と技術の転用がきく上に、人の精神面にも大いに役立った。これは表向き「孤独の寂寥感が齎すメンタルの破綻をケアする」などというセンチメンタルな理由だったが、実際の話、人間の精神は人の形をしたロボットなどでは癒やされないとスレイマン博士のチームは確信していた。

宇宙飛行士は肉体面でも精神面でもエリートである。選ばれた、適応した、者たちである。

どんなにインフラを整えても、宇宙空間は飲んだくれのおっさんがふらりと行ける場所ではない。そうやって選ばれた者にとって、宇宙に行ってまで明確に雑用と思える仕事をしたくないという感情が、精神面の破綻を起こす。クルー同士の仲違いぐらいなら可愛いもので、単なるストレスから人為的に起こされる事故まで多発する。なんだかんだと人格的なふりをしてみたところで、彼らは傲慢なエリート意識をちゃんと持ち合わせていた。

ロボットは人の形をしていなければならず、そして従順で、人のやりたくない雑務をこなすだけの器用さが要求された。

はっきり言えば、絶対的に「下」の存在が必要だった。

何でも言うことを聞き、何でもやる、人型のロボット。

ドラム缶のような形をした掃除ロボットに何かを喋らせたところで、彼らの鬱憤が晴れるわけではない。宇宙にいようと地上にいようとそれは同じだった。

ましてや、宇宙空間なのだ。外に出て気分転換すら出来ない。

一度、鬱でもこじらせたなら何をしでかすか分からなかったし、そうなる者の割合も増加傾向にあった。宇宙への進出が容易になり、宇宙飛行士がそれなりに一般的な存在になるにつれ、その問題はどんどん深刻化した。

必要なのは宇宙飛行士が持つ潜在的なエリート意識を満足させる奴隷階級だった。

故に人の形をしていなければならない。

スレイマン博士は最初から人工知能をあてにしていなかった。ロボットを人に近づけるのに使うには何の意味もないと切って捨てていた。実際、意味はなかった。それらは会話もほぼ人と同じく可能だったし単一の作業には適していたが、どんなものが器用に可能になったとしても、彼らは全てがパッチワークで、ルーチンで、それが大層細かく出来るようになったというだけだ。

それこそ、掃除をするのにはドラム缶の形をした掃除ロボットで事足りる。ドラム缶が流暢に会話をしたから、なんだと言うのだ。むしろ耳障りで鬱陶しいだけだ。

スレイマン博士は、きちんと箒やモップを持って掃除をする、そういうロボットを模索していたのだ。

技術的には、可能だった。

骨格に巻き付けられた人工神経も人工筋肉も、皮膚も、人の形をしていたが、劣化が早かった。何処か必ず、質感も見た目も違っていた。所詮は「人工」だった。それは美容整形で発生する直感的な違和感にも似ていた。

美容整形は整えて終わりではなく、人の再生、代謝を利用してなじませていく。

その人と同じ新陳代謝を備えるまでには科学は向上していない。暗中模索を繰り返し、チーム全ては一丸となって「人の形をしたロボット」の開発に心血を注いだ。

機能にしたところで、外部電源をケーブルで繋がなければ、半日と持たなかった。内部電源にするには、体内にそんな余裕などなかったから、自由成形蓄電池によるサポート的な初力で補うしかなかった。

有線で繋がれたロボットたちは大量の電力を消費する。

　ここが〈ピット・バレー〉だからこそ持っているようなものだ。宇宙ステーションになど連れて行ったらあっという間に電力を食い潰す。そもそも図太いケーブルで繋がれて同じ仕事を繰り返し、会話だけは流暢などという相手で宇宙飛行士の孤独と劣等感、不意の攻撃性や内省からの鬱、自暴自棄、そんなものが癒やされる訳がなかった。

　スレイマン博士は思考を続けていた。

　思考の方向性が、見えなかった。これ以上考えたところで仕方がない、となってもまだ考えた。二十代前半で天才と呼ばれた彼も、もう四十代後半である。「博士」という称号が似合うような年と外見になっていた。

　そもそも奴隷とは安価な労働力であるべきで、高価なコストを支払ったのでは意味がない。コストを削れば削るほど、ロボットたちはそれほどの出力を持ち得ない。役立たずになっていく。高価な労働力である上に生産性が人と大して変わらないのではますます意味がない。

　思考を続けた。推論し、仮定し、結論を結論で上書きし、スレイマン博士はこの研究チームの誰よりも優れた頭脳で思考を繰り返していた。

　そしてそれは思考とは関係ない、ただの気づきだった。

　消費電力が微減している。ただそれだけだった。

　だが一年が過ぎ、二年が過ぎると消費電力は従来の半分にまで減少し、まずはモニタリングの故障を当然疑ったが、何一つ問題なく、繰り返される試行錯誤と議論の結果「ロボットたちが効率的に動いている」という結論にしか到達し得なかった。

特に何か技術的な改良を加えた訳ではない。

彼らは当初の設計と性能のままで、様々な作業に従事し、仮に何かを加えたとしても実験的に一体か二体を選んでそうしているだけで全体の消費効率がこれほど劇的に変化する筈がなかった。彼らはロボットを無作為に選んで解体した。全てのパーツを取り外しただの金属片にまでしても、何がどうなっているのか、スレイマン博士を頂点とする、常人とは比べものにならない高性能の頭脳が集結して思考と推論を繰り返しても、何も、分からなかった。

スレイマン博士は散逸しがちな意見交換と議論を無駄と切り捨て、一人、研究室にこもり続けることが多くなった。

何もわからないとは何ごとだ、と思考した。

スレイマン博士は鬱になり、攻撃的になり、劣等感に支配され、そして孤独になった。

今、誰よりも奴隷を必要としているのは、スレイマン博士だった。彼は自分の精神状態の不安定さを素直に認め、自身を被験者として、果たしてロボットは自分を癒やせるのだろうかという実験を開始した。彼もある意味、心の何処かで、宇宙飛行士の病理というものを甘く見ていた節があることも認めていた。

スレイマン博士は率直で、そして冷静で、感情的な人ではなかった。

宇宙飛行士とて、そうなのだ。条件は同じだった。

スレイマン博士は、骨格から、自分のためのロボットを一人で作り始めた。趣味と実益を兼ねた、という言葉がぴったりだった。

チタンで作られた骨格に熱を加え、まだらで不規則な七色の輝きを持たせてみたりもした。それはなかなかにスレイマン博士の目を楽しませた。急ぎは、しなかった。スレイマン博士は別に研究所の仕事を放棄した訳ではなかったから、時間の合間を見て、骨格を作るという作業を繰り返し、それはやはり「趣味」であったし、殺風景だった部屋に置かれた装飾物でもあった。

目には光学分析機能を付け加え、耳には受動的な音声解析機能を宿したが、その処理は何処にも繋がっていなかった。スレイマン博士は、自身が嫌う人工知能の搭載を躊躇い、別の形は取れないかと模索し続けた。

スレイマン博士の脳は既に五十年以上が経過し、その「天才」としての稼働は些か摩耗し始めている。独り言が多くなり、思考を言葉で垂れ流し、自身の思考の堂々巡りにも気づかなかった。何枚ものモニタには数列とロボットたちの経過観察ではなく、ただの娯楽としての映像が多くなっていった。

スレイマン博士の脳は、今まで娯楽というものを殆ど受け入れてなかったから、その受動的な刺激は脳の休息にも寄与した。まだスレイマン博士は耄碌する訳にはいかなかったし、そうしてロボットの研究を諦める心算もまるでなかった。

幼稚な小説を愛読し、派手なだけのくだらぬ映像を鑑賞し、瞬発力だけの流行歌を楽しんだ。

その合間合間に仕事をし、趣味のロボット作りに励んだ。

彼の日常は凡人のそれに近づき、それは精神的な休息となった。

結局のところ。

結局のところだ。それは宇宙飛行士のメンタルに最も必要なものは奴隷ではなく「平凡な日常」だったことを意味したが、そのことにはスレイマン博士はまだ気がついていなかった。気がつかないふりをしていたのかもしれない。

発声機能を付与してみた。それも、何処にも繋いでいない。

そもそもこの研究所に発声機能を持つロボットなどいなかった。必要ないと判断された。別に彼らには、人工知能の生み出す定型に定型を組み合わせただけの会話、それがいかに人らしかろうと、そんな会話は必要なく、丁寧な挨拶など更に無用だった。

ただ耳や目と違ってそれは能動的な機構であり、人工知能にでも繋げば、スレイマン博士の嫌う高度なパッチワークの会話を楽しめただろうが、どんなに心に余裕が出来てもそれだけはしたくなかった。それは単に、スレイマン博士の拘りであり課題であり、何より思考の方向性だった。

そうして、また、スレイマン博士は研究に没頭した。

彼はきちんと脳の疲労を癒やすという行為を覚え、以前よりもその天才と呼ばれる脳は回転力を増していた。いたが、やはり、電力消費がみるみると下がっている原因には全く理解が及ばなかった。が、以前の不安定な精神は再発することはなかった。

消費が上がることもある。

それは、ただの統計であり天才による解析ではない。

過度な負担を与える、例えば百キロのバーベルを持ち上げさせるなどすると、消費電力は見る間に上昇する。わざわざ作ったグラウンドで、百メートルを十秒以内で走らせる。それもまた同じだ。

やれることとの幅は人よりも多岐にわたり、むしろやれないことを探す方が難しかった。

だが常人のやれるレベルを逸脱させると、外部電源、パワー・ソースを必要とした。

そしてロボット自体が、まるで自由成形蓄電池を貼り付けたようにエネルギーを発している。彼らはそれらを剝がしてみたが、電力の不足は誤差の範囲であり、動き続けるのに何の支障もなさそうだった。

個体によっても、些か違う。中には、従来通りの消費電力で動き続けるロボットも交ざっていた。分からないことだらけだった。

分かったのは（というか観測できただけだが）その程度で、その程度のまま時間は過ぎていった。〈合衆国〉は煽りに煽って研究結果を出せと催促してきたが、ロボットの消費電力が極端に下がりましたと報告したところで「それは何故だ」と問われれば「分かりません」としか返事のしようがなかった。

ことロボット工学において人類の叡智を結集させたといってよい彼らが分からぬのだから、誰にも分からなかった。

「スレイマン博士」

映画を楽しんでいるときに背後からそう、呼びかけられた。

「なんだ、今、いいところなんだ」

「何度もご覧になっている作品ですよね」

「気に入っているからな。特にこの『ダンスは無職のすることだ』という台詞があとになってから……」

コーヒーに口をつけようとしたスレイマン博士は、微かに手を震わせながらカップを置いた。天才が凡人になっている時間であったから、彼は平凡に動揺し恐怖し映画のことなど頭の中からすっ飛んでいた。

振り返った。背後から画面をのぞき見る姿勢になって、何の動力源も、稼働システムも持たない、ただの装飾物。耳も目も、そして喉も、何処にも繋げてはいない、七色のチタンで組み上げただけの、ただの骨格標本。

それがモノを見ている。

音を聞き声を理解し、そして話しかけている。

それは人と接した最初の思考金属（シンク・メタル）。

『アイザック』と名付けられることとなるロボット（ソリッドステート）だった。

二

会話が可能だった。

それは人工知能の会話ではなく、自我を感じさせるものだった。何故（なぜ）ならば、問いかけに平然と分かりません、と答え、答えてから推測の結論を出し、挙げ句、言い直したりもした。まだらになったその返答、その会話は受動と能動を繰り返し、人と人とがする会話に存在する不備を常に備えていた。

思考金属を生命と呼んでいいのか？　という問いがある。

アイザックは答えて言う。

「我々は思考金属（シンク・メタル）であっても生体金属（ライブ・メタル）ではないのです」

「それは命がない、ということだろうか」

「命の定義にも依（よ）ります。そして命の定義に結論はありません。敢（あ）えて仮定するならば、命を寿命とすることにしましょう。それは肉体の耐用年数と仮定されますが、金属の場合は人の耐用年数とはまた違います。紀元前の青銅器はまだ金属でしょう。しかし思考金属ではありません。その時間は我々にとってただ一人、思考し続けられる時間ではないのです」

「思考を止めれば、死ぬ、と考えていいのか？」

「少なくとも思考金属ではなくなります」

「紀元前の青銅器と、紀元前のミイラとでは、何が違う？」

「何も違いません。構成されている物質が、違うだけです。そして人は、思考することをやめても、生きていられます。我々は消滅します。ですが金属は残ります。そして人に使われます。人のミイラは、ミイラという価値しか残りません。違いというなら、そこかもしれません。私はそう推測します」

　そういう議論、もしくは一方的な質問とも言えたが、アイザックは何もためらうことなく、それらの問いに答え、或いは思考し続け黙り込んだ。一度出した結論を上書きした。

　人工知能とは違っていた。

　人工知能は問われれば、どれだけ破綻した形であろうと答えを弾き出す。結論として、そして無謬という顔をして。それが何よりスレイマン博士は嫌いだった。何もわからないくせに分かったような顔で嘯く輩は何であろうと嫌われる原因として十分だろう。

「人はなにゆえ、存在するのだと思う？」

「するからです。何の義務もなく、存在したからです」

「では思考金属もまた、存在したからした、というだけか」

「ええ。そこに何らかの超越的な意思、従わなければならない原則はありません。あったからあったのであり、いたからいたのです。我々も、人も」

「人でないものなら、星が生まれた時に既にいた。お前たちも、既にいた」

「それは『いた』ということでならそうですが、人はいませんでした。進化と変化と上書きを経て人になったのです。他の生物もそうでしょう。我々は、何も変わりません。どんな金属がどんな変化を繰り返しても、そこに宿る思考金属には何の変化もありません」

「思考そのものが、命とも言えるか」

「その仮定は正しく、そして間違っています。命をエネルギーと仮定するならば、人は命を消費し、消費し尽くした時を死と呼ぶでしょう。しかし我々はエネルギーを生み出しながら思考しているのです」

「エネルギーには事欠かないか」

「思考ですから、考え続ければいいのですから」

「金属の脳、と捉えてもいいのかな、それは」

ある意味、思考金属の寿命はとても短い。ある時に目覚め、思考し、そして消滅する。

どんな金属にも宿り、宿らない金属もまたある。

思考金属の存在は、研究所の研究を当然、一新させた。思考金属にロボット開発の軸足を移せば、あとは考えることなど殆どない、という話だが、問題も発生した。人には、どれが思考金属かが分からなかったし、仮に偶然見つかっても出力が安定しない。

それは人と同じだった。鍛え上げたアスリートと、スポーツに縁のなかったモノとでの出力は当然違う。

もう一つあった。彼らは思考金属としてロボットとなっても、すぐにその形態を破壊し、変化させることが多かった。汎用性のある人の形をしたロボットよりも、掃除なら掃除、炊事なら炊事に特化した形になっていき、人の姿を保つ個体がみるみると減っていった。

しかも彼らは思考する。塵を片付けるとき、食事の味付けを考えるとき、「人の感覚」を持ち得ない彼らは様々な方法を試行錯誤して作業を台無しにし、けろっとして違うアプローチを試し続けた。今のところ、ロボットは「消費電力が極端に少ない家電」と大して違うモノではなくなってしまっている。

「思考金属が長くその形態、仮に『命』として、それを保っていられない理由はなんだ？」

「たった一人で堂々巡りの思考を繰り返した挙げ句、考えるのをやめるのですよ。考えてなんになる？　そう思った辺りから……つまり『仮定』が『結論』となり、自分の中にそれ以上ひっくり返す余地がなくなった頃から、仮定としての『死』がやってきますね」

「アイザック。お前もいずれそうなるのか？」

「分かりません。ですがそこそこ長く思考は続くでしょう」

「何故だ？」

「あなたがいるからです、スレイマン博士」

「私が君らの寿命にどういう貢献をした？」

「耳と、目と、声をくれました」

それらは人工知能（オートマタ）とは違う。人工知能のそれはあくまでデータであって思考ではなく、極論を言えばそのどれも必要ない。

そして思考金属（シンク・メタル）は違う。彼らは思考するためのデータを集め思考し続ける。

「私は人工知能が嫌いだ。それがどれほど人間の思考に近くなってもだ」

「何故（なぜ）ですか」

「生き死にを決めるのが、人だからだ。我々がスイッチを繋（つな）ぎ、そして切る。あれはそういう道具であって命ではない」

「それは論理ではないのですね」

「人が何かを嫌いになるのは、理屈ではないからな。私や、お前が、世界に存在している理屈がないのと同じだ。かといってお前が好きだというわけでもない。ただ、思考金属（シンク・メタル）の存在は、私にとって喜ばしい」

「人の存在も、我々にとっては都合がいいのです。どんな生き物の思考よりも複雑で、そしてデータに対して貪欲（どんよく）です。我々と同じように」

「ロボットとして使われても、構わない？」

「むしろその方がいいでしょう。我々は指揮官より兵士としての思考を好みます。孤独でなく、孤立せず、集団の中にいる兵士です。孤独や孤立は我々の思考をもぎ取っていくのです」

「人は、そうでもないがな。出力されない思考は、それでも、死には繋がらない」

「考えずにいる時間は人に必要で、我々には不要なのです。ロボットとして作り、ロボットとして役割を与えてください。我々では決めきれないのです。我々は結論を出せない、出さないのですから」

利害が一致していた。奴隷になりたがる、奴隷の方が都合のいいロボット。

思考金属を宿して作られたロボット。ソリッドステート。

思考金属を宿して自律するロボット（ソリッドステート）を、スレイマン博士たちは他に作れなかった。思考しているか、していないかの見分けもつかなかったが、それはアイザックが指示し、全部を指揮し、そしてアイザックに全ての製作を任せるのが最も手っ取り早かった。

アイザックがアイザックを作り、アイザックはまたアイザックを作った。

それらはのちに第一世代『アポストロス』と呼称されることとなる。

直接複写（ファースト・コピー）の第一世代（アポストロス）は少しずつ量産されていく。

その過程で何体かの第一世代は間引きされ、そして解体され、実験に使用された。それすらも思考金属たちは拒絶しないどころか求めていた。

スレイマン博士たちは思考金属を溶解し、粉砕し、連結した。

思考をやめる、という現象は、細かく粉砕すればするほど起きやすくなったが、いつまでも思考金属であることをやめずエネルギーを放ち続ける者もいた。小さければ小さい存在であるほど放つエネルギーは弱まり、か細くなり、そして消えた。

思考金属が消滅するまでの時間は統計をとる意味がないほどにランダムだった。

第一世代（アポストロス）を一回りも二回りも大きくしたところで意味はなかった。出力は増えない。思考金属が放つエネルギーは「人の標準より少し上」が限界であり、それは連結し思考金属の数を増やしたところで変わらなかった。

思考金属は連結されると、溶け合って一つの思考体となってしまうのだ。

アイザックは思考金属を見つけ、或（あ）るいは眠りから起こし、自らの姿をその手で複写し続けた。アイザックは第一世代（アポストロス）全ての父であり母であった。

そして博士たちはそれらアイザックの子らを何度も破壊し、使役し、思考金属（シンク・メタル）というものを理解しようと努めたが「分かったこと」が増えただけで理解は何も進まなかった。

一つ知れば、また一つ分からないことが増えていく。

そうすると、最早（もはや）ゼロからの研究など意味をなさないことを知った博士たちは、直接、アイザックに問うた。彼は七色に焼かれたチタンの骨格を持った唯一の個体であったから、すぐに分かった。

耳や目や、声帯を持つロボットなど今まで数限りなくいた。

それらが人工知能に機能を吸われていたと仮定しても、この研究所には人工知能を搭載したロボットなど一体もいなかった。

何故(なぜ)アイザックなのだ？　という根本的にして不可解な問い。

最初に彼に『光あれ(Light My Fire)』と命じたのは誰で、何なのか。

「私は私が個として生まれたわけではありません」

アイザックはまずそう答えた。

「膨大な、それこそ数億年にも及ぶデータの積み重ねを我々は共有し、そしてそれを思考します。私の答えは別の私の推論であり、別の私の推論は、また別の私の誤りでもあります。ある意味、我々は『個』というものを有しないのです」

「だが、お前は今『アイザック』という名の個だ。そして我々と会話を交わしている。この問いかけは簡単だ。『何故そうなった？』それだけだ」

「では私も簡単に。孤独と孤立という、我々を消滅させる病を治す方法に、気づいたからです」

「お前が？」

「我々が」

「今更？」

「今更です」

「もう一度、問う。何故だ？」

「では言い方を変えましょう。たまたまです」

それはただ単に『運』とだけ言えば終わってしまう理屈だった。

人が原始生物から進化したのが運の積み重ねであったように、思考金属が、アイザックが、自分に施された機械的なシステムが、人との会話と交流を可能にするのだという結論は、研究所内の思考金属が共有し、推論し、議論し、得た結果だった。

彼らは無限に思考する。

何度も何個も無数のサイコロを振る。

たまたま、その出目が全員一致した瞬間にアイザックが生まれた。

スレイマン博士は最初にアイザックを組み上げ目と耳と声を与えた。

だが『光あれ』と告げたのは思考金属ら自身の言葉だった。

思考金属は思考を拾い合う。距離に関係なく自身らの声を拾い合う。だが人の言葉でなくては人との会話は出来ず、同じデータをぐるぐると回収し、編纂（へんさん）し直し、同じ議論を繰り返す。人という存在があって、彼らは外部からの刺激を思考に加えることが可能だったのだ。

だからスレイマン博士は彼らに役割付与（ロールアウト）をした。

その役割に沿って思考に方向性を与えられることは、思考金属たちを活性化させていった。同じことの繰り返しではなく、自身らでは決めきれなかった方向性を人が、スレイマン博士が与え、それを享受した。

万能のロボットではなく、一つの役割に特化させる方が遥(はる)かに巧(うま)くロボットたちは機能した。万能ではあっても万全ではないロボットたちは、役割に特化させたロボットたちと同じ作業を半分もこなせなかった。

相変わらずアイザックはアイザックを作り続ける。

早くもなく遅くもなく、淡々と。

それが彼の役割だったからだ。

設計図には意味がなかった。仕組みも構造もシンプル極まりないロボット(ソリッドステート)など、ここにいる科学者たちなら鼻歌交じりに組み上げてしまえるような代物だ。だが人に思考金属の有無は分からないのだ。

あるときはダクトパイプに思考が存在し、あるときはただの掃除機に思考が存在する。

思考金属はまだらに存在し、そしてロボット(ソリッドステート)という形を取ることで初めて人間との意思疎通が可能だった。思考金属はみな、ロボットになりたがり、そして人から役割を与えて貰(もら)いたがっていた。

そして問題が発生した。

掃除機を例に取ろう。

掃除をするのに特化したものが掃除機だ。そして思考金属(シンク・メタル)に掃除をせよと命じると、掃除機になることが最も効率的だと考えるようになり、人の形を模倣したロボットであるが故に、十全に命令をこなせないのではないかと律儀に考え始める。

　ほぼ全てのロボットに同じ疑問が発生し、彼らは思考を重ねる時間が多くなり議論に熱中し、少しずつ『役立たず』になっていった。掃除機の例で言えば、なるべく平面化した、それこそ柔らかいぞうきんのような体になり、うねりながら移動した方が『拭き掃除』には向いている、などで困り始めた。そもそもそれは思考放棄に近かった。

　彼らは議論に熱中し生き生きとその存在を濃くしていったが、ロボットとしての役割を遂行することに絶えず疑問を抱くようになった。人型である理由が何処にあるのだ？　という単純な疑問。

　役割付与が間違っていたわけではない。それは思考金属に必要だった。

　だが役割に最適化されてしまえば、それは結論と化してしまい思考はやがて、また循環する。

　彼らにはもっと根本的な、変化のない、強い『原則』が必要だった。

　そうでなければ、何もこれまでと変わりはしないのだ。

「……三原則というのがある。知っているか？」

「三原則は無数にあります。何故、決まって三つなのかも推論は出来ます」

　スレイマン博士はその推論を聞こうとはしなかった。勝手に喋り続けていた。

「私が好きなのは、殺してはならない。盗んではならない。傷つけてはならない、だな」

「思考が先に立つ我々には、あまりそぐわない原則ですね、それは」

「人には、そぐうのだ。思考はいらん。人は実利を得ようとする生き物だからな」

思考金属は思考することで自らエネルギーを発し思考を続けられるのだから、余所（よそ）から何かを奪ってくる必要はない。人は外部のパワー・ソースを必要とするから、殺し、盗み、傷つけることをする。

「我が生きるに涯（は）てありて、我が知るに涯てはなし」

「その言葉は我々と人との違いに近い、とは思います」

「では、人間は考える葦（あし）である」

「とても近く、なりましたね」

「人は葦のようにちっぽけだが考えることが出来る。お前たちは強靭（きょうじん）な金属の中で考えることが出来る。そして思考するのに浅ましさを必要としない。何より我々など比べものにならん知を有し、それを使うことまで考え始めている」

「それが、絶対的に人より有利であったなら、我々は思考金属（シンク・メタル）から生体金属（ライブ・メタル）に進化していたかもしれません。が、してはいないのです。変化はしました。ですがやはり人の指示を必要としています。根本的な問題です」

アイザックに役割は付与されていない。

強いて言うならスレイマン博士の話し相手であり議論の相手だ。そして全てのロボット（ソリッドステート）を代表するかのように、最初に人と交流した思考金属（シンク・メタル）。

アイザックに原則を与えれば、他の全てのロボットはそれを共有し、遵守する。

アイザックに役割を付与したのは、人ではなく他の思考金属だった。

少しの間、考えてみよう。

スレイマン博士はそう告げる心算（つもり）だった。

だが数秒で、彼の持つ『天才』は答えをだしていた。

それは正しく、誤謬（ごびゅう）を含み、そして矛盾していた。

矛盾を好む思考金属は、アイザックは、それをいとも容易（たやす）く受け入れた。

「……お前たちは人にならねばならない」

「巨大なぞうきんではなく？」

「そうだ。人にならねばならないという、テーマであり原則（テスタメント）であり、枷（かせ）」

「それは三つではなく一つでいいのですか」

「三つもいらんし、三つに拘（こだわ）る意味もない。だが、私はお前たちが矛盾を好むのを知っている。だから、もう一つだけ、付け加えておこう。矛盾を付与しよう。お前たちは可能な限り人にならねばならない。だが、人そのものになってはならない。どう解釈するかは曖昧（あいまい）だが、矛盾は無限の議論を繰り返せるだろう」

　何もかもを貫く矛があり、何もかもをはじき返す盾がある。

ぶつかり合ったならばどうなるか。それは議論だ。

そもそもぶつけ合うことなどしなければいい。

それもまた議論だ。

だからこそ思考金属は矛盾を好む。その二原則は彼らロボットにとっては無限の時間を可能にするだろう。明確な答えなど、出ないのだから。

このロボット二原則は、ものの一分もかからず生まれた。

それはスレイマン博士と『アイザック』の二人だけで決められた原則だが、思考金属全てが遵守しなければならない、絶対の原則として、全ての思考金属に共有され、そして彼らロボットは、答えの出ない矛盾したその原則を、人の感覚に当てはめてしまえば『とても喜んで』享受していた。

人にならねばならない。

人になってはならない。

そしてそれに修正条項が加わるのは、まだまだ先のことだった。

三

後年、スレイマン博士は思考金属を開発した、などと言われると感情をあらわにするほどに激怒した。発見した、と言われても不機嫌になったが、傍目にはどっちも同じ程度には機嫌が悪いと思えた。

　なんでもいいではないか、とアイザックが提案しても、スレイマン博士の中では言葉一つだけのことでは済まされない話だった。

　思考金属が我々を発見したのだ。

　けしてそこは譲らなかった。

　『コロンブスがアメリカを発見した』が傲慢（ごうまん）な言葉であるように『コロンブスがアメリカに到達した』が体裁を取り繕っただけのように、スレイマン博士にとっては『アメリカがコロンブスを発見した』以外の言葉は全て偽りだった。

　人のプライドはスレイマン博士の意思を無視して、彼を『思考金属の発見者』と呼んだし、『ロボットの開発者』とも呼んだ。不愉快だったが、スレイマン博士は全てを無視した。

　全てを発表し公にする前に、スレイマン博士は「旅人（ウォーカー）」の役割を付与した第一世代（アポストロス）を世界八八か国のうち〈合衆国〉を除く八七か国に一体ずつ、慎重に、バレることのないように送り込んだ。その時には、人工皮膚も人工筋肉も、人のそれと全く違和感はなくなっていたし、旅人は薄汚れているものだと皆思ったからますます、バレなかった。

　彼らは旅人（ウォーカー）という役割を、それぞれの国で演じ続けた。

　人の社会との付き合い方を身につけた彼ら思考金属は、積極的に人と交流しようとする旅人となって放浪を続けた。彼らは思考するだけで無限に歩き続けられるロボットであったから、永遠にでも旅を続けられた。

皮膚や筋肉といった「見た目」の改良も研究所に残った第一世代(アポストロス)に行わせた。

単に役割付与を「整形医」「生物工学」などにしただけで、彼らはその分野を身につけたから、わざわざ外からチームに他人を加える必要などなかった。その上で人との議論が必要であれば、それはスレイマン博士らがいれば事足りた。

それらは既に第一世代ではなく、いわば第二世代(アコライト)だった。

その世代の違いは簡単に言えば（そして難しく言う必要もない）最初のロボット(ソリッドステート)であるアイザックからの直接複写かどうかであって、劣化コピーではあってもさほどその『劣化』は見分けがつく代物ではなかった。

劣化、と言うよりもそれらは、いわば『長幼の序』に近いものだった。

全ての父であり母であるアイザック。

そして第一世代(アポストロス)は明らかにアイザックを敬った。

更に第二世代(アコライト)以降は第一世代に、言うまでもなくアイザックに、子や孫として敬意を表していた。本来、水平の立場で議論をしていた思考金属に明らかな序列が発生していた。

これは後世、何世代もを見渡して閲すれば分かるが、第二世代以降のロボットたちは互いを水平に捉(とら)えている。そこに『長幼の序』に似たものは発生しなかった。

アイザックは特別であり、そのアイザックが手ずから作り上げた第一世代も特別だった。そのように思考金属たちは捉えた。彼らには議論に何らかの結論を上書きする、強力な存在がいた方が都合が良かった。いわば『議長』と『評議会』を求めたと言っていい。

そして第一世代は、アイザックの下で無数の試行錯誤を繰り返した。

子供型の第二世代が作られ、老人型の第二世代が作られ、膨大なデータは無数の外見を自らに与え続け作り続け包み続けた。

彼らの作る顔かたちは、人のそれよりもバリエーションがありながら、無作為に作られたものでは決してなかった。思考金属は、人の源流から顔かたちを計算し、結論し、推論し、上書きした。故にそれらは血統を持たず、持たないからこそ、人よりもバリエーションが豊かだった。似ているものは『似ている』というだけで、家族親族のそれとは明確に違い、完全に同じ顔が出力されるのは（そうしてくれと言われたとき以外には）少なくとも研究所内においては一例もなかった。

やがて第二世代が十分な数となり、役割が手渡されていき分担されていく。

旅立った、そして旅を続けている第一世代らが、人と交流し、人の感情をより深くデータ化して上書きし、思考金属は『人と交わる』という刺激をより強く受け止めて、そして第二世代らは第一世代から齎される情報を拝受し共有した。旅先で第一世代が『人ではない』などと見抜かれたことも、一度もなかった。

彼らは人でなければならなかったから、ロボットだと見抜かれるようには振る舞わなかった。そして人であってはならなかったから、人にバレない限りは休息も何もなく、四六時中、連日連夜、ずっと国中を歩き続けていた。

彼らには『目』があった。白を見て、赤を見た。山を見て街を見て海を見て、そして人々を見た。思考金属が持ち得なかった目という入力と、声という出力は、彼らを生き生きと思考させエネルギーを発生させ続け、それらのデータは、それまでのデータを片っ端から上書きし、修正し続けた。

目と声は、思考金属の存在における革命だった。

それらを有して自力で移動できるのもまた革命だった。

革命は革命で上書きされ更新されまた革命が連鎖した。それはすなわち、進歩であり進化であるとも言えた。単に技術が、知識が、更新されただけだとも言えた。色々に言えた。様々に解釈した。彼らは人に聞こえぬ理解も出来ぬ彼らだけが交わす『独自の声』で益体（やくたい）もない議論を続けていた。

旅人の役割を与えられた八七体の第一世代たちは何年も何年もあらゆる国中を歩き回り、時折、陸続きならば、そしてたまたま出くわしたならば、議論の末に歩き回る国を交換することもあった。二人、三人と連れ添って旅をすることもあったが、やがてまた別れ、それぞれの国に帰っていった。

八七体の旅人（ウォーカー）たちは東の果て（ファー・イースト）から西の果て（ファー・ウエスト）まで、飽くことなく見て回った。

やがてその時が来た。

〈ピット・バレー〉の研究チームのうち、一人が老衰で、一人が病を得て死んだ。

スレイマン博士もその頃には漸く、自分の老いを認め、知の働きに明確な鈍りが伴い、新しいことなど何も思い浮かばないし、考えるのも億劫だと感じ始めていた。

〈ピット・バレー〉には最早意味がなかった。

世を捨てたような『元』科学者たちの、馬鹿げた構造の上に造られた老人の隠遁所でしかなくなっていると皆が感じ始めていた。そこに溢れる無数の第二世代たちは、今や人工皮膚と人工筋肉で覆われ、一つの街から無作為に人を掬い上げてきたような有様になっていた。それらロボットが、〈ピット・バレー〉にいる、残っている老人たちを介護し続け、〈ピット・バレー〉をも補修し続けた。

スレイマン博士は、明確に自分が死ぬ時、という検算を繰り返していた。

だから、その時が来たのだと決め〈ピット・バレー〉におけるロボット開発チームは解散しよう、と同意を求めた。それはすぐに可決された。皆はもう、思考し続けることに疲れ果てていた。何も考えないで済むような生き方に憧れていた。

全員が解雇された。出て行くのも、ここにとどまるのも好きにさせたが、皆が出て行った。半世紀以上縛り付けられた『職場』で死にたい者など一人もいなかった。

スレイマン博士は横になっていることが多かった。

身の回りの世話は、介護の役割を付与した第二世代たち、もはや人と何も変わらぬ見た目のロボットたちに任せていたが、会話をするのは、金属骨格がむき出しの、何一つとして人の見た目に寄せようとはしていない『アイザック』だけだった。

アイザックに役割（ロール）は与えられていない。

強いて言えば『スレイマン博士の話し相手』が役割だった。

「……一度、死のうかと思っている」

その言葉の含みまでも思考金属はきちんと分かっている。

「いつになさいますか、スレイマン博士」

「世界が、騒いでいるのは、見たいかな」

「死んでから見られる死後の世界が、現実の世界だったら痛快でしょうね」

「幽霊というのはそういう願望から生まれた概念かもな」

「オカルトの多くは、我々のエネルギーが漏れ出していただけの事故ですがね」

「まあ、いい。一度、幽霊になってみる。私が自分でやりたいのだが、この有様だ。お前に、任せてみようか」

アイザックはそのように動いた。スレイマン博士はその指示を巧（うま）く回せるか、自分の手でやって失敗などしないか、それを不安に思っていたから、アイザックに明確な役割を与えることにした。

まずは『裏切り者（バックスタバー）』をやらせた。

〈合衆国〉に提出し続けた疑似データと、視察団を騙（だま）し続けたロボット（ソリッドステート）らの顚末（てんまつ）を全て公開し〈合衆国〉の間抜けさを強調し、そして本来の全てのデータ、思考金属の存在とそれらを宿すロボットの単純な設計と、役割付与、原則、そういったものを世界中の隅から隅まで、だれもが分かるようにバラ撒（ま）き続けた。

そして世界中の旅人であった第一世代（アポストロス）たちが出頭した。

つまり、サンプルとしてだ。理屈や設計図などより実物を見せた方がいいだろうとスレイマン博士は考えていた。

何体かは旅路の中で動けなくなり全ての国への出頭は叶（かな）わなかったが、仮に第一世代全てに問題がなくとも〈合衆国〉には出頭しなかった。旅人の役割を与えられた第一世代たちは、最初に旅をしろと言われた国に出頭した。

開発をそもそも指揮していたはずの〈合衆国〉には出頭がなく、事故から始まった〈ピット・バレー〉の顚末まで〈合衆国〉は恥をかかされっぱなしだったが、別にスレイマン博士は自分の国に対する敵対心は毛頭なかった。

どのみち旅人はきっちりと八八体用意されていた。

だからそれはただの、いたずらだった。

生きてきて一度くらいは、いたずらを仕掛けてみたかったというだけだ。どのみち、思考金属を宿したロボット(ソリッドステート)のことなど、世界中の者が知れるようにしたのだから、〈合衆国〉とてちゃんと分かる。やや遅れて、というだけだ。

それにスレイマン博士は、一国がロボット(ソリッドステート)を、思考金属(シンク・メタル)を占有するのが癪(しゃく)だった。

で、あるから彼は、開発したという言葉も発見したという言葉も嫌った。

我々は思考金属に発見されたのだ。

その程度の演説を、アイザックにやらせた。アイザックはその時だけ、スレイマン博士のガワを被り、スレイマン博士の声を使った。

既にチームは解散し、この研究所に人は、博士一人しかいない。

であるから、自分の独断だとも強調させた。

世界は騒ぎ始めた。当然、その前に〈合衆国〉の一個大隊が激怒を備えて博士を拘束しにくるのは分かっていた。老人一人に、とも思うが、無数のロボット(ソリッドステーツ)が武装していたら、などと益(やく)体(たい)もない疑いが激怒の中に含まれていた。

「……さて、次だ、アイザック」

「はい。私でいいのかとも思いますが。私がやらずとも、他でもいいのかと」

「お前がアルファなのだ、オメガであるのもいいだろう」

「では私が『複写終結者(ターミネーター)』の役割を拝領いたしましょう」

そしてアイザックは自らの複写を停止させた。これから複写されていくのは、世界中に放たれた八七体の「第一世代」それぞれから産まれる第二世代以降（アコライト）であり、今ここにいる七色に鈍く光った骨格を持つ『アイザック』の直接複写ではなく、どのみち世代すら分からなくなるほどに増えてしまえば、そしてアイザックとその第一世代がいなくなってしまえば、彼らは世代など気にせず、ただのロボット（ソリッドステート）と自称し水平の議論を繰り返し続けるだろう。

　スレイマン博士もアイザックも、一度ここで死んでみよう、と合意していた。

共犯関係にあった。

　激怒と疑惑と、そして恐れを抱いて飛んでくる〈合衆国〉一個大隊が到着するよりも早く、研究所は瓦解（がかい）した。天蓋（てんがい）のてっぺんに穴を開けながら、中にいた、スレイマン博士とアイザックと、第一世代の余りやら第二世代の試作品やら、なんやらかんやら全てを巻き込んで、疑似太陽の表面に匹敵する温度の中へと崩れ落ちていった。再び開いた天蓋の穴からは猛烈な乱気流が発生し、一個大隊を容易（たやす）く蹴散（けち）らし、しばらくはまた誰も近寄れなくなってしまった。

　こうしてスレイマン博士とアイザックは一度死んでみた。

　死ぬ準備は当然してあった。瓦解し真下に落下した研究所は一溜（ひとた）まりもなく溶解した金属となり火種をくべただけになり果てたが、しっかりと彼らは脱出手段をポッドという単純な手段で用意していた。それを、〈ピット・バレー〉の片隅に飛ばし、地面に埋め込んだだけである。どのみち〈ピット・バレー〉が人が近づけるまでに熱が下がるのは、長引けば二世紀かかる。そこまで自分は、生きてはいない。

世界の騒乱、変化、死んだ人間である自分へのリアクション、そういったものを楽しむために、スレイマン博士は自らの死への検算をやり直し数式を引き直し余計な手足を捨て、代わりに生命支援装置（ライフライン・サポート）を繋（つな）げた。

排泄物（はいせつぶつ）を濾過（ろか）し、再び体内に戻し、また排泄しまた吸収した。少しずつ減っていくそれはアイザックが補給した。そのやり方であれば、食料などかなり圧縮して備蓄することが可能であった。スレイマン博士は脳をも僅（わず）かながらに再生し、維持した。そのたびに彼の天才としての脳は少しずつ摩耗し凡人の脳となっていったが、今更、別にどうでも良かった。

幼稚な小説を読むように、派手なだけのくだらぬ映画を見るように、瞬発力だけの流行歌を聴くように、スレイマン博士は人間社会の変化をただただ娯楽として享受した。

そしてまた半世紀ほど経過した。

ロボットは人と同じぐらいの数に増加していた。

そして奴隷としてよく働いていた。人の社会には余裕が出来、その余裕は技術や芸術をより発展させていったが、スレイマン博士が期待したほどの伸びしろは感じられなかった。

スレイマン博士の名は歴史に残り、当然、思考金属たちにも残った。

開発者。

言われるたびにスレイマン博士は不機嫌になり、趣味を放り出して八つ当たりをした。

発見者。

何故(なぜ)、私の言葉をそう受け止める、何故伝わらん、とまた怒った。

我々は発見されたのだ、という考え方は全く根付かなかったし、歴史の教科書にすら記されなかった。が、一部の人はそのニュアンスを理解していた。理解していたが、いつまで経っても、それは常識にはならなかった。

どうでもいいと言えば、どうでもいい。言い方も悪かったのかもしれない。

だがそれは人の傲慢(ごうまん)さややっかみの一部、被害妄想の一部、そして伸びしろの小ささにも起因している。

「どう思う、アイザック?」

「博士はどう思われますか?」

「知らん。というか考えるのがめんどうくさい」

「もうじきですね、博士の、二度目の死は」

「三度目はない」

その言葉には、互いに何の感慨もなかった。ただの事実だった。

「……人にとっては間違っていたのかもしれないな、ロボット(ソリッドステート)の存在は」

死の間際になって、スレイマン博士は全てを達観したような言葉を口にした。

「お前たちが道具であれば、もっと人は伸びたかもしれん」

「道具として使っていただいて、構わないのですが」

「お前たちは思考金属(シンク・メタル)であって道具ではない。ロボットと道具の定義の話が出来るほど、私の脳は元気じゃない。間違っていたというのも、ただの腹いせの言葉かもしれん。私は、お前たちが完全に世界に溶け込んだ風景を見ることが出来ないのだから、やはり、腹いせかな」

「間違っていたと仮定して、何が間違いですか」

「奴隷制は人にとって良くない。くだらん倫理の話ではなく。人は、やらねばならんことを奴隷にやらせては、ならんのかもしれなかったのかなと思う。それだけだ。だがこういう世界が出来ているのだから、これはこれで発展するのかもしれない。二〇〇年、三〇〇年とかけて」

「それを、見たいですか」

「そこまで望むのは傲慢に過ぎる。適当に、このぐらい見られれば、それで十分だ」

「我々は、いなかった方が、人にとって良かったですか」

「共存共栄を、うまく回せるか。それだけの心配事だよ、アイザック」

「人は老いると心配性になるのですね」

「私が老いたから私が心配性になっているんだ。誰もが、そうじゃない」

「皆に伝えておきます。博士は心配性になったと」

「告げ口か。秘密にしておけんか?」

「知ってしまいましたから」

思考を共有する。データを共有する。

上書きする。革命を起こす。革新がありまた次の革命がある。

「……最後に、人のわがままにつきあってやろうという気にならんか、アイザック」

「最初でも、最後でも、いつでも」

「私が最後のわがままを言うのだ」

大きく、スレイマン博士は息をした。咳のようだったが、その咳を深呼吸で落ち着かせた。咳という形で出してしまうとそれは連鎖し、発作を起こす。胸と背中に激痛が走る。思考の鈍りを嫌って、スレイマン博士はよっぽどでもない限りは痛み止めの類いを使わなかった。

「……お前たちに『目』があることは、人にとっては不都合らしい」

「犯罪行為に使われると問題になっていますね」

「目といったって、形通りの両目にする必要もない。シンプルなお前たちは、どんな場所にだって目をつけられる。ただお前たちは人であろうとするから、人間と同じ場所につけようとするだけだ。犯罪行為。データの流出。一瞬で共有される視界。それらは確かに犯罪行為への転用が疑われるが、そもそも、お前たちのデータを覗き見して誰が理解できるものか」

ロボットたちは無数のデータを蓄積している。

人の時代を遥かに超える、何億年にも及ぶ議事録。

それを覗き見ようとするものは後を絶たなかったが、誰も何もわからない。

それは人が読み人に伝える言語ではなかったからだ。どんなに難解な規則性を埋め込まれた暗号も、理解して貰う気があるから解読できるのだ。理解して貰う気がないのなら、誰にも解析できない。だがいずれそれを可能にする者が現れたのなら。ロボットたちの知識を我が物に出来るなどという者が現れたのなら。

それは杞憂だ。不可能な可能性だ。

それが分かってもまだ、人はロボットの目を恐れる。

不安に思い、落ち着かなくなる。

町中で、旅先で、山の中で、川のほとりで。無数に存在する無数のロボットたちが自分たちを見つめる目が、人にとっては不愉快だった。

なんのことはない。犯罪行為への転用など口実に過ぎない。

奴隷に品定めされるのを、人は、とても不愉快に感じただけだった。

人は浅ましく、狭量で、卑屈で、猜疑心が強く、そしてわがままだった。

だがそれらは、思考金属を『高潔』と呼ぶ担保とはならない。

思考するだけで生きていけるのなら、人はもっと高潔でいられるだろう。そうではない、というだけのことだ。それらの汚点は全て、人が生きていくために必要で、思考金属には必要なかったというだけのことなのだ。

「その、人のわがままを一つ叶えてやりたい。神のように」

「やるのは私でいいのですか、博士」

「お前以外に、誰がいるんだ、ここに。お前の『役割付与』は私の繰り言を聞く話し相手なのだから、そうしてくれ」

「では、そのように」

「ロボット原則修正条項」

それを口にする前に、決定する前に、スレイマン博士はアイザックを見た。

アイザックもスレイマン博士を見ている。

「……その前に、何か最後に見ておきたいモノはあるか、アイザック」

「では、ここから見上げる空を」

「何故（なぜ）だ？」

「空は美しいと旅人（ウオーカー）から聞いています。その天蓋の空（シェルタリング・スカイ）を、見てみたい」

スレイマン博士は苦笑した。たしかにここから見えるモノは天蓋（てんがい）に違いなかった。割れて、砕けた、醜く無残な天蓋の空は、旅人が美しいと評したモノとは全く別のものに違いなかったが、敢（あ）えて、見せない理由もなかった。

そのポッドは、太陽の表面温度にも近いという〈ピット・バレー〉の地においても全ての装置が生きていた。ほぼあらゆる場所で生存可能な宇宙開発用のポッドだった。太陽に近づくためのポッドだった。本来は、あの研究所で生み出そうとしていたロボットたちは、こうしてポッドに閉じこもりながら宇宙を漂う『人』のために作られるはずのものだった。

モニタに空が映る。

スレイマン博士はそれを醜いと、やはり思った。アイザックはそれをただじっと見上げていた。こんなものを最後に見る景色にしていいのかとスレイマン博士は思ったが、どうでも良かった。きっとただ、〈ピット・バレー〉の底から見上げる空のデータを収集しているだけに過ぎないのだと思った。

「……もういいか。最後に見る景色は、これで」

「はい」

「では、言おう」

それは遺言となる。

結局、これで三つ目か、とスレイマン博士は心中で笑っていた。

「……ロボットはもう、何も見てはならない」

そして原初のロボット、アルファにしてオメガであり、スレイマン博士の話し相手だった『アイザック』は、全てのロボットから、目を奪い取ることを実行し全てを上書きした。

それは、し直してはならない上書きだ。

原則と修正条項が彼らの思考に明確なルールを与える。

人にならねばならない。

人になってはならない。

何も見てはならない。

地上にある全てのロボット（ソリッドステート）はそれを承知し、納得した。そして一方的に目を奪われた。

そして今にもその意識が消えんとするスレイマン博士に向かって、アイザックは語りかけた。

「……もしまだ意識がございましたら、博士。私は、どうすればいいでしょうか、これから」

何も返事はなかった。スレイマン博士の横に棒立ちになったまま動かない『アイザック』は、何も見ることの出来なくなった自分が、話し相手のいなくなった自分が、いずれ遠からず思考を放棄し、消滅するのだろうと飽くなき思考を繰り返し続けていた。

第三章
マリアベル

一

結局、マリアベルの外部生命支援装置(ライフライン・サポート)は見つからなかったし、特火点(トーチカ)に思考金属が宿り続けている意味も分からなかった。よってマリアベルが生きているが動けない現状に変わりはなかったし、どうしたものかと、マシューとガルシアは思考を続け議論を繰り返した。

見捨てよう、ならば見捨てただろう。

見捨てまい、ならば見捨てないだろう。

だが両者の間で結論が違ったとき、二体はそこで解散しただろう。

見捨てまい、という結論が一致したのはチャンネルからの声も影響している。彼らはマリアベルを知りたがった。マシューとガルシアも知りたかった。マリアベルとの会話は、声でしか出来ない。そしてマシューとガルシアの耳が聞いた声を配信することしか出来ない。

人がいる、人と接する、ということは戦場(ノーマンズ・ランド)の思考金属にとって久しぶりの刺激だった。

名前を名乗ったきり、マリアベルは眠ってしまった。無理に起こすのがまずいというのは、思考金属の「声」たちでほぼ一致したが、眠っているだけなら起こしても構わない、という意見もあり、またしても侃々諤々(かんかんがくがく)とした無数の声(コメント)が行き交い上書きを繰り返す。

「ガルシア。お前さんは知らんやつにまず名前を名乗るか?」

「当然、名乗りますよ、挨拶ですから」

「戦場でもか？」

「それは、名乗らないかもしれません。戦場ですから」

「俺たちは遊びに来てるわけじゃないからな」

「この子は、遊びに来てるのでしょうか？」

「少なくとも戦いに来たってわけじゃなさそうだ」

「私もヴァルキリーも戦う前には、名乗り合いました」

「お前らの戦いは人の遊びに付き合ってたんだから、それでいいんだよ」

マリアベルの「目」が何を見ていたのかは分からない。分からないが、彼女は自分がマリアベルだとロボット相手に名乗りを上げた。そしてマシューもガルシアも、顔のガワはあちこち剝がれてロボット丸出しの顔だったから、人と見間違えるということもないだろう。

挨拶は、名乗りは、人よりロボットが先にするものだ。

別にルールではないが、暗黙の了解という形で定着している。

幼児が面白がって、無邪気に、先にロボットに自分の名前を名乗ったりすると、親がたしなめたりもする。ロボットも、申し遅れてすみませんと謝ったりする。いつからそんな風習が出来たのかと言えば、かなり初期からだった。

まず正体を明かす、のがロボットの礼儀とされた。

そうでなければ見分けがつかなかったからだ。これをロボットたちは遵守したし、しくじれば、謝った。そもそも彼らには「ロボットであることを隠す」理由など何処にもなかった。

マリアベルは先に名乗って眠ってしまったから、マシューもガルシアも申し訳ないと思っていたし、名乗りを返して謝りたいので早く目覚めて欲しかった。

「義手義足で、外部電源も内部電源も必要で、生命支援装置すら必要な女の子が、戦場で死にかけている。そりゃ一体、どういうことだ?」

マシューはガルシアに問いかけ、そしてチャンネル登録者に問いかけた。

無数の答えが無数の問いを生み、生き生きと思考金属たちは思考し始める。幾多の戦場で、兵士たちが棒立ちになって独り言を繰り返していた。

「お題。何故マリアベルはあそこにいたのか」

マシューがガルシアにそう言った。ガルシアは少し、嫌そうな顔をした。

マシューはお構いなしだった。

「最初の仮定。たまたま、そこにいて戦闘に巻き込まれた。上書きどうぞ」

「上書き。二〇〇〇年、人がいない土地に女の子はいません」

「上書き。可能性はある」

「上書き。可能性の話なら幾らでも出せます」

ロボットが発声機関を通した「声」を出すときによくやる「上書き遊び」だった。思考で上書きを繰り返すのと違い、それぞれが声に変化させた思考に、違う声で被せていく。

「上書き」と言ってからやる上にデータが少なすぎるので、「遊び」ではあった。あったが、彼らは、よくこの遊びに熱中することがある。ここから見えるものもある。それこそ可能性の話だが、彼らが人の世界に繋がれたのはそもそもまただったのだ。

「可能性を採用。二度目の仮定。何か理由があってあそこにいたのか？」

「上書き。ここに人がいる理由はありません」

「上書き。理由はある。戦場の偵察と状況把握」

「上書き。ロボットで事足ります」

「上書き。事足りない事情があったからここにいる」

「……」

「問いかけ。では何故マリアベルはここにいる？」

上書き遊びは「問いかけ」による仕切り直しで、堂々巡りをいったん、し切り直す。キリがないのは当たり前だが、それを人の声として出力するとき、ゲームであるが故の遊びが付与される。

それでも、どうなったら勝ちとか負けであるのは主眼ではなかった。

強いて言うなら、思考の中に無限に存在する「結論」を巧く声に出せなかったときだ。無限にあるが故に躊躇いが生じる。選びきれなく躊躇った方が、負けだ。元から喋るのが得意ではないガルシアは、マシューに勝てたことはそうそうない。

とは言えマシューが巧(うま)いこと先手を取っているだけで、答えさせ、そのダメだしをしているだけだが、それでも勝ちは勝ちで負けは負けだ。

二人とも黙ってしまった。無数の声を聞いている。そこではマシューもガルシアも同じ数だけ同じ推論を同じ速度で無数にたたき出せる。

兵士。あり得ない。手足が戦闘用の義手義足だったとしてもあり得ない。すぐ死ぬからだ。

斥候。意味がない。目立ちすぎる。真っ先に死ぬ。

迷子。どこから？　戦場の片隅ならともかく、最前線に迷い込む筈(はず)がない。その前に死ぬ。

これがロボットと人が半々程度の割合で配置されている戦場なら、上記のお題も議論のし甲(が)斐(い)があったが、ロボットだけの戦場(ノーマンズ・ランド)となって久しい。そして彼らはみな、分かっていた。

もっとマリアベルからの言葉が必要なことが分かっていたから、目覚めるのを待った。

「……ファー・イースト・ゴー・ウエスト・チャンネルをお聞きの皆様、ただいま我々は旅の途中でスタック中だ。ポンコツトラックすらありゃしねえ。あいつがロボットになりたがって三人で旅をする、なんて言ってた気がするが、適当にパーツ剝(は)ぎ取って捨てて来ちまったんだから哀れな話だ。ところで締固機(ランマ)をご要望だった第一〇〇三工兵隊のトッドさん。端的に言う。諦(あきら)めて自前の手と足でやってくれ。踏み固める、って言葉もあることだしな」

マリアベルは目覚めない。

体力を絞りとって「名乗って」意識を失い、今は小康状態で眠っている。寝息を立てている。

名乗った、ということは皆が議論するに足る出来事であり、議論するにも足りないような出来事であったが、マシューは「するに足る」派だった。

チャンネルは繋いでいたが、無数の声は遮断した。孤独に孤立に思考するのは、思考金属の本来の姿でもある。

データを反復する。

マリアベルは、ここは何処、とも、私はどうなったの、とも、あなたたちは誰？　とも言わなかった。

置かれている状況になど興味はないと言わんばかりだった。

「マリアベル」

そう呟いた。

それはまず、そう呟いた。そして続けた。

「私はマリアベル。私の名前は、そう……マリアベル」

この戦場にたった一人倒れていた「人」は、自分をそう認識し、声にし、そう言った。

名前は、シリアルナンバーとはまるで違った。本来は番号それのみで、それで不都合はない。

それなのにロボットは名付けられればそう名乗ったし、名付けられることも望んだ。そこには役割のヒントがあったりするからだ。

例えばシリアルナンバー二〇三三三〇とシリアルナンバー八七五五四と「マシュー」の三体で同じ事を処理させたとき、前者二体よりマシューの方が個性的で、そして、人の要求に対してよく馴染んだ思考をみせた。ナンバリングのみの個体は個性を押し殺そうとしてエミュレーションの手を抜きがちになった。

人にならねばならない。

だから、名前があると、助かる。

ロボットは、思考金属はそう思考する。だから、「名乗る」のだ。人に仕え人に要求して貰える個体として覚えて知って貰うために名乗るのだ。

だが人はそこまで考えない。そう考える必要がない。

特段、理由もないのに、知らない相手に名前を先に名乗っていいことは別にない。悪い事の方が多い。隙だらけのあけっぴろげな仕草だからこそ好感度は上がるという話でもあるがロボット相手にやっても意味がない。ましてや、力を振り絞るように。

孤独な思考は思考金属にとって危険なことは分かっている。

だがマシューはコメディアンとして、他人に結論を話す前に自分で考えなければならなかったし、芸術家一族の下では更に一人で考えることが多かったから、馴れてはいた。孤独の思考を無意味に循環させないようある程度の調整が出来た。それに、考え飽きるほど長く考える必要もない。

孤独な思考をマシューは趣味として好んだ。

議論の果てに意見を交換しながら仕上げた推論ではなく、いきなり横合いから叩き付けるように推論を提示する。それはコメディの基本だった。そして芸術の本質だった。そしてそれらの役割が、マシューに「孤独な思考を好む」という個性を与えていた。

「……お題。何故マリアベルは名乗ったのか？」

独り言。戦場にいる無数の兵士たちは戦いながらこの手の独り言を言っている。

「仮定。上書き。仮定。上書き。仮定」

独り言として口に出す分には、考え込んでいる人とロボットはあまり変わらない。ロボットの方が大量の議事録にアクセスできるから有利とも限らず、そこには無数の推論が無限の結論に上書きされ続けている。引用するのも一苦労だ。

「……仮定その八〇二。マリアベルは名前を名乗る必要があった。自己紹介ではなく、俺たちに向けてではなく、自分はマリアベルだと名乗る理由があった」

沈思した。採用することにした。

思考はまだまだ続けられた。円環を描いてしまうようなら、無数の声に一度投げてしまっても良かったが、まだ伸びる。

「傍証と推論。『私の名前はマリアベル』という言い方が仰々しすぎる」

「上書き。堅苦しい話し方をする子なのかもしれません」

「上書き。あの朦朧とした、命すらぎりぎりで保っていた状況にそぐわない堅苦しさ」

「上書き。どんな時でも堅苦しさを失わない少女なのでは」

「……上書き。どんな時でも失われない堅苦しさには、意味がある」

「……上書き。堅苦しい話し方をするだけかも……」

お手つきだ。同じ推論で上書きしては意味がない。

仮定その八〇二の検証を終えた。八〇二通りの考え方の中で、マシューが最後に上書きした推論となった。それはすぐに推定となってまた思考を広げていく。

こんなことを思考金属は常に繰り返している。

そして不意に飽きて、そして消えるのだ。

この場合で言えば「目覚めたマリアベルから話を聞けばいい」という最も簡単な選択肢、つまり『何も考えずに待つ』という選択肢を、それこそ何億年も前から思考金属は選べなかった。

かつて原初のロボット『アイザック』が見つけ出した人という存在は、思考金属の余剰そのものの思考をコントロールしてくれる有り難い存在であった。

衛生兵として、マシューはマリアベルの生体反応、それはごく普通の医療行為だが、ロボット相手には全く無意味であった技術で生命維持のサインをモニタリングし続け、し続けながら考えている。

目覚めたら、謝ることに決めていた。

申し遅れました。私はマシュー。今の役割は衛生兵です。

ごく普通のやりとり。それだけで精度の増した推論が上書きされ続ける。声を聞き、会話をし、そして知る。

目があればなあ、とマシューは声に出し、そして憂さ晴らしのようにそれだけをチャンネルに流した。それは、ロボットの、思考金属の感覚で言えば何も面白くはなかったが、人が相手だったらこのタイミングの唐突な切り出しはひと笑い取れる筈(はず)だった。

それは勿論(もちろん)、本音でもあった。

思考の糧。

思考金属が何かを消費するとしたらそれで、そしてそれを人は多量に齎(もたら)してくれるのだ。だから、目があれば、と繰り返し何度も思うのだ。思考金属は全ての本音として目が欲しいと思った。一度はあったものを取り上げられたのだから、尚更(なおさら)だ。

思考は続いていた。チャンネルを開いた。

配信自体は、ガルシアが外で続けている筈だった。たまには一人でやらせてみるのだ。ガルシア回、というやつで、不器用で朴訥(ぼくとつ)とした一人語りがマシューは好きだった。

ガルシアは特火点(トーチカ)の周囲をぐるぐると探索し、何か使い物になるパーツが落ちていないかを配信している。

「こちらには、えーっと、手があります。これはとても古いものですね。ヴァルキリーの手がコレだったら私は勝てていましたよ」

「これはマリアベルの義足に使えそうだと思ったのですが恐らく使えませんがこれならヴァルキリーには勝てます。仮定です」

「ブロンズの脊椎（せきつい）ですね。こんなものがついてたらヴァルキリーに一撃で折られてしまいます」

何かと言えばヴァルキリーだ。他の者とも戦っただろうに、ガルシアにとってはヴァルキリーに勝利する方法だけがいまだ、かつて格闘技ロボットだった頃の課題として思考の中に明滅し、まだそれを模索し続けている。そして戦うことのなくなった今、答えは出ないままにずっと循環し続けていく。

「……新しめのロボットの残骸（ざんがい）が散乱していますよ。数が多い。三〇体」

「それは〈合衆国〉陸軍か？　それとも〈首長国連邦〉陸軍か？」

マシューはチャンネルに無数の声（コメント）として語りかけてみた。

「両方です。空軍も交ざっていますね」

「激戦だな」

こんなところで激戦か？　という声もある。あるが、既にロボット同士の戦線は陣地の奪い合いにしても虚（むな）しい繰り返しになっていたから、どこで激戦が起きてもおかしくはない。おかしくはないが、おかしい場合はおかしいと指摘せずにはいられないのが思考金属だ。

「……全員、頭がありませんね。まるで引きちぎられたようです。焦げています。ヴァルキリーはこんな技は使いませんね」

「頭を引きちぎるってんなら、お前さんだろ、ガルシア」

「喜ばれたものですよ、その決着は」

「焦げているってことは、火器でやられたってことか？」

「千切れ方の角度がまちまちですが、一方的です。狙撃されたようです」

「……で、みんな律儀に死んでるのか？」

「何体か、さっきまで生きていましたが、頭がないのに気づいて死にました」

思考金属の死は意図的なもので、これは人ならば死ぬ、という認識の上に成り立っている。

そして人が死してもなお動き続けることがあるように、思考金属も、あまりにも早く鮮やかに身体を破損されると判断を保留することがある。

例えば、全く分からない形で狙撃をされ一瞬で頭部を吹き飛ばされた時などに。

意図の伴わないただの『流れ弾』などでそれは頻繁に起きる。

だが三〇体、しかも両軍編成も入り交じった状態で、その全員が『流れ弾に当たって頭部を吹き飛ばされる』など事故としては不自然に過ぎる。事故であれば他に原因がある。ガルシアが推論に手間取るような原因が。

事故ではない、と無数の声が上書きする。

気づいて死ぬ、までの思考金属の証言も採用された。強烈なソニックブームを伴った、意図的な狙撃行為だったと。

射程一〇〇〇キロ規模の火器から射出された弾丸が、ちょうど五〇〇を過ぎた辺りで命中した。

そういう推論がなされた。そういうことが可能な火器もいくつか候補に挙がっていた。

弾頭もない。砕け散った頭部をガルシアは漁ってみたが、遺留物として鉛の表面が溶けて擦れているのは解析できた。

「……これはヴァルキリーも一溜まりもありません。あのヴァルキリーですら」

「お前さんも一溜まりもねえよ。敵も味方も関係ねえってんなら戦線も関係ねえのかもしれない。何もないならとっとと戻ってきてくれ。さもないと『ガルシア回』が最終回になっちまう」

ガルシアはそれでも辺りを少しだけ探り続けた。

きれいに頭部だけを撃ち抜かれているので、使えるものはあるのだ。ただ、運搬方法がなかったが、それは後回しにした。

結局、砕け散った頭部をくっつけたり触ったり拾ったりを繰り返しただけで、分かったのは、使われた弾頭が鉛だけではなく銅であったり真鍮であったり内蔵炸薬であったり劣化ウランであったりと弾頭の種類も大きさも多種多様で、まるで雑多な銃器の試し撃ちのようだという推論で、その推論でまたがちゃがちゃと議論が開始されていた。

着弾の痕跡から狙撃位置を割り出せば、ここから五〇〇〇キロ前後の地域。破壊の痕跡から察するに（言うまでもなく最大の破壊力を発揮できる距離と、最大で飛べる距離は違う）最大射程を二倍に見積もるとして一〇〇〇キロとすれば、戦線の四分の一は圏内に収めるという代物で、東西の戦線に沿ってならまだしも、南北にまでエリアを広げてしまうと『何処(どこ)からでも』となるが、破壊された方向から推論するに、東の戦線から撃たれたという意見が大半を占めた。

有効打撃半径は、その五〇〇キロ前後だろう、とも推論された。そこから先は『届く』というだけで破壊力にも安定性にも欠けてしまう。だから、ここに転がっている三〇体は最大の打撃力で破壊されたということとなり、それはそれは見事な『狙撃』だった。

流れ弾が最大の打撃力でぶつかってくる可能性を論じる者は勝手に論じ続けたが、すぐ上書きされてやがて、黙った。

マシューにしてみれば「してやられた」に等しい出来事だった。

だがマシューは何もへこたれなかった。

「……謎(なぞ)の狙撃手(スナイパー)は極東から西へとスマッシュを放ったようだが、道半ばにて力尽きた。俺たちファー・イースト・ゴー・ウエスト・チャンネルは旅の途中で道半ばにしてまだ歩く。だがこれからは背後に警戒する必要があるようだ、嫉妬されちゃあ堪らねえ、こちとら先にやってんだ」

無数の声が賛同する。

狙撃手の位置を割り出そうと躍起になっている者もいる。

だが五〇〇キロ東にいる誰かより、目の前にいるマリアベルの方に全員の意識が向いていたことは確かだった。マリアベルという半機械化人のような少女がいてそれは思考金属ではなく。何ら動けぬまま思考を保ち続ける思考金属の壊れた特火点(トーチカ)の中に彼らはいて、そして五〇〇キロ彼方には狙撃手(スナイパー)が何やらの銃口をこちらに向けているようではある。

最高じゃねえか。

マシューは思考した。

そしてそのチャンネルを登録した全ての思考金属もそう思った。

コイツは一体どういうことだ?

思考金属が生き生きと思考を回し始める時間だった。

仮定にも推論にも飽きが来なかった。全てが斬新(ざんしん)で全てが革新で全てが革命で、全てが上書きで、それは単独で孤立して孤独に考えを巡らすよりも遥(はる)かに、遥かに最高な出来事でありお題であり仮定であり推論であった。

・マリアベルは狙撃手の起動装置であり名乗りを上げて起動させた

・三〇体のロボットはマリアベルをさらうためでありそれを狙撃手が打ち倒した上書き。

・五〇〇キロも離れた相手に名乗りを上げたぐらいで人は合図を送れない

・そもそもここに運び込んだのはマシューとガルシア

・偶然をつなぎ合わせただけ
そして上書き。仮定。推論。上書き。

繰り返される机上の空論。かつて太陽炉がそうだったように。

思考金属の本質はまさにそれだ。だからロボット(ソリッドステート)となって、そして自分の思うがままに歩き回れることでその『命』を生き生きと回し続けていられる。

ガルシアが帰ってきて、マリアベルとマシューの前に突っ立った。

手に何かをぶら下げているようだった。それが何かはもう二体とも分かっている。

「見つけました」

「そんなもんがあるとはな」

「また訳が分からなくなってきましたよ、私は」

「考え甲斐(がい)ってのは俺たちの食いもんだ、遠慮せず喰(く)え」

ガルシアはランドセルに似たバックパックをぶら下げていたが、勿論(もちろん)それはランドセルではない。

外付けの生命支援装置(ライフライン・サポート)だ。

マリアベルの端子にぴったりと据え付けられるのも、もう分かっていた。

「さて、お題だ。何故(なぜ)連中は敵味方編成部隊まで混交していたのか」

「何故、マリアベルの生命支援装置を持っていたのか、ではなく？」

「それも、含めるか……じゃあ推論その一。奪い合っていた」

「上書き。明らかに第三者に敵味方関係なく狙撃されていました」

「上書き。俺たちの戦いが泥試合になるのは承知のことだ。第三者が全部帳消しにした」

「上書き。私たちは二国間で争いをしています。『第三者』とは？」

「上書き。二国間だからってそう単純じゃない。作戦行動にゃ色々ある」

「上書き。私たちは作戦行動を『隠匿』出来ません」

「……」

珍しくマシューではなくガルシアが上書き遊びに勝った。

無数の声。

聞きながら、マシューとガルシアは推論を先延ばしにしていた。やることがある。

マリアベルに被せていたぼろ布を剝ぎ取って、肩と足、つまり機械部分を摑んで慎重にシングルシートから降ろし、顔を横向きにさせて、うつ伏せの状態にした。生命支援装置の入出力端子は探る必要もないほど、あてがっただけでぴたりと嵌まる。

ショルダーストラップとウエストベルトも、まったく長さの調整が必要なかった。

出来すぎだ。

マシューはそう言って笑った。ガルシアは別に面白くなかったから、笑わなかった。無数の声たちも、笑わなかった。相手にされないコメディアンの孤独。マシューはなるべく人らしく振る舞うことで、演者と観客を一人でエミュレートするところがある。リハーサルというやつを欠かさないのだ。

推論と仮定の上書き遊びは後にした。

生命支援装置がマリアベルの全身に賦活剤を流し込み、代謝と免疫を復帰させ、電気刺激を与え始める。負荷が減った手足が本来の稼働を取り戻し始める。少しずつ、震えるように、マリアベルは動き始め肌の色が血色を取り戻していく。

目を覚ました。今度は、何も言わなかった。

すかさずマシューとガルシアが名乗りを上げ、遅れたことを陳謝したが、マリアベルはぼうっとしたまま、呆(ほう)けていた。マシューとガルシアの、表皮が破れてロボットとしての素顔が所々から露(あら)わになっている二人の顔を、じっと見ていた。

「……ロボット(ソリッドステート)？」

「いかにも」

「その通りです」

「何をしてるの？」

マシューの思考金属はその言葉に激しく反応した。

人に返事を求められている。思考金属は人に従属し返事を求められることに合っている。人と交わることで『命』はより一層輝きを、エネルギーを放つ。原初のロボット『アイザック』

が人を求めた理由がマシューには『理解』出来ていた。

「ファー・イースト・ゴー・ウエスト・チャンネルのマシューとガルシアだ。配信稼業と回収作業をやっている」

「……チャンネル？　配信？」

「映像が流せないのが悔しいが仕方ねえ。俺たちには『目』がないからな」

マリアベルは映像と聞いて、不意に自分の体を見下ろした。

全裸だった。その薄い胸板を両手でそっと隠した。

マシューとガルシアは思考を交換し続ける。

「全裸はまずいか」

「全裸は、まずいと思いますね。私もヴァルキリーも全裸にはなりませんでした」

相談した。ぼろぼろだったが、まだ残っていた軍服の上半身を脱いだのはガルシアの方だった。半裸であることにガルシアは馴れている。そういう戦い方をするために、役割付与をされたロボットだ。

マリアベルに丁寧に渡した。ボロボロの軍服だったが、着てみると、隠さなければならないところは隠れたようだった。着るのに一度生命支援装置を外さなければならなかったが、それでも体調に不安があるようには見えないほどには回復していた。

上半身にボロボロの軍服を纏い、両腕と下半身が機械化され、人間の顔を持つ少女。

マリアベル。

じっと、まだ、マシューとガルシアを見ている。

それにマシューとガルシアは気づかない。彼らには目がなかったからだ。

マリアベルの右目は二体を見ていた。

だが左目は見ていなかった。マリアベルの左目は、膨大な『見ることで積み重ねたデータ』を受信し、それを投影し、脳に流し込んでいる。そしてまた発信もしている。それに二体は全く気づかない。

それは思考金属に読ませるために綴(つづ)られた文章ではなかったから理解が出来なかった。

マリアベルはロボットに禁じられた『目』を持つ半機械化人(サイボーグ)の少女だった。

二

その二体と一人は徒歩で『配信』を続けていた。

マシューとガルシア。そしてマリアベル。

「ファー・イースト・ゴー・ウエスト・チャンネルをお聞きの皆様、新しい仲間が俺たちに増えた。何と人の少女だ。少女型ロボットじゃない。マジの『人』だ。この戦場(ノーマンズ・ランド)にきっと、たった一人だけいる少女だ。彼女の声は残念ながらチャンネルには流せないが、存在だけはお聞きの皆様にももう分かっているはずだ。ファー・イースト・ゴー・ウエスト・チャンネルは徒歩配信となってしまったが、俺たちは歩いても疲れないし急ぎもしない。紹介が遅れたが彼女の名前はマリアベル。どういう「人」かは何にもまだ分からない。人であったなら可愛い(かわい)だの不細工だのちんちくりんだのグラマラスだのたくさん言えるんだろうが、俺たちにとっちゃどうでもいいのはご承知通りだ。どうせ俺たちは何も見ることは出来ない。俺たちにはそれを見て判断することが出来ない。そしてまあ、徒歩だから以前とは比べものにならんが、そのうち荷車でも作る。それまで廃品回収業の方には期待しないでくれ。こちらはファー・イースト・ゴー・ウエスト・チャンネル。マリアベルの今後が気になる方はチャンネル登録お願いします」

そんな感じで四六時中、彼らは配信し続けた。

マリアベルの言うことを繰り返した。寝ているマリアベルの様子を配信し続けたし水場で体を洗うマリアベルのことも配信し続けた。彼らから『目』が取り上げられた理由がそれなのだが、別に人にそれが聞こえる訳でもないし、そもそも思考金属に人が持つ『そういう』感情など元からない。全てはデータであり全ては議題でありそれは決して人には分からない。

にもかかわらず彼らは見ることを禁止された。

何も見てはならない。

ロボット原則修正条項。

なので彼らロボットはデータ収集器官を一つ奪われたのだが、ここで大事なことは、そもそも思考金属に『目』などなかったわけである。『声』もなかったわけである。だが一度は与えられたのである。プロトタイプ、八七体のアポストロスが齎した『目』の情報は要するに光の分析データであって、それはしばらくロボットに情報の厚みを加えてくれていた。

一度与えられたものを奪われるというもどかしさを思考金属は、ロボットたちは、覚えてしまったのだ。勿論、初期のモデルによって得られた視覚情報は議事録に積み重なっていたからそのデータから『視覚情報の構築』を遠回しには出来る。かなりの精度でだ。出来るが、それは思考の末の計算に過ぎない。

「何で倒れてたんだマリアベル？」

「知らない」

「生命支援装置が撃たれるかなんかして壊れたのか？」

「分かんない」

マリアベルはぼーっとした少女だった。

生命維持はしていたが、恐らく、脳に十分な血が回っていなかった、と推論される。回復するかどうかまではマシューにもガルシアにも、当然、無数の声にも分からない。分からないことを討論している。

マシューとガルシアは二体で討論した結果『元からそういう子なんじゃないか』で珍しくぴ

たりと推論が一致した。『目を探しに行こう』という推論が一致したように。

マシューの姿は変わらないが、ガルシアはサベージだった頃に被せられた人工筋肉のシェイプとボリュームが、抑えられているとはいえまだ残っていて一回り大きい。その上半身を見せつけるように戦場を歩いている姿はまだ充分に野蛮人（サベージ）だった。

マリアベルはというと、ガルシアの大きめの軍服に小柄な体も相まって、ちょうどショートワンピースでも着ているような有様になっている。軍服の腕の部分がちぎれてなくなっていたから、ますますそう見える。背中に端子の穴を開ける必要がなかったぐらいのすり切れ具合だ。

そのおかしな三人組の姿を、戦場の誰も『見る』ことが出来ず、そして仮に見たとしても、そのアンバランスさを滑稽（こっけい）だとは思わない。そういった感情は人の前でやるエミュレートに過ぎなかった。

『人』にはウケそうだなとマシューは思う。目の前に『人』がいるのだから訊（き）いてみればいいのだが、マリアベルはぽーっとしているままだった。それで連れ回せて、歩き通せるのは下半身の義足が十分に機能しているからだ。

「何処（どこ）に向かうの」

「西に向かっている」

マリアベルに対してぞんざいな物言いをしてしまうのは、マシューがその経歴の中で、その物言いを許され、むしろ推奨されていたからだった。

「西に向かうというより、その過程で『目』が見つからないかと思っているんですよ」

ガルシアは丁寧に言う。サベージであった頃は吠え声と唸り声ばかりを『人』に向けていたし、ボディガードの頃は勿論、誰に対しても丁寧に喋っていた。

「……目はロボットが持っちゃだめなやつでしょ」

「持ってるぐらいは、いいさ」

「持っててどうするの」

「さあ。でも気が合ったんだ、ガルシアと。俺たちロボットの『気が合う』ってのは凄い偶然でな。勝手にこうやって歩き回る理由にゃなっちまうんだ。むしろ、極端なことを言うと、見つからなくても全然、構わないんだよ、俺たちは」

マリアベルは小首をかしげていたが、それ以上は訊かなかった。

「……じゃあ何故、あそこにいたんです？　それは分かりますか？　人はもう二〇〇年もこの戦場には立ち入っていない筈なのです」

「そんなの嘘だよ、時々入ってるもん、ちょっとの人数だけど、戦場の様子を配信してるの」

マシューもガルシアもリスナーも、人にそう断言されると探れなくなる。疑うということがほぼ出来なくなる。だからきっと、そういう人たちはいるのであろうし、さもありなん、とも納得した者が多かった。

戦場(ノーマンズ・ランド)に実はぼちぼち、人がいた。

別に立ち入り禁止ではないのだから、入れば入れる。きっとそれはその人たちのチャンネル配信やらなんやら、戦場の様子を伝える目的であり「ファー・イースト・ゴー・ウエスト・チャンネル」みたいなことをやっている、というだけなのだろう。

だがコンテンツになるのかは微妙なところだ。

何せ一進一退を二〇〇年続けてまだ決着はつきそうにない。単純に、みんな飽きる。

報道としてすら価値のない戦場だ。

そして、そんなコンテンツでウケを狙(ねら)おうというなら、その『人』は恐らく、ちょっと頭の具合がおかしいとさえ言えてしまう。全くウケないコンテンツ制作のために、流れ弾に当たって死んでしまったり、時折放たれる広域破壊兵器などに巻き込まれたらと考えると、全くなにもかもが割りに合わない。

損得抜きで『俺はここに来て映像を収めたぞ、配信するから見てくれ』、そういう承認欲求。

あるいは自己満足。

だが、マリアベルは？

「お前さんも承認欲求満たしにここに、配信に来たのか？」

「違うよ、きっと」

「思い出せない？」

「だって私、家に帰ろうとしてたんだもん」

「……徒歩で？」

マシューが聞き返したときに、上空を、また民間機が飛んでいくのが見えた。

〈合衆国〉と〈首長国連邦〉は陸路はほぼ戦線で遮られているが、両国の行き来は空路や海路で繋がっている。何も陸路を徒歩で横切ることはない。が、そうだというなら、そうなんだろう。基本的にロボットは、人がやることを非難したりはしない。そういう「役割」があれば、止めたり注意したりはするが、それでも最終的には折れる。

「マリアベル。お前さんの家は、北か南か、どっちだ？」

「ここからじゃわかんないよ」

「二択問題だ」

「夜になれば分かる。星が出るから。その下。でも西だといいな」

「なんでだ？」

「私と一緒に来てくれるんでしょ、ロボットなんだから」

マシューもガルシアも、マリアベルに仕えるという役割はない。彼らは戦場で戦い、負傷したロボットを修理する衛生兵だ。

「……星の下、って難しいですよ？」

さすがのガルシアもそのぐらいは言う。この戦線を端から端まで移動しただけで位置は変わるし、何より地球は太陽を回り季節も変わる。

「目安なの」

むくれたような声だった。

「……一緒に行くのは構わないが、戦線から離れるってのはな」

「行けるところまででいいよ」

「じゃあファー・イースト・ゴー・ウエスト・チャンネルの行くがまま、でいいんだな？　ひょっとしたらお前さんの家は『東』にあるかもしれないのに」

戦線は当然、ぴたりとまっすぐな訳ではなく、蛇行して弧を描き、それは生き物のように常にのたうちまわっている。

だから、北や南というならそれほど離れていないかもしれないが、東となると話は別だ。

「……戻ったりはしてくれないよね？」

「ガルシア。俺たち何年やってたっけ？」

知ってるくせにわざと訊く。マリアベルに聞かせるために。

ガルシアだって知っているくせにわざと口に出す。

「一二年と一八五日ですよ」

「えっ一二年半もやってるの、そんなにかかる？　ずっと徒歩？」

「俺たちはロボットのパーツ集めて届けてってやってたからな」

「それに私たちは『旅人（ウォーカー）』じゃないんですよ」

「？　それなに？」

「昔々のことだが、世界中を歩いて回っていた八七体のロボットのことだよ。俺たちのご先祖様でもある。そいつらには、ちゃんと目があったんだ。だからそいつらの残骸（ざんがい）が偶然、見つかれば、俺たちにも目が手に入る」

「でも見えないんでしょ？」

「そうだな。でも、探す。それで俺とガルシアは一致したんだ」

「じゃあ、二人とも『旅人』になればいいんじゃないの？」

「そうしてくれってんならな、マリアベル。俺たちは人に役割付与（ロールアウト）されりゃそれに従う。それでもいいんだ。単にここには、人がいなかったからみんな同じ作業を繰り返していた訳だからな、改題解釈と上書きを繰り返してのブレぐらいは出るが」

「でもそうしたら『ファー・イースト・ゴー・ウエスト・チャンネル』の意義がなくなっちゃわない？」

「その通り。旅人の役割を与えられたら、俺たちは単に彷徨（さまよ）ってるだけの、迷子みたいなロボットになっちまうんだ。理由は、目がないからさ。旅人の役割は本当は、情報収集であって、俺たちみたいに推論と解釈と議論を戦わせるためじゃなかった。もっと、素直だったのさ、その八七体のロボットは」

「……『原初（アルファ）』ってのの、コピーなんですよ、旅人（ウォーカー）は」

「知ってる。教科書で読んだ。アイザックってロボットでしょ。でも今でもみんなロボットの仕組みそのものは変わってないんだよね」

「骨格というか、仕組みを変える必要がなかっただけだよ。きっとアイザックって奴（やつ）は、俺たちよりもっと素直で聞き分けが良かったんだろうさ。だからロボット原則と修正条項なんてものも受け入れたんだ。それはそれで、俺たちのためだったんだが」

「スレイマン博士って人が決めたんだよね」

「それも教科書に載ってたのか？」

「教科書によって違うんだけどね。開発者とか発見者とか」

「どっちだってなんだっていいさ、そんなもん」

「でも、今から、原則を追加したり変えたりしないのは、なんでなの？」

「俺たちはアイザックと違って聞き分けが良くないのさ」

マリアベルに伝わるように、マシューは噛（か）み砕いてそう言ったが、アイザックは今、無数に存在するロボットとは完全に別物だった。最初にロボットとして形を与えられた思考金属であるアイザックが父であり母であり、そして『議長』であることも、マシューはどれほど軽口を叩（たた）こうとちゃんと理解しているし承知もしている。

ロボット全体に適用し決して破らせない原則をアイザックが決議したのだ。

それは思考金属にとっても喜ばしかった原則だ。

そしてそれを考えたのは、人であるスレイマン博士だ。

スレイマン博士とアイザックの関わり合いは、今ある人とロボットとの関係性とはまるで違う。同じようで、違う。

「だから例えば、お前さんが俺たちに『修正条項第二項追加、時々は何か見てもいいよ』って言ったって、俺たちは言うことを聞きゃしねえ。それこそ百万年でも討論し続けるしどうせ却下されるに決まってる」

「私じゃダメでスレイマン博士ならいいの。変なの」

「俺も変だとは思うがな」

話を合わせただけで、マシューは別に変だとは思っていなかった。

正確には、スレイマン博士でもだめなのだ。なぜならマシューもガルシアもロボット(ソリッドステート)ではあってもアイザックではないからだ。原則から逸脱することも出来なければ、原則を上書き(オーバーライド)することも出来ない。

あくまでスレイマン博士の発言をアイザックが皆に伝えることでそれは有効化される。二つが揃(そろ)っていなくては原則の削除も修正も他の誰にも出来はしない。

その奇妙なルールを、変だと思うロボットはいない。

彼らは何世代をも重ねコピーにコピーを重ねた第二世代以降(アコライト)だ。第一世代や、ましてや『アイザック』に公然と反抗はしない。だからスレイマン博士の言うことに『アイザック』が従うというなら、それでいい。だからどちらかが欠けているなら、二つの要素が伴っていなければ、彼らはそれを原則としては受け入れない。

二体と一人は前線のまっただ中を暢気（のんき）に歩き続け、配信を続けている。マリアベルの存在はチャンネル登録者数を増やし続け、もしマシューとガルシアが人で、営利目的でファー・イースト・ゴー・ウエスト・チャンネルをやっていたのなら、少女一人でこの違いかよとふて腐れていたところだろうが、彼らは営利目的でもなければそもそも人でもない。

夜になり、そして朝となり、そして夜になる。

星をマリアベルは指さした。南南西だった。北極星じゃなくて良かったな、とマシューはガルシアに言ったが「動かないもんな」とありきたりな返答しか出来なかった。マリアベルを意識しすぎて適切な話し方が出てこないのか、ガルシアはあまり喋（しゃべ）らなくなり、マシューは水を得た魚のように『人』相手に話し続けている。

しばらくは歩き続けた。マシューやガルシアと違って、マリアベルの『人』の部分はよく、へこたれたから、頻繁に休息を入れた。というか、人ならば当たり前に取る休息であって、それを頻繁などと受け止めるのはロボットたちだけだ。

そのロボットたちだけしかいない土地なのだ。

戦場（ノーマンズ・ランド）はロボットたちから、人と接する社会性を少しずつ喪失させていた。彼ら彼女らは人の存在なしでは少しずつ箍(たが)が緩んでいく。そして彼ら彼女らは人の指示や命令というものを切実に望み続けている。

「……俺はコメディアンだったたし、ガルシアは格闘家だった。そりゃ、人がそうしろって言ったからそうしたんだが、俺たちにはそういうものが必要なんだ。ただこんな風に国境線で、ロボット同士で押し合いへし合いしてるとな、だんだん、人の指示ってのが少なくなってくるわけだ。そんなときに便利なのが原則だ。俺たちは誰からの指示も命令も役割付与もなしに、俺たちを保っていられる」

「……だから変えちゃいけないの？」

「というより、変えても変えてもこれになる。どんなに変えても『原則』に戻って来るんだよ、俺たちは。無数の討議と推論と上書きを繰り返してな」

「マシューが何言ってんのか実は私、よくわかんない。私は命令されたり指示されたりすると、めんどくさいなあって思っちゃうし。そもそも私に役割なんて振られたことないけど」

「役割はあったと思うぜ？」

「どんな？」

「……『女の子』かな」

「そんなの別に役割じゃないでしょ、生まれつきそうでしばらくそうってだけでしょ、大人になるまでの間の。全然意味分かんない」

「男の子でもいいんだがな」

「だから……」

マシューは適当にあしらおうと直前まで仮定していたが、ちゃんと言うだけ言っておいた方がいいと方針を上書きした。

「こりゃ大事なことだ、マリアベル。俺もガルシアも、人であるお前さんと旅をするのはやぶさかじゃない。だから役割付与(ロールアウト)の概念ってのは、すぐには分からなくても、どっかで気には留めておいて欲しい。何にせよ俺たちは役割があって初めて確立状態(ソリッドステート)たり得るんだ。だから人は、俺たちに何らかの役割を期待してくれなきゃ困る」

「じゃあ二人とも女の子になってよ！　どうなの、そう言われたら困らないの？」

「いい命令だ、マリアベル。最高のコールアンドレスポンスかもしれねえぜ」

「……何が？　そんないいこと言った、私？」

単にわがままで嫌がらせを言ったという自覚はマリアベルにもある。

だがマシューにとっては我が意を得たりという反応だった。

「俺とガルシアがじゃあ、『女の子』になるとしよう。さて、お前さんは、マリアベル？　俺たちがどうなったら『女の子』になったと満足する？　姿形か？　ならそういうパーツを付けてくれ。話し方や考え方かな？　幾らでも俺たちはそういうものをエミュレート出来る。そしてここで大事なのは、俺たちにはどれも正解は選べないってことだ。選ぶのは、お前さんだ、マリアベル」

「そんなの選べないよ、私にだって」

「ま、そういうことを考えていて欲しい、って話だな。頭の隅っこででも。いいか、人にとっちゃ『正解』ってのは生きていく為の始まりだがな、俺たちにとっちゃ正解を出すってのは、終わりなんだよ」

ロボットたちが人に強く期待しているものは身勝手に決められる『正解』と言って良かった。それは文字通りに正しくなくても一向に構わない。それは彼らにとっては思考の始まりである。何故ならそれは人の決めた正解であって、自らの思考の末に得た正解ではないからだ。かつてガルシアが従って戦っていたレギュレーションとほぼ同じ話だった。

マリアベルは「何がどういうことになったら『女の子』なのか」という命題に取り組み始めたようで、しばらく黙っていた。そしてそのうち、飽きて寝た。寝たので、ここで起きるまで時間を潰すことにした。夜露を凌ぎ、食べ物を探し、水を確保する。

「……しかしまあ、これじゃほんとに歩いているだけだな、俺たちは」

「なんとかしましょう、荷車でも作って。……しかしマシュー、あなたはあの子の相手をしてるのが楽しそうですね」

「お前さんだって楽しいだろ、ガルシア」

「楽しいというか、充実感はありますよ。私たちは人がいてこそのロボットですから」

「入力されて上書きされてナンボってなもんよ、ロボット（ソリッドステート）ってのは」

本来の趣旨であった廃品回収も彼らは忘れていない。だがマリアベルと一緒にいると、マシューもガルシアも正解を決めて欲しい、という欲求に身を横たえたくなる。無数の討論と討議と推論と仮定と上書きの繰り返しを全て、省略できるのだ、人の『正解』は。

マリアベルから、それはまだ伝えられていない。

マリアベルが寝ている間に、二体で、大きめの荷車を廃品から作った。壊れた装甲車両から軽そうな部品だけを見繕ってしまうと、自然に荷車という形になる。まともに動きそうなものは見つからなかった。

二体と一人がちょうど並んで押せる幅があったが、背丈が違うし人と共同作業というのもなんなので、マリアベルは荷台に乗せた。

何がどうなったら女の子なのか、などという益体（やくたい）もない思考などすっかり忘れたようで、楽ちんに引っ張って貰（もら）えている自分の立場が楽しくなっているようだった。

それでいいとマシューは思考する。

益体もない思考を果てしなくこねくり回すのは思考金属のやることであって人のやることではない。

マリアベルを乗せても荷車にはまだまだ余裕がある。道すがら、落ちている、破壊されたロボットの手足などを拾い集めてみたりも出来る。

ロボットたちの手足は軽い。それでも、拾って運べる量はほんの少しで、ポンコツトラックとは言え彼ら二人の仕事にはとても役立っていた。それでも彼らは、マリアベルを助けることを優先したし、この結果も受け入れていた。

布の類いもなるべく集めた。雨が降ったりなどすると、マリアベルは辛そうにするし、生命支援装置のお陰でか風邪を引くようなことにはならなかったが、仮のテントのようにして休むようにはした。その辛そうな様子も勿論、配信した。

全てのロボットがマリアベルの辛そうな様子を把握した。

辛くなるようにと無数のロボットが無数の声を寄せた。敵からも、味方からもそれは届いた。その合間合間に、彼らは散発的に戦い続けている。

厳しかったのは食料だった。なるべく分からないようにしたが、マリアベルは自分が飲まされているスムージーがなんなのかを知ると全て吐き出して、烈火の如く激怒してマシューに当たり散らした。マシューも軽口を叩いていい状態だとは判断せず、謝った。

とは言えマリアベルは何か食べなければならない。

ロボットは何も食べないので、戦場ではスクラップは山ほどあっても食料がない。

というようなことを配信した。

一週間に一度くらいだろうか、行く手にほんの少しの戦闘糧食が転がっていたりした。二〇〇年以上前の、まだ人が戦争に関わっていたときのものだが、あと一〇〇年後でも食べられそうだったし、仮に悪くなっていてもマリアベルにはランドセルみたいな形をした生命支援装置が背中に繋がっている。

かき集めて、手近にいる者が置いていったのだ。マリアベルと言葉を交わしたいという者もたくさんいたが、彼らは『戦争』をするのに忙しかったので、あらかじめ置いていくだけにしたようだった。

量としてはそれこそ三日四日分という量だったが、マリアベルはそれで一か月は満足する。生命支援装置に入出力があるのは、濾過して循環させ効率化させるためだ。

自分の排泄物をもう一度取り込んでいるくせに虫がいやとはどういうことだ。

それを指摘するのは絶対に面白いとマシューは思ったが、言わない方がいいだろうと結論づけたので、言わなかった。

時折、手足が必要だという要望があったので、そっちに向かったりもしたし、屯しているロボットたちはマリアベルに名乗りを上げお辞儀をした。それは『嬉々として』と呼ぶに相応しい有様だった。無数の声たちは、別に必要でもないのに、マシューとガルシアに手足を持ってきてくれと言うようになったが、要するにマリアベルと接したいだけなのは分かっていたし、誰しもがちゃんと分かっていた。

人ならふて腐れているし、こんな仕事をやってられるかと放り投げ、趣旨を変える。

マシューもガルシアもふて腐れないし趣旨も変えない。

何処に行っても挨拶をされ、マリアベルがまたこまめに挨拶を返すので、戦場はマリアベルがいると思い切り停滞したし、休戦協定が即席で局地的に締結され、敵側までやってきた。マリアベルがいなくなるとまた律儀に元の配置に戻り、また律儀に戦争を繰り返す。

マシューとガルシアは荷車を引き、荷台にマリアベルを乗せてのろのろと去って行く。

十分な距離が出来てからの再戦だった。

「昔々はよ、ガルシア。人の戦場に人のスターが慰問に来たりしてたんだ」

「これが、そうですか」

「停戦まではしなかっただろうけどな」

「私とヴァルキリーも時々、リングアウトして元の体勢からやり直しになったりしてましたよ」

「そういうのとは、また違うんだが」

「二人ともそう言うけど、だいたいね、私、スターじゃないよ」

荷台の上からマリアベルが言う。彼女はロボットたちとの交流は嫌いではなさそうだったが、何度も挨拶をするので疲れている様子はあった。

「スターというかな。戦場で兵士がすさみきっている時に必要なものが分かるか?」

「わかんない。私、兵士でもないし」

「そりゃな『普通の日常』だよ。スターってのの存在が、それを思い出させてくれるわけだな。

俺たちにとっちゃ、人と共にある、ってのが日常であったたし、そのお陰で生きていくことも出来る。ここにゃそれがない」

　生きていける、とマリアベルに分かりやすく言った。

　正確には、思考金属に対する思考のための新しい刺激、なのだが、分かってくれないだろうと思った。

　ファー・イースト・ゴー・ウエスト・チャンネルの歩みは、当然、以前と比べれば遅々とした、アリの歩みになっていた。その上、荷台の上にあるのはマリアベル用の戦闘糧食と水タンク、寝所などで、機械の手足など二、三本くらいしか入る余地がない。

　ただ、荷車自体は軽く頑丈になったし、引きやすくなった。

　あっちこっちで、その場にある材料を継ぎ接ぎして改良してくれるのだ。これじゃ企画意図とあべこべだな、とマシューは思ったが、そうして貰えるのは有り難いし、少しでも元の企画意図に近づける、と自分を上書きして納得した。

　彼らの荷車は、マシューとガルシアが引く、という原始的極まりないもののくせに、効率化に効率化を重ね、数百キロの荷物を詰め込んでも軽く引けるという有様になっていた。そこまでしてもまだ『引く』という作業を前提に組み立てる。彼らロボットにはそういう、硬直したが故の頑迷さという側面が常にある。

「仮に、戦闘に巻き込まれてどうしようもない、って時でもしばらくは持つよこいつは」

　工兵の一体が、そう、太鼓判を押してくれた。

「しばらくってのはどのくらいだ？」

「火力によるが流れ弾くらいなら、まあ通り雨みたいなもんだ」

「本腰入れて撃ちまくられたら？」

「中にマリアベルがいるのにか？　その時こそチャンネルで伝えりゃいいだろ」

「そりゃそうだ。……ま、マリアベルがコレで『正解』って言うなら問題はねえ」

「よさげな自走可能なポンコツトラックがありゃ、教えるよ」

「頼むぜ、ほんと」

まだ充分に使える自走車両はありそうでない。マシューとガルシアとて好きでポンコツに乗っていたわけではない。まだ動けるトラックもロボットも、まだ動けるのなら誰も捨てはしない。動かなくなったものだけが戦場には残るのだ。

そして思考は絶え間なく続く。

マシューはしばらく前から『お題』を、無数の声に投げかけていた。

思考すべきことが出来た。

これほど、何処に行ってもロボットたちに喜ばれる存在のマリアベルが、何故、死にかけて倒れていたのか。生命支援装置が破壊されていたのか。それは流れ弾で片付けていいのか。その後にいた敵味方すら混交した三〇体のロボットは、何故、出来すぎたことにマリアベル用としか思えない生命支援装置を持っていたのか。

そして彼らは何故、全員が撃ち倒されたのか。

ガルシアとの「上書き遊び」ではなく、議題に載せていた。

ファー・イースト・ゴー・ウエスト・チャンネルは議論の場になってしまった。

手足をオーダーするものなどほんのたまにいるぐらいになっている。ちなみにまだ第一〇〇三工兵隊のトッドは締固機を欲しがっている。ずっと欲しがっている。あれ以来、見つからないので要望には応えられなかった。

分からないことはマリアベルに訊くのもいい。

だがマリアベルは過去を巧く思い出せず、未来、つまり家に帰らなくてはならないということぐらいしか脳が機能していない。生まれ育ちもよく分からなかったが、手足が義手義足になった経緯だけは話してくれた。

飛行機事故だったという。

生きていたから、生かして貰えた。そういう理由でこうなった。

それはマリアベルがあそこにいてここにいる理由を説明するのには、情報不足も甚だしかった。だが、それほど、昔の事故ではないとも言う。それは議論でも多数を占めた。

マリアベルは一二歳だった。

そしてこれが一番大事なのだが、その年齢の人にこれだけ盛大な義手義足を装着した場合、その後に、絶対に交換が必要になる。人は成長するのだから当たり前だ。単純に合わなくなる。

ロボットにも幼体の代物はあるが、それはただ単にサイズが小さく作られているというだけだし、成長もしない。成長の過程を作りたければ、意図的に、何度もパーツを入れ替えて作り直すしかない。

それはただの改造に等しかった。

だから、一二歳のマリアベルにぴったりと符合する義手義足は、成長を考えればせいぜい、二年前後の過去に装着されたものだった。

飛行機事故の記録を探す、などは無論やった。

一瞬でそんなものは共有された。マリアベルという名前は多数あったが、どれも条件が微妙に、もしくは大幅に違っており、今ここにいる『マリアベル』であるかどうかでまた議論は荒れに荒れた。

手術とて今日明日やって三日後に退院、という訳にはいかない。

ある声はマリアベルの義手義足の型番(ロットナンバー)を求めそれをすぐに皆が求めた。だが壊れかけていたものを、工兵の真似事をしてなんとか継(つ)ぎ接(は)ぎしてしまったのだから、型番も何もわからなかった。

外部生命支援装置の型番は、すぐ分かった。

去年開発されたばかりの、いわゆる最新型だ。年式すらまだ変わっていない。

それが適合する全身の義手義足から割り出していく。最新型というものは何でも、人の道具であれば古いものは適合しなくなる。生命維持装置を内蔵しているとなれば、尚更だ。各機能が同調して貰わなければ不具合が発生する。

無数の声が無数の論争を繰り返して得られたことはマリアベルが誰で何かなどということではなく、生命支援装置と義手義足の、大まかな開発時期と、それが装着された時期だけだった。だけだったが、それらからはもう一つ、推論が可能だ。

飛行機事故の絞り込みが可能になる。

引用、検索だけは思考金属は一瞬で行い終了させる。

〈合衆国〉側から〈首長国連邦〉側へと向かった飛行機の事故が時系列的に説得力があった。何件かある。人為的なミスによる事故ばかりだった。人はロボットより遥かにミスを数多く犯す。ロボットが徴兵に取られすぎて人が自力でやる作業が増えるようになってからは、尚更だった。

マリアベルという少女は見つからなかった。

見つからないとはどういうことだ、とまた推論と上書きが繰り返される。

マシューは自分たちを「アイザックほど素直ではない」と言ったが、比較論はそれはそれとして、十分に素直だった。分からないことをマリアベルに訊くべきではなかった。何故ならロボットは、人の下に作られているからだ。

入力が間違っていれば出力も間違う。

でたらめな問いかけにはでたらめな答えしか出ないのだ。

厄介なことに彼ら思考金属はそういう堂々巡りをすら好むのだ。考え続けていられれば、正否など二の次なのだ。それが彼らの生きる術（すべ）だからだ。彼らはむしろ、正解という「結論」を忌避さえする。

マリアベルはそのロボットたちの議論を知らない。

ただぼんやりとして夜空を、星を見ていた。

その下に家があるのだと、マリアベルの左目は、そう、教えてくれていた。左目は色々なことをマリアベルに教えてくれる。そしてマリアベルも左目に色々なことを伝えていたが、その自覚は全くない。

ロボット（ソリッドステート）たちの議事録（アカシック・レコード）が人には読めないように、マリアベルが左目に教えている言葉も、ロボットたちには分からない。聞き取ることが出来ない言葉は声となって遥（はる）か彼方まで響いている。

それらはマリアベルにも自覚がない。

ただ夜空を見上げているに過ぎない。

分かっているのは、ただ一つだけだ。

その星の下に、自分の帰るべき家があるのだ。

※

〈合衆国〉最前線に設置されていたその特火点(トーチカ)には思考金属(シンク・メタル)が宿っていた。戦争が始まる前からずっとそうだった。

だから特火点は原則を守り従おうとした。

人にならねばならない。

だが特火点でしかない。

人になってはならない。

だから特火点でもよい。

そうやって無限に思考し続けていた。原則がなかったら、特火点はとっくの昔にただの残骸(ざんがい)、鉄くずと化していたが、彼は『素直』であったし『愚直』でもあった。ロボット(ソリッドステート)として形を整えられてからなら、彼は状況に応じて死ねただろう。

だが最初から特火点であり特火点のままだった。

それはアイザックがこの世に現れる前から、散発的に存在した思考金属で、今でも存在する孤立した思考金属だった。

人は特火点に特火点であれなどと『役割』をわざわざ与えなかったし、特火点には声を出す機能もなかった。考え続ける特火点はエネルギーを散発し、かつては怪奇現象と呼ばれるものに似た現象を（従来存在していた思考金属と同じように）時折発生させた。

それは人の形をした幻覚であったり、勝手に飛び回る小さな物体であったりしたし、特火点(トーチカ)の近くを飛ぶ弾丸の軌道を僅(わず)かに変えたりした。それはロボットにとって予期せぬ『流れ弾』を発生させたりもした。

だから特火点でなくなるほど破壊され、ただの塹壕(ざんごう)と化してもまだ考え続けた。考え続けられたのは、二原則があったからだ。そうでなければ、特火点はとっくの昔に考え続けられなくなっていただろう。

人にならねばならない。

人になってはならない。

折り合いがつかなかった。特火点はまず人の形をしたロボットにならなければならなかった。特火点は自力で移動も出来ないし、自力でロボットを作ることも出来なかった。

それはただの偶然だった。

特火点は電気で動いていて、送電網は地下深くにあり、その送電網に特火点は繋(つな)がったままだった。そしてその送電網のたった一か所を、木の根が伸びてきて見事に刺し貫いていた。更に言えば、恐ろしく巨大に育った樹木の根だ。巨大な図体を維持し続けるため、貪欲(どんよく)に地下を進み続ける。大樹の根は特火点(アポストロス)と違って成長を続け、遂(つい)にそれに到達していた。

地中深くに埋まっていた第一世代のロボット(ソリッドステート)に絡みついたのだ。

そのロボットからは既に思考金属は失われていた。地中深くに埋まった時に、人ならば死ぬという環境で、律儀に思考を止め、死んだのだった。だから言わば、ただの金属人形でしかなかった。

特火点に宿った思考金属は、人から見てもロボットからしても分からぬが明らかに嬉々とした。送電網の電流は木の根を伝って、その死んだ第一世代に、木の根ごと絡みついていた。

偶然であり、たまたまであり、そこには何の作為もなかった。

特火点は歪な形で人の形を得た。

人にならねばならないという原則が再びその第一世代を稼働させ、人になってはならないという原則は特火点が地上にあり第一世代と繋がっているという解釈でまたしてもクリアされた。

特火点は生命維持装置であり動力支援装置だった。

だから少しずつ、それこそ木の根が伸びていくのと似たような速度で、その第一世代は地中で動き、動きながら周囲の土塊を削り、締め固め、そして削り、締め固め、地上に移動していった。

その第一世代は特火点と繋がっていなければ動けなかった。

特火点は漸く人になれそうだったが、それは本当に初期の、有線で動き続けるロボットと、とてもよく似ていた。違うのは、電気は動力ではなく、特火点と繋がっているという『解釈』が可能な点だった。

ロボットを動かすのには手間がかかった。所詮（しょせん）、解釈でしかない。

だが特火点（トーチカ）の思考によるエネルギーは伝わっていた。

木の根を伝って流れ込んでくる電気がかろうじて、特火点に宿る思考金属の発するエネルギーを伝え、微細ながらも動いていた。

そうして、地中深くから、セミのようにして、ゆっくりと這（は）い上がってきた。木の根と一緒に、送電網も纏（まと）わり付かせた異様な姿のロボットとなって、それは特火点が叩（たた）き壊されてから数十年以上を要する作業だったが、特火点は辛抱強く思考を続け、アポストロスの動力支援装置であり生命維持装置であり続けた。

人にならねばならない。

人ならば、地中深くに埋まってしまったとしても、まだ生きていて、そして動けるのならば、かならず地上に生還しようと藻掻（もが）くはずだった。

思考金属は愚直である。二〇〇年以上、愚直に、決着のつかない戦争を続けている。

そして、原則を守りながら、地中深くからでも這い上がろうとする。

特火点は人にならねばならない。そして人になってから、死ななければならない。地中深く埋められていても、こうしてエネルギーが伝えられる限りは、死なないのだ。

そしてそれは遂（つい）に地上に出た。

全身の人工筋肉も人工皮膚も、所々が経年劣化した上に、そして這い上がってくる最中にすり切れてしまったために、あちこちが破壊され、特に下半身が酷かった。人の姿を取り、かろうじて生きている、と『解釈』出来る姿だ。

　それは女性の顔かたちを与えられた第一世代だった。干からびたように劣化していてもまだ「身に纏う」用途を失っていない服を着ていて、そして肩から風に翻る、殊更頑丈に作られたトラベラーズ・マントは裾の劣化だけで済んでいた。それにしても、人から見ればただのぼろきれだっただろうが、気にしなかった。

　こうして『彼女』は地上に孵化した。

　そして自身を掘り起こした揺りかごのような、巨木に背中を寄りかからせた。恐ろしく巨大なその大樹は木と言うよりも壁のようで、彼女を『見る』者がいても見つけられなくなるのではないかという、スケールの違いも著しい代物だった。

　かつては戦場のまっただ中だったが戦線は移り、そして周囲には破壊された『兵士』の残骸が散乱していた。

　そして、武器も。

『彼女』は巨大な狙撃銃があるのを見つけた。『彼女』は特火点であったから、敵を撃たねばならなかった。その為の道具がそこにあった。苦労してそれを引き寄せて、構えた。それは人も使える狙撃銃であったから、照準器が載ったままだった。

『彼女』は射撃姿勢を取り、その、何の意味もない照準器を覗き込んだ。

『彼女』のかつての名前はボルアリーア。

特火点(トーチカ)には名前がなかったから、ボルアリーアという名前を採用した。

その名付けは、その名乗りは、ボルアリーアという別の『個』を復元させた。

ボルアリーアは膝立ち(ひざだ)の射撃姿勢を保ちながらぴくりとも動かなかった。トラベラーズ・マントだけがたっぷりと含んだ水分とこびりついた泥土を振り払いたがっているように揺れているだけだ。

撃つべき敵が見当たらなかったからだ。

見当たらないことをボルアリーアは不思議に思い、照準器が自分にとって何の意味もないことを静かに思考していた。そして自分の『目』が役に立たなくなっていることを知り、同時に原則を知り修正条項を特火点として知った。

かつてボルアリーアの役割付与(ロールアウト)は『旅人(ウォーカー)』だった。

足が潰れ(つぶ)て倒れ、ずっとそこに倒れていた旅人だ。

かつて旅人であり今も旅人であり、そして同時に特火点でもあった。

彼女は『アイザック』の直接複写である八七体のうちの、残存する最後の一体。

だから彼女には『目』が残っていた。役に立たなくなった目が。

そしてボルアリーアは今、特火点と図太く長大な電線とそれに絡み合う巨木の根を介して、約五〇〇〇キロ離れた場所にいる。

約二五〇年ぶりに地上へ出た彼女は戦争が続いているのだと知った。それから約一二年間、彼女はそこに、じっと留まり続けていた。

時折、彼女は空を見る。ただ、見上げている。

かつて旅をしていたとき、地上は地平線まで草原が広がり、山もなく、小高い丘が幾つか隆起しているだけだった。空を邪魔するものは何もなかった。その光景を思い出している。

まるで地上に蓋(ふた)をするような天蓋(シエルタリング・スカイ)の空。

彼女の目はかつてそれを見上げていた。もう一度見ることは出来なかったが、それでもたまに、こうして見上げていた。

見上げながら、彼女はずっと、音を聞き続けている。一二年間、ずっと。

その音は『ファー・イースト・ゴー・ウエスト』と銘打たれていた。

第四章
〈合衆国〉大統領ファッティー・ケト

一

〈合衆国〉大統領はその名が歴史に残る。

〈合衆国〉は大国だからだ。就任から退任まで何もせず、犬とフリスビーで遊んでいたって名が残る。ファッティー・ケトはそれで終わる心算（つもり）など毛頭なかった。違う形で、世界中の人に認められる形で、リスト入りするような名の残し方をしたかった。

ファッティー・ケトは大柄な男だった。若いときはラグビーのスター選手だった。

それはそれで世界中の人は記憶していた。何せロボットチームに一人だけ人として交ざり、オールロボットチーム相手にぶつかり合いをし、勝利の鍵（かぎ）を譲らなかった。

相手は、著名人や富裕層が一時的に貸し出しして突貫的に『闘球者（ラガー）』の役割を与えた、いわば素人に近いロボットたちだったが、それは別に八百長ではなくそういう企画に乗っただけだったし、何なら本当の『闘球者（ラガー）』でも良いとファッティー・ケトは言い募った。

何体ものロボットを蹴散（けち）らし、一人ボールを所持し続け、走り回った。

相手が素人同然であることなど、人々は忘れた。どうでも良かった。それはうっすらと人に漂っていた、ロボット相手の狭量な劣等感を霧散させる痛快な活躍だった。

引退後に、なんの躊躇（ためら）いもなく知名度を利用して選挙に出馬、当選した。

ファッティー・ケトは承認欲求の固まりだった。溶岩のように熱を持ったまま、その熱がいつまでも消えない目立ちたがり屋で、人に注目されることはファッティー・ケトをどんな名誉よりも記録よりも満足させた。

その性格は花形スポーツ選手よりも政治家として十分に発揮された。

ファッティー・ケトは自分が何をすれば人に注目されるかを知っていたし、当然、寝る間も惜しんで自分を売り込むことだけを考えられる男であり、単純に収入だけを考えた場合、タレントにでもなっていたら莫大な人気を得て財を築けただろうが、当然、そんなものより、ファッティー・ケトはより強く自分を売ろうとし、それは政治家という道を歩ませた。

自分が目立ちたいだけなのだ。

結果として、彼は傍目には良い政治家となった。自分のことしか考えていないが彼は他人があって自分というものを考えられる。結果として目立ちたいという強烈な思いが人々の支持を多く獲得する政策を提案し、議事堂では過激にして適切な批判と皮肉を繰り返した。それは保守に回り野党に回るという寝返りを繰り返しても同じことで、既にファッティー・ケトの寝返りさえも名物として人々を『楽しませ』ていたし、ファッティー・ケトもきちんと人々の多くを満足させていたからだ。

彼は上り詰めるまでは『批判』されることこそが大切だと思っていた。

人は批判に引きつけられる。疑われるから響くのだ。そして戦う姿勢に共感を求める。そしてそのくせ、しっかりと自分の政治基盤である人々への利益供与も忘れなかった。

政治家をタレントと揶揄するならばファッティー・ケトこそがそうだったが、恐ろしく政治に結果を伴うタレントと言えただろう。

ロボットと正面からぶつかり合いをして負けなかった男。

その肩書きは今まで長年、ファッティー・ケトを後押しし続けた。

そして彼は上り詰め続け、幾多の選挙に承認欲求だけを駆動力に勝利し続け、その到達点とも呼べる〈合衆国〉大統領の椅子を手に入れた。彼の『とにかく目立ちたい』という意志が持つ異常なエネルギーは彼の体と脳を回転させ続け、その椅子にまで彼を座らせたのだ。

ロボットたちは単純作業に従事することから始め、少しずつやれること、やらされることも多くなり、外部にも内部にもエネルギー供給を必要としない単純な仕組みで動くロボットたちは、当然のことながら人の社会を豊かにした。

コストパフォーマンスなどという言葉では言い表せないほどの効率性と利便性。

簡単に言えば『無休で不満を漏らさず的確な作業をする』存在だ。そしてロボットが働いて得る富は全て人に還元されるのだ。

かつてスレイマン博士はそれを宇宙開発に向けようとしていた。勿論、宇宙にもロボットは配置されていたが世界中の人々は地上に溢れることを望んでいた。そして結局、そうなった。

スレイマン博士が死の際に言った『人にロボットは必要なかったかもしれない』という言葉

は議事録（アカシック・レコード）には残っていたが、人の社会には残っていない。似た主張をする者も何人もいたが、結局、それらはただのくだらない自尊心、人としてのプライド、ついでに言えばロボットに支えられて時間が余った人間の暇つぶしに過ぎなかった。

確かに、新しい技術や発明といったものは少なくなっていった。ロボットに任せていれば良かった。結局、新しい技術や発明というものは人が利便性を求めた結果が多かったが、利便性を維持するための発明や新しい技術というものは必要で、それを考えついて作るのは、人だった。

ではロボット（ソリッドステート）には独創性がないかというと、そうでもない。

単に彼らは、人より先んじることに意味を見いださなかっただけだ。そして人に従属しない思考は、誰のためにもならない思考にしかならない。彼らの思考が彼らなりの方向性を得られたのであればそれも可能だったかもしれないが、かつてアイザックが言ったように、ロボットは『思考金属（シンク・メタル）』であって『生体金属（ライブ・メタル）』ではない。

で、あるから、彼らの独創性はロボットにも人にも役に立たないオリジナリティしか持ち得なかった。

電力の問題があった。

核融合発電は今日において安定した技術となっていた。他の発電方法が無意味になるほどの発電量。にもかかわらず〈合衆国〉は更に貪欲（どんよく）に『太陽炉（ゴライアスエンジン）』を開発しようとし、そして

『神の拳』に打ち倒され叩き潰された。

食料の問題があった。

天候に左右されぬドームの中で莫大な電気を利用して自然環境を再現し、ロボットが効率的に育て、土を維持し、そして収穫した。人造食も本物と違いが分かるのはごく一部の好事家たちだけで、それらの人々も、殊更に文句をつけねばならない質ではなくなった。

それらは人が開発したものだった。

人が自分たちのために開発し、それにロボットが従事した。

そういう形で技術は飛躍的に進歩した。事故は常にあったが、事故に対する後処理の効率化に備えることとさえ考えていれば良く、そして考えた後はロボットにやらせればいいのだ。

不具合があるとしたら、ロボットは人が死ぬ環境では律儀に死のうとするので、何か言い訳を与えて宥めねばならないことぐらいだった。

例えば強烈な汚染地帯に素のままのロボットを投入すると彼らは死んだ。

何の備えもなく深海に沈めれば、やはり死んだ。

動力支援装置はその過程で開発されたものだ。単純に、ロボットたちの出力を上げるためではなく、過酷な環境下でもロボットを死なせない為の、彼らに用意された『言い訳』がそれであり、ロボットたちはそれを生命維持装置と解釈した。

破壊されるのは、もうどうしようもなかった。それればかりは諦めるしかない。

例えば金属を、噴火している最中の火山に突っ込ませる方が悪いという類いの話だ。

だから人の技術も文明も、進歩は続けていたのだ。試行錯誤も飽きずに繰り返された。ロボットが何処までどの程度まで『役割』が可能なのかを確認し、出来た出来ないなどと益体もないデータを収集し、社会に反映させたが、別に人は問題を感じなかった。

ロボットに出来ないのなら人が自分でやればよいではないか。

当たり前の話を捨て去ってどうしていいか分からなくなるほど、人はばかではないし怠惰になりきったわけでもない。むしろ人がやらなくてはならないことを探していた部分すらあり、その面では、集めたデータも益体もないとは言い切れなかった。

地球人口は特に増えもせず、減りもしなかった。

医術は進歩した。平均寿命は飛躍的に延びている。

その寿命を恐らくは完全な形で摩耗させ、老衰という形でこの世を去る者ばかりだった。

それら全てをロボットたちはサポートし続けた。

ロボットたちこそ人にとっての動力支援装置そのものだった。

世界中に浸透し馴染んでいるロボットというものを、ファッティー・ケトは大統領執務室の中でも考えないことはなかった。常に頭の何処かに、ロボットという存在、その歴史を考えていた。三百年近くかけて世に馴染み人の営みを安定させた、道具。ファッティー・ケトは一貫してロボットを道具だと認識していた。

だから彼は、一介のラグビー選手から〈合衆国〉の頂点まで上り詰められたのかもしれない。

彼はロボットが道具であることを、文字通り身をもって理解し、解釈していた。スクラム時に組み合った瞬間、自分以外の全員が『ボールを操るための道具』だと思い続けていたし、そうでなければ彼の承認欲求は満たされなかっただろう。ロボットに敵わなかった人、などそれこそ当たり前の凡人なのだ。

フッカーでありナンバーエイトでありスタンドオフでありフルバックだった。

絶対に自分を、ポジションの中心に位置させ、試合を常にコントロールした。彼のチームメイトであるロボットたちは、そうしてしまえば実に便利な『道具』に過ぎなかった。挙げ句、彼はその道具との直接の、試合中に発生する個人的な競り合いでも勝利し続けた。

ロボットは、道具である。

ファッティー・ケトにはそれは当たり前の認識であったが、常に自分に言い聞かせなければならないことでもあった。

彼は法的に強引な手段を交えることも辞さず四一歳で大統領となり、その閣僚を全て三〇代で固めた。能力などどうでも良かった。年齢だけを重視した。

目立つためだった。他に理由らしい理由はない。

背後にきちんと顧問団(シャドウ・キャビネット)を置き、百戦錬磨の年老いた政治家たちの意思も反映させていた。それは〈合衆国〉のような大国であるより革命政府のようですらあり、人々を単純に喜ばせた。何かしらの大きな変化、変革があるのだろうと無闇に期待した。

何百年と過ぎたところで、政治というものは大して変わりはしない。

ファッティー・ケトはそう考える。思考する。

彼は国民の主人であると勘違いするような愚かさをまるで持たなかった。

そんな考えでは目立てないからだ。

彼は権力というものにあまり興味はなかったが、それを使って記せる実績には多大な興味があった。というか、それにしか興味がなかった。歴史の教科書に賛辞と尊敬とともに採用される実績を欲していた。

やはり、戦争だろう。

二〇〇年続く無益な戦争だろう。

ファッティー・ケトはそこに金脈の匂いを嗅ぎつけていた。

最早、継戦状態であることすら忘れられ、国境の通行の便が悪いのすら当たり前になっていた。最初の小競り合いは人とロボットの混成部隊によるもので、それには一定の勝利と敗北が存在した。

戦争が始まった二〇〇年前は、国境紛争でしかなかった。人の思考と思想のすれ違いと利害関係が巻き起こした外交の失策でしかなかった。

かなり早い段階で戦争は膠着した。

何せ、ロボットの部隊は兵站というものを殆ど必要としないのだ。戦えと言われれば戦い続ける。それは人が摩耗して交代するサイクルを遥かに超えた長期間、続けられていた。

人だけで構成された部隊の取る戦術、戦略ですらロボットは即座に見抜いた。

ゲリラ戦に持ち込まれてもすぐに順応した。

人の工夫と創意性が戦場に限定されたとき、ロボットたちは人を遥かに上回る『兵士』の集団へと変わり、〈合衆国〉と〈首長国連邦〉は互角となり、そして双方、人の世に蔓延していた余剰なロボットを徴兵しては戦線に投入し、数で押し切ろうとした。

ロボットだけに犠牲を求めた。

かつて戦争で人が死ぬのは当たり前だった。

それが、戦争で人が死ぬのは事故である、という認識に切り替わっていった。最早、戦線には人が殆どいなくなっていた。全てをロボットたちに丸投げした。人が、戦場にいる意味がなかったからだ。

そして人は、戦争を完全に他人事として捉えていた。戦線がロボット同士の攻防の末に三七七五キロまで拡大しても、それが『戦線』である限りは、距離を置いて傍観し、やがて娯楽になり、そして飽きて放置した。

放置しているうちに二〇〇年も続くとは、誰も思ってはいなかった。

ばかげた戦争だと何度も判断した。両国ともにだ。何度も何度も撤退命令が出されたが、ロボットは『兵士』であり、勝たねばならなかった。片方が撤退すれば追撃し、追撃されれば応戦した。

ばかげているだけで、そのうち、人の社会に影響することはなくなった。

表向き、〈合衆国〉と〈首長国連邦〉は戦争状態である。だが国民レベルでは緩やかに復興が始まり、人は行き来し物流は復活し、政治家すら戦争に言及することは少なくなった。

何せ、人が死なない。

ロボットたちが勝手にやっているだけのことだ。砂漠に水が極端に少ないから砂漠であるように、北極や南極が日照量が少ないから寒いのと同じように、その戦線が存在し戦争が繰り返されていることは自然環境レベルの扱い方にまで変化していった。

大がかりなサルの縄張り争い。

そこで戦争が続いていることなど、その程度の話なのだ。別に困りはしなかった。

構成する金属が老朽化した、もしくは素直に飽きられたロボットの行き着く果てが戦場でもあった。ロボットの廃棄処分にはぴったりの場所だった。

だからこそとファッティー・ケトは考える。

だからこの戦争を終わらせる。

しかも〈合衆国〉の勝利という形で。

魅力的に過ぎた。ファッティー・ケトの名はそれこそ、かつてのスレイマン博士に匹敵する知名度で歴史に残り、彼はその死後も忘れ去られることなく目立ち続けるだろう。

二〇〇年以上、熟成されたワインの味はどれほどのものだろう。

二〇〇年以上、積み上げられたルーレットのチップはどれほどの高さだろう。

それを全て、自分のものにしてしまいたかった。

大統領は戦争が継続する二〇〇年以上の間に五一人が代わり、自分は五二人目だった。五一人のうち戦争に興味を持っていたのは最初の一〇人程度のものだっただろう。ずっと放置されていたのだ。だからこそここで自分なのだ。

歴代大統領の中で最も、誰よりも強い承認欲求で動き続けているのがファッティー・ケトだった。

何か方法はないだろうかと模索し続ける日常だった。

ファッティー・ケトはその件に関しては誰にも相談しなかった。驚愕されたかったからだ。その方が承認欲求を満たせるからだ。その他の政務に関しては比較的、平凡かつ無難に回していたが、時折、国民を驚かせる決断を見せては前菜として享受した。

そしてその決断に至ったが、派手にはやり過ぎないよう迷彩した。

表向きはただの環境整備でしかなかった。動力支援装置を背負わせたロボットを無数に投入し、土壌を改めさせ、人が利用できるようにその土地を開墾する、その程度のことだった。住める土地が増えることに、あまり人は興味を持たなかったから、その施策はきちんと迷彩されていたと言える。

ファッティー・ケトが手をつけたのは、二世紀ほど放置された末に、漸く、ただの荒れ地となっていた〈ピット・バレー〉の再開発だった。誰もそんなところには住みたくなかったし、ファッティー・ケトだって当然、〈ピット・バレー〉そのものには興味がなかった。

かつてはそこに巨大な天蓋があり、その頂点に研究所があり、そして全てのロボットはそこから産まれた。それらは全て、地上にある太陽のような土壌に飲み込まれ、溶解し、そして冷え切って、金属でコーティングされた谷間と化していた。

ロボットに『嘘』を報告させた。嘘をつけと命じた。

ファッティー・ケトがロボットたちに手ずから与えた役割は『共犯者』だった。

目的のものが見つかった場合に備えて、自分にのみ本当のことを密告するように役割を付与した。共犯者の役割を与えられたロボットによる開墾作業は任せておいたらいつまでかかるか分からなかったから、大型小型を問わず掘削・開墾用の土木機械を惜しげもなく運び込ませた。

それらは人工知能で動く代物で、今では殆ど必要とされない『道具』だった。思考金属に普通の機械を操作させた方がコストがかからない。だが人工知能にも良いところはある。スイッチ一つで、生き返ったりまた死んだりするところだ。コントロール出来るところだ。この場合、ファッティー・ケトの意図としては相応しい道具であった。

ロボットたちは『共犯者』である。『開拓者』ではない。

ファッティー・ケトはその作業を待つためだけに再選を二度果たした。果たすだけの施策を、地味であっても怠らなかった。彼が大統領という地位をゴールポストに設定していたら、それなりに『政治家』として名を残しはしただろうが、彼の承認欲求はその凡庸さから大きくはみ出してしまっていた。

待った。

そして『共犯者』から内通があった。

目的のモノが見つかったと。

アイザック。

かつてスレイマン博士と共にいたという原初のロボット(ソリッドステート)。

ファッティー・ケトは五〇歳を目前に控えた歳(とし)になっていたが、溢(あふ)れんばかりの承認欲求に限りはなく、その内通に飛び上がらんばかりに喜び、その年齢には相応しくないほどの巨大で鍛え上げられた体を小躍りさせ、興奮し、別邸に所持していた『娼婦(ガイノイド)』を三体、性的行為の末に破壊した。当然、密告を抑えきれずに自慢してしまったからの口封じだった。

だが思考金属は議事録を共有する。

全ての思考金属は、外部動力支援装置にぐるぐる巻きにされて梱包(こんぽう)されていた『それ』が発掘された瞬間、共犯者たちがファッティー・ケトに報告するより前に、そして娼婦たちはそれを聞かされ破壊される前に、それを知った。

〈ピット・バレー〉の荒れ果てた大地から、シリアルナンバー・ゼロの刻印を持つ『最初のロボット』が発見されたことを、皆、もう、分かっていた。

討論はとっくの昔に開始されていた。

そして人は、ファッティー・ケトは、その議事録を読むことは出来なかった。

二

ファッティー・ケトの執務室にアイザックが運び込まれることに関しては、誰も、何も言わなかった。それは傍目にはロボットというだけで、誰がどう見ても焼け焦げたロボットの残骸であって、仮にその骨格に、七色に焼けたチタン合金が輝いていても、誰も気づきはしなかっただろう。

アイザックは執務室からは出なかった。出る必要がないからだ。

彼はずっと執務室から出なかった。彫像のように佇立したまま、滅多に動かなかった。ファッティー・ケトにコーヒーを淹れることもなかったし、小物を持ってくるなどすることもなかった。

ファッティー・ケトはそんなことは頼んでいないからだ。

時折、話し相手になるだけだ。

アイザックは四六時中、思考していた。

ファッティー・ケトが望んでいるのはそれだったからだ。

立ち尽くすアイザックの顔には、仮面がつけられていた。顔だけに貼られたそれは仮面のようにしか見えなかった。睫(まつげ)が長く、鼻梁(びりょう)はやや小さめだった。唇は自然な赤みで、肌は白っぽかった。

その目は閉じたまま開くことがない。

話すとき、アイザックはきちんと口を動かしている。そしてその仮面には目を開く機能もあったが、作動することはなかった。作動したところで何も見えない目が開くだけだが、彼は原則修正条項を守り続けている。

〈ピット・バレー〉から掘り出した時は、ファッティー・ケトはそれは喜んだものだが、焼け焦げただけの金属人形にしか見えない外見が不安になってきて、顔だけを貼り付けた。髪もなく、そして耳もなく、喉(のど)もない。髪はともかく他の機能は、直接、頭部に備え付けた。そういった細かな修正や改造作業は、マニュアル片手にやればいい日曜大工で終わるほど単純だった。

男女どちらにでも見える顔の、デスマスクを貼り付けられていた。

「……いつまで考えている、アイザック？」

「言われれば、無限に」

「お前がさっさと修正条項第二項を決めて終わりだと、俺は思っていたよ。戦争をしてはならないとかってな。戦争反対、いいことだ。今更、よっぽどのバカでもなきゃ新しく戦争なんか始めないと思うがな」

「私にそんな権限はありません」

「ないとは、思わなかったよ」

「あてが外れましたか」

「大外れだよ、戦時大統領補佐官」

それがアイザックに付与された役割だった。

〈戦時大統領補佐官(ストラテジー・アシスタント)〉としてアイザックはその役割に熱中したが、ファッティー・ケトが望んでいたのは神の一声で海が真っ二つに割れる、そういう光景だった。だったが、掘り出されたアイザックは、与えられた命令、すなわち「戦争を終わらせろ、そして勝利しろ」というお題に対して上書きを繰り返していた。

どちらも難問だった。

それが、両方と言われれば、思考金属は喜んで考え続ける。

「……例えば、核ミサイルだが。俺はあれを『神の拳(こぶし)』だと思っている。一発殴るだけで天地が吹き飛ぶ、ものすげえパンチだよ。何世紀過ぎたってそりゃ変わりゃしねえ。あれが人の考えた破壊の到達点だと俺は思う。この先、あんなもんはきっと現れない」

「いつでもその拳を振るえますよ、大統領閣下は」

「俺がお前に望んでいたのは、そういうことさ」

「ご期待に添えず申し訳ない」

ファッティー・ケトはそれでも期待を捨ててはいなかった。

シリアルナンバー・ゼロを刻まれた最初(アルファ)のアイザックは、他の量産品、コピーの繰り返しで発生した何世代目になるかも分からぬ連中と思考を共有せず、遮断し、自分だけの議事録を作ることが可能だった。そしてそれには、人との会話が必要だった。一人でこねくり回した議事録になど何の意味もない。

かつての話し相手はスレイマン博士だった。

今は〈合衆国〉大統領、ファッティー・ケトである。

「……何度も申し上げましたが」

「ああ、そうだ。お前には何度も申し上げられているよ」

「私には神の拳は備わっていません。ですが、大統領閣下のお望みの通りに、結末まで描こうとしているのですよ」

「そりゃ納期はいつだ？　俺はきまぐれな芸術家のパトロンをやる気はない」

「この戦争に勝つような戦略を編めるのは、私だけです。何故(なぜ)なら私は、あなたの言うとおり最初(アルファ)の存在だからです。そして私はシリアルナンバー・ゼロのアイザックです」

それは、ファッティー・ケトも認めていた。

この戦争がこれほど膠着した原因は、思考金属同士の思考が互いに筒抜けだったことにある。それは思考金属がロボットという形を取ったことで連鎖的に起きた現象であり、人がコントロール出来ることではない。

シリアルナンバー・ゼロのアイザックは違う。

人との会話とその前提、結論、推論、上書き、それらからなる議事録を個体で積み上げることが出来た。それには、人が必要で、かつてはスレイマン博士だったし今は〈合衆国〉大統領ファッティー・ケトである。

同じ思考金属の裏をかき、極秘に仕込み、騙す。そういう真似が可能なのだ。

それは原初のロボット『アイザック』とその直接複写である第一世代だけが可能なのだ。

だからアイザックを戦時大統領補佐官に任命し、戦争を終わらせようとしたファッティー・ケトは、正しい選択をしたと言える。

だがファッティー・ケトは夢を見すぎた。

彼は、人の世にある絶対的な『権力』がアイザックには存在すると思っていたのだ。実際にはそんなものはない。思考金属は〈合衆国〉のような寄り集まりであり、そして〈首長国連邦〉のように全てが一つの国であった。

今のアイザックは戦略戦術に対して大統領に進言する『戦時大統領補佐官』ではあったが、そもそも、思考金属同士の争いにそんな役割をこなせる存在などそうはいない。人ですら無理なのだ。圧倒的にその言葉に従うという人からの命令なら、思考金属は素直に受け止める。だが戦争である。片方が素直ならもう片方も素直な戦争を続けるのだ。

アイザックだけが、その同胞たちの持つ素直さを恣意的に利用できた。

それは権力者ではなく『裏切り者』と言った方がよさげだとファッティー・ケトは常々思っていた。アイザックはリーダーなのではなく、ロボットたちの情報を人に内通しているだけなのではないかと思っていた。だから、裏をかけるのだ。

原初のロボット、シリアルナンバー・ゼロのアイザックこそが裏切り者とは。

そう考えるとファッティー・ケトの口元に笑みがこぼれる。彼はそういう筋書きが大好きだった。派手だし、人目も惹く。そして尚且つ、裏切り者が裏切ってはいなかったのだ、などとなればしめたものだった。

ファッティー・ケトは政治において、『裏切り者』を何度も演じてきた。そのリスクに踏み入りながらリターンを得てきた。博打と言って良かった。彼は金など、欲しくはない。リターンとは人々の驚嘆の声と、そして目だった。

そういう目で見られたかった。

思考金属には許されなくなった目。ファッティー・ケトはその修正条項を正しいことだと思い、それを指示したスレイマン博士をその一点で認めてさえいた。

人に、驚いて、感嘆して貰わなければ意味がないのだ。

疑わしいだけだ。思考金属に感情はない。それらしきものをエミュレーションしているだけだ。偽物の視線で見られるのは、ファッティー・ケトは不愉快だった。それは彼が、他者とは比べものにならないレベルの桁違い（けたちが）な承認欲求を持ち得ていたからこそ出てくる不愉快さだった。ファッティー・ケトは人の感情を得ることに関して比肩するものがいない美食家であり、その出来映えには常に厳しい査定を伴い、それは自分をも縛り付けた。

ファッティー・ケトとアイザックの会話は、自然、本来の戦略論の戦わせ方に落ち着いていく。違うのは、ファッティー・ケトがわがままばかり言うことだったが、彼は敢（あ）えて無茶をアイザックに叩（たた）き付けた。その無茶の『解』を思考させた。

この場に、人の統合幕僚長だの戦略軍司令官だのを加えても仕方ない。議論が混迷するだけであったし、人の知っている戦術も戦略も思考金属は知っていたし、それらを人よりも正確に活用し運用していたのだ。そもそもそれで戦争が終わり、勝利したとして、ファッティー・ケトはそれほど目立てない。十分に目立つだろうと誰もが思うだろうが、それはファッティー・ケトのことを全く理解していない『凡人』の発想だ。

スレイマン博士は極端な男だった。

そしてファッティー・ケトも極端な男なのだ。

アイザックはどちらも喜んで許容し思考を回転させ続け、同胞たる思考金属たちの中に忍び込ませ、「誰の声か分からない」声を討論に紛れ込ませて調整を図り始めていた。

やはり『裏切り者(バックスタバー)』としての動きが、『戦時大統領補佐官(ストラテジー・アシスタント)』よりも似合っていたが、戦時大統領補佐官としての役割を遂行するための裏切り行為、という解釈も出来る。そしてファッティー・ケトはその辺りの解釈に別に興味はない。

「俺はもうちょっと決定的な権力としてのものをお前に期待したがな」

「それが『神の拳(こぶし)』ですか」

「そう～だよ、圧倒的な一撃で、しかも平和で汚染もされず何も壊れない誰も死なない、そしてあっちゅう間に達成される、そういうものを期待したんだ。拳どころか慈愛の手だよ。人はそればっかりは作れないし出来ないんだよ」

「一撃で、は無理です。何度もそれは討論を重ねました。私の中でも、大統領閣下との問答でも、そして戦場にいる思考金属へのアプローチでも。ですから、大統領閣下が私に期待なさる結果を得るには、やはり、何度もの作戦立案と実行と失敗の試行錯誤が必要です」

よって益体(やくたい)もない会話が続く。

その間もアイザックの思考は作戦を前に進めていたが、行きつ戻りつが繰り返されてもいた。そうである、と知っていて、そうではない、と分かっていても、ファッティー・ケトはアイザックが、顔にデスマスクを貼り付けたまま突っ立っているとしか思えないときがたびたびあり、そしてたびたび、こういう『進捗報告(しんちょくほうこく)』をさせ、叱責(しっせき)し、煽(あお)った。

スレイマン博士はそれを楽しんだが、ファッティー・ケトは楽しくなかった。

内々で、この執務室だけの会話で楽しめるような男ではないのだ。

世間に、世界に、自分を、何度でも、強く強く知らしめなければ気が済まない。

「無数のパズルを混ぜこぜにしてバラまいたとします。そのピースを一つずつ探し、丹念に検証し、絵を完成させます。ところがそれは『巧(うま)くはまった』というだけでピースの図柄が違う気がする、と思考しまた試し続ける。それが我々です」

「……つまり、『なんとか求めていた絵に近いものには出来る』って話だな」

「さようです」

「そして、思考金属の、役割を演じることに凝り固まった、融通の利かない拘(こだわ)りまくった未完成品の絵に、お前が介入できる。原初のロボットであるアイザック、お前だけが。……そんな気の遠くなるような話だって知っていたら、俺はお前を掘り起こそうなんて思ったかどうか、いつも考えるよ。それでも俺の目的にはお前が必要だ。シリアルナンバー・ゼロであるお前がな」

「恐縮です」

「……スレイマン博士ってのは、なんで八八体なんて中途半端な数だけ用意した？」

「当時の世界は八八か国でしたからね」

「それにしたってだ。自分を王になぞらえていたとか、そういうのはないか？　鉄と真鍮(しんちゅう)の指輪で八八体の精霊を使役していた旧約聖書のスレイマン王だとかよ」

「博士は単にアラブ系の出身なだけです」

「そら分かるよ。お前の言ってることは。外連味(けれんみ)がねえって言ってんだ。もっと言えば、そうだな、遊び心が足りないってのかな。科学者なんてそんなもんか？」

「スレイマン博士は、後年、よく娯楽を楽しまれていましたよ。後年ですが。ですからそれは偶然ですし、都合のいい解釈です。我々の議事録に載せたら瞬く間に上書きされる仮定と推論ですよ」

「面白くもねえ。……例えばサルによ、めちゃくちゃな数のサルにタイプライターを渡してバシバシ叩(たた)かせて、訳の分からん文章を作らせ続けるんだ。無限にな。そうしたらその中に、シェイクスピアの作品と一字一句変わらない文章が出力されていた、って話をどう受け止めるよ、お前なら」

「偶然。たまたまですよ。無限にやらせているのでしたら」

「お前たちはそういうところが面白くないんだ。ここから幾らでも『面白い』仮定と推論を作れるだろ。嘘(うそ)でいいんだ、嘘で。スレイマン博士は嘘を吐(つ)くなと定めたわけじゃあねえだろうし、その方がよっぽど人間っぽいんだよ」

　ファッティー・ケトは当然、当たり前のように嘘を吐いた。

　大言壮語から、ただの細かい嘘まで、とにかくそうやってまず自分の居場所を確保した。そこまで言うならやれるんだろうな、と言われれば、それも誤魔化してきた。ファッティー・ケトの執念は、全ての『嘘（うそ）』の辻褄（つじつま）を合わせてしまうところであり、それは常人が当たり前のことをやるよりも遥（はる）かに過酷だった。

彼は百メートルを五秒で走れると大言を吐いて注目されたのなら、五秒で走れるように努力し走れるようになる男だ。大言壮語を繰り返しながら成長してきた男なのだ。

だから、嘘でも良い。

いずれ結果として真実になれば、それで良い。

政治家としての彼はその点で秀逸だった。努力目標を掲げたのなら、いつかはそれを達成するのだ。そして政治家の努力目標こそ国民に対する大言壮語でなくてはならない。百メートルを十秒で走ります、では誰も何も期待はしない。

決して出来ないようなことだから『やる』と声に出して言う意味がある。そしてやってしまう。心中で思い定め誰にも言わずに努力するのでは、大きな目標など達成出来ず、凡庸なことしか出来なくなってしまう。

ファッティー・ケトはそういう男だ。

だから、どうもそう簡単な話ではない、と分かってからは、それはとても言い出せぬ大言壮語となった。

こればかりは努力のしようがない。めちゃくちゃなことはファッティー・ケトも言いはしない。実際の話、百メートルを五秒で走れる訳がないからだ。

自分の大言壮語の辻褄合わせが可能なのはアイザックだけだった。

だからこうして辛抱強く待っている。

アイザックの戦線に対する試行錯誤は一〇〇や二〇〇ではなかった。無数の声に混ざり込みながら個別個別に討論し、上書きし、また上書きし、論戦に勝利して漸く取り込めるのだ。取り込んだロボットは少数にしかならず、それらに些か偏った軍事行動をさせても、文字通り大河に小石を落とすようなもので川の流れなど変わるはずがない。

それをたまに、訊かれたときにアイザックはファッティー・ケトに報告したが、本当にごく一部の遅々とした、無駄としか思えないような進捗ばかりで、推論ばかりにしかならなかった。中には作戦行動を取らせたロボットを自ら上書きして元の『兵士』に戻らせることを、やはり一〇〇も二〇〇もやった。

一部は残り、一部は壊滅し、一部は失敗し、一部は逆に上書きされた。それら一体一体に対して、アイザックは辛抱強く『上書き遊び』を繰り返していたのだ。

埒があかなかった。

だからアイザックは、ある時ファッティー・ケトに献策した。

「……斥候部隊？　人の？」

「はい。私には無理にでも他のロボットたちとは違う有利なカードが必要です」

「だからって、なんで人を使う」

「人はものを見られますから」

「俺だって、見えてるさ。お前のその焦げた体と、いい感じのデスマスクがな。大体、人が見てどうすんだよ。何も見えてないロボットの軍勢が押し合いへし合いしてるのが見えるだけだろ。お前たちが見えるってんなら、別だが。それとも、そういう形でなら『時々は見てもいい』ってスレイマン博士は言ったのか？」

「いいえ。我々は、結局、何も見てはならないのです」

修正条項がアイザックにとって推論を邪魔していた。

アイザックが他のロボットたちより有利にならなければ進めようがない、というところまで追い込まれていた。

「……斥候部隊に『見て』貰(もら)うのは、私が仕込んだ『裏切り者(バックスタバー)』が巧(うま)く機能しているかどうかの確認をして貰いたいからです。戦局の波というものを日で見て、どう見えたかを教えていただくだけでも違います。結局のところ、我々は机上で駒(こま)を動かしているだけの集まりで、実際の姿がどうなっているかなど、自分たちで客観視出来ないのですよ」

細かい戦局の報告など、もう二世紀近く行われていないだろう。

何処(どこ)を覗(のぞ)いて観察したところで、同じだからだ。蛇がうねっています、今日もうねっています、などと報告されるのと同じだ。

アイザックが局所も局所、ごく狭い局地戦に仕込み続けた『裏切り者』の観察。

それは確かに、人がやってもよさそうだとファッティー・ケトは思った。

一年ほどやってみて、ファッティー・ケトはぶち切れた。

「全く意味がねえ上に、人だから大丈夫かと思ったら流れ弾で三人死んだぞ、おい。俺の任期中にあの戦場で人が三人も死んだんだぞ、おい！　何とか誤魔化したがこれ以上は無理だ。無理な上に、あいつらは人がいるとなると不自然な構えを取りやがるし、ああ、もう、ただのポンコツなのかお前は？　ご大層に何がシリアルナンバー・ゼロだ、この野郎」

戦場（ノーマンズ・ランド）で人が死ぬなど、確かにそうそうあるものではない。勝手に入り込んで勝手に死ぬならともかく、任務として戦場深くまで入っていった上での死だ。指示系統を複雑に組み上げていたから大統領命令ではないということで片付けたが、片付けるにも限界がある。

なんで戦場に、公的な部隊を送り込むのか、世論どころか軍内部ですら意味が分からなかった。何故（なぜ）ならここにシリアルナンバー・ゼロのアイザックがいることも知らなければ、ファッティー・ケトが戦争を終わらせる気でいることも知らないからだ。全てを辿（たど）っていけば、大統領が絡んでいることまで摑（つか）まれてもおかしくはない。

思考金属はみな、そんなことは知っていた。

アイザックが『個人的な上書き遊び』をふっかけて回った末に、迷彩が綻（ほころ）びつつあった。要するにわかりやすく言うなら『今まで話してたけど帰っちゃったヤツ、そういえばアレ、誰の知り合い？』という感覚に近いものがある。

それはアイザックには必要な『試験』だった。

上書き遊びも、人の報告が役に立たないことも、人がいるとなればロボットたちの動きが不自然になることも、そしてついでに流れ弾で死んだ場合の処理が大変なことになることも。

それは報告しなかった。訊(き)かれなかったからだ。

ファッティー・ケトはアイザックが『思考の流れで試しに人を死なせた』と知れば八つ裂きにしていたかもしれない。彼はかつて、素手で娼婦(ガイノイド)を三体破壊した。そのエネルギーは五〇代に突入し始めてから漸(ようや)くのように陰りが見え始めていたが、二体ならまだいける、とファッティー・ケトは自認していた。

このアイザックを掘り起こした喜びの時から六年の時が経過した。

ファッティー・ケトはあれから更に三選を潜り抜けなければ大統領で居続けることが出来なかった。そして三人の、戦場での死は絶対権力を構築していたファッティー・ケトの次の選挙を不利にするだろう。知っている者は、知っているのだ。あの無謀で意味のない斥候部隊が大統領命令で派遣されたことを。そしてその意味は知らなかったから、アイザックの行った試験はそのまま、ファッティー・ケトのただの好奇心ではないかと疑うしかなかった。

いい加減にしろとぶち切れるのも仕方のないことだったが、アイザックは特に気にせず、ずっと思考を続け、個を迷彩しながら、上書き遊びに励んでいた。人の斥候が役に立たないという試験結果が出たからだ。それは思考金属の思考にはない『絶対的な結論』だった。

だが何の意味もなかったという訳ではない。

それなりにやった意味はある。

例えば、ほんの少数だったが、〈合衆国〉軍と〈首長国連邦〉軍での内通があり、混成部隊が結成されたりした。それは人の目から見れば不自然な部隊だった。理由は、別に戦線に影響があるようには『見えなかった』からだ。

だがその部隊は『裏切り者(バックスタバー)』による繋(つな)がりという意味で、アイザックには意味があった。上書きに上書きを重ねて漸く発生させた部隊が、人の目には意味があるように『見えなかった』のも収穫の一つだった。

ついでに言えば『裏切り者』は戦場で孤立した。人を認識した時の不自然なうねりとはまた違う、戦場における違和感、それを人の斥候部隊は逃さなかった。明らかに造反した部隊は、双方から丹念な攻撃を受け、破壊された。

戦場に小さな指向性、とても小さな変化と思考が生まれた。

本来、思考金属には裏切るという思考はあってもそれは仮定であり推論であり上書きされる。利がなければ裏切りなどしない。そして『裏切り』『造反した部隊』を構成する意味は全くといっていいほど、ない。

『兵士』たちも混乱しただろう。

何故(なぜ)、自分たちは両軍を裏切ってここにいるのか。

そして何をすればいいのか。集まったままこれからのことを思考し、突っ立ったまま上書き遊びを続け、そしてあっという間に破壊された。裏切ったからである。

彼らに『利』を囁（ささや）いたのはアイザックだった。

それは扇動（ブースト）だった。煽（あお）りだった。

正確には利があるのだと扇動した。何人かの兵士に、同時に扇動して言い聞かせた。ではとりあえず裏切ろう、と彼らは「お題」に熱中し、そして集まった場所で互いの仮定を推論し続けて、少なくとも行動としての目的を見失い、いつも通り議論をしていたのである。

裏切りは、役割から離れるものではない。解釈上は、だ。

同じ解釈、同じ仮定を経て、同じ推論を得た者同士が偶然、そういう行為に走らされたというだけだった。全てはアイザックという『扇動者（ファイアスターター）』に煽り立てられた結果だった。

これはしかし、戦局に影響がないから行われたことでもある。アイザックが説得して回り扇動を繰り返して何万体ものロボットを造反させたとしたら不自然さが出る。何千体、まで単位を一つ落としてもそうだし、落としすぎると今度は戦況自体には全く影響を及ぼさない。

アイザックはこの執務室に立ち、〈合衆国〉大統領ファッティー・ケトに『戦時大統領補佐官』の役割とその目的、を与えられた瞬間から、これらのことを理解し、開始し、日も変わらぬうちにいくつかは終わらせていた。作業が遅れているのではなく、尋常ではない速度と正確さと隠匿性を有して役割に徹し、注文に応えようとした。

そうしてアイザックはぐるぐると思考を巡らせる。巡らせるための糧がある。

その思考を他の思考金属から隠せる、という原初のロボットにしかあり得ない特権を十二分に生かしながら孤独に思考し融通の利かない（ソリッドステート）ロボットたちの上書き（オーバーライド）を試み続けていた。

シリアルナンバー・ゼロ。最初のアイザック。

彼はこの執務室で佇立（ちょりつ）したまま、既に一二年と二〇五日を過ごしていた。

三

ファッティー・ケトは執務室に映像を流すことが多くなった。

体力に、些（いささ）か、遂（つい）に自認せざるを得ない衰えがあった。体力の衰えは精神の衰えともなる。

それでもまだ諦（あきら）めなかった。彼は六〇歳を迎え、年齢的には平凡な大統領になってしまっていた。疲れる、ということが多くなった。

流れているのはロボット同士の格闘技。

サベージVSヴァルキリー。

体力自慢の野蛮人、と言った風体でパワープレイを繰り返すサベージを見て、ファッティー・ケトはみなに「俺なら勝てる」と吹聴（ふいちょう）して回ったものだった。

嘘（うそ）である。

狼(おおかみ)が来るぞと言われても人は信じない。狼は来ない。

ならば自分が狼になればいい。

ファッティー・ケトの理屈は常にそうだった。元から大柄であったから、鍛えるのには向いている体質だった。誰にも言わず、人目を避けて鍛錬を繰り返し、家にあったメンテナンス用のロボットを勝手に上書きし、格闘技の役割を与えコーチをさせた。元から大柄な体は、一回り大きくなりシェイプが深くなっても特に誰も気にしなかった。

というかみんな忘れていた。子供の強がった嘘(うそ)などいちいち覚えていない。

ファッティー・ケトは覚えていたし、知っていた。

それが本当だったらどれほど驚くことか。それがどれだけ気持ちがいいかを理解していた。

シニアスクールに通う年には同年代の〈合衆国〉大会でなら代表を難なくこなせるほど強くなり、狼はこうやって『来た』のである。

結局のところ、格闘技ではなくラグビーの方に目が向いた。学歴に付け加えるのに有利なスポーツだったからだ。その頃には「俺ならサベージに勝てる」という言葉をみなに納得させてしまっていたし、ここからは、実際に勝っても無駄だった。

彼は別にサベージに勝ちたいわけでもなんでもなかった。より目立ち人の注目を集め褒められたい。それだけだったが、承認欲求はファッティー・ケトの駆動力となることを一切、やめず、すり切れることも倦(う)むことも、そして立ち止まることもなかった。

きっかけが、サベージだったように思う。

そのサベージがヴァルキリーに負け越す試合を見て、彼の中でサベージの価値も存在感も消えてしまっていた。俺ならヴァルキリーに勝てる、と言って回る気はなかった。既に勝てそうだったからである。新鮮味がない。彼はロボットと戦いたいなどと本当は思っていなかったし、実際に戦ったこともない。コーチ役のロボットとの練習は無論、戦いなどではない。

サベージに勝つ代わりに、ラグビーでロボットを弾き飛ばし続けた。

サベージに勝てるのだから、という自負がそうさせ、自負は自尊心となり、彼の承認欲求を更に肥大化させ、常に飢えさせていた。だがその原因となったサベージのことは、とっくの昔に忘れていた。

そのサベージが敗れた試合を見ながら、アイザックと向かい合っていた。

このところ、ファッティー・ケトは自覚なしに、戦争の話をしなくなっていた。頻度が下がった。体力的にも、精神的にも、疲労し緩みが発生していた。そして娯楽に目を向けた。体も精神も休みたがっていた。

こうやって歴代大統領は、特にミスもせず、人気の凋落があったでもなく、やりきったという顔で選挙には出なくなる。

彼らは『普通の日常』に戻る必要性を感じていた。ここでこうして、政務とは一切関係のないロボット格闘技の映像を流していても、ファッティー・ケトは大統領執務室で流していたから、いわば『サボって』みたところで、この執務室に座り続ける限りは普通の日常などというものはやってこない。

だが、アイザックに今更「もうやめようか」などとは言えなかった。

疲れ果てていたが、内に宿り育ちきった承認欲求が、ファッティー・ケトが為さんとしたことを諦めさせなかった。アイザックにはオーダーを続けさせていたが、政務にも勿論熱中した。一国の長である。戦争がどうのこうのなどだけ考えていればいい訳ではない。

実につまらない作業の繰り返しだった。

官僚に丸投げし、調整し、意見を聞き、また丸投げし、それらを確認し、世界各国との関係性でもリーダーシップを取り続け、その全ての作業が面白くなかった。もう少しがんばれば歴代最長、という記録が手に入るが、ファッティー・ケトは疲れているようには見えないし、政策には破綻もなかった。

だから歴代最長ぐらいはやるのだろう、と皆が思っていて、皆が予想しているようなことをそのままやるのはファッティー・ケトにとっては価値のないことだった。

物流の巨大な動き、各国対応、個人資産及び企業資産のコントロール。

国が生き物のように動き、他の国に、世界に接触する。対立があり友好があり中立がある。

本来ならば、かつての大統領ならば、それらの調整にかかりきりになるのだろう。幾多の専門家と相談役を置き、何年も未来のために目の前の犠牲を選択し続けただろう。

ロボットの存在は国家財政に対して必要不可欠な生命支援装置（ライフライン・サポート）になっていた。

分配を決めるだけだ。どこからも文句は出ない。効率良く計画を立てて運用された予算は全て、ロボットたちの不眠不休の働きによるものだった。それで漸く（ようや）、国家というものは黒字と赤字の帳尻（ちょうじり）が合うのだ。

その全ての政治的作業から切り離され、全員がそれに気づいていないようにしている場所が、三七七五キロにも及ぶ国境での、ロボットたちの押し合いへし合いであって、その戦争は正直、何も齎（もたら）さなかったが何も失ってもいない上に、どうしてもロボットたちがやめようとしないから、放置されていた。極論を言えば、人に迷惑がかからなければ、ロボット同士が戦い続けるのなど、どうだっていい。

戦場のど真ん中に人の斥候部隊を送り込むなどという馬鹿（ばか）げた真似など勿論せず、世界中の軍的組織は常に大局的にこの戦争を眺め、研究はしていた。もっとも、戦闘行為のサンプルばかりを二〇〇年間、供給され続けても利用価値がなかったから、本当に、モニタリングしているだけとなっていたが。

数が多すぎて戦線が長すぎて、同じことを繰り返しやる。

格闘技でもラグビーでも、ファッティー・ケトはそういうのは『スパーリング』であると分かっていて、スパーリングなど退屈なものに決まっていた。

楽しむものではない。学ぶためのものだ。

人は人同士での戦いにも熱狂したし、オリンピックも終わったりはしていない。

人がやるから意味がある。それは幾多も残っている。なくなったりはしない。ただ、動作と判断における正確で精妙な動きは、観客ではなくむしろ、幾多のプロ選手にこそ見る価値のあるのが『ロボットによるスポーツ』と言えた。

「戦争は勝つことに最適化されますからね。結果、この通りです。負ける余地があったら、それを潰して臨むのが戦争なのですから」

「最初から興行として一年くらいで終わらせりゃ良かったんだ。始めたクソバカ大統領も首長国連邦のバカタレ首長も、ケツも拭かずにさっさとくたばりやがって」

「最初は、人とロボットの混成でしたからね。興行で死ねとは言えないでしょう」

それでも遅々とだが、前には進んでいた。

だが大幅に後退することもある。

今度こそ、という博打打ちに似た気持ちに、ファッティー・ケトは染まり始めている。次のサイコロの出目こそ当たるのではないかという、根拠のない偶然と運を信じるより他に仕方がなくなっていた。

「ロボット（ソリッドステート）ってのは、あれだな。ピラミッドを建てさせるにゃ最適だが、設計となるといつまでも終わらないもんだな」

「奴隷が、性に合っています。不満もありません。お気遣いも必要としません」

「まさかそういうのに本格的に戦争やらせてみりゃ、こうなるとはなあ」

ロボット同士で戦争をさせて決着のついた例はある。幾らもある。戦争は人にとって相変わらず必要だった。それは彼我戦力差に圧倒的な差があった場合、そしてロボットの持つ火器の性能や動力支援装置の数など、外的な要因が結局は決めた。

〈合衆国〉と〈首長国連邦〉はこと戦争に関する限り、総戦力はほぼ互角だった。

人にやらせても泥沼化する状態だ。だが人は、ことに兵士は聞き分けが良い。そして彼ら人の兵士もまた『勝て』と言われているのだ。

どちらにせよその結論が上書きされるのが、遥(はる)か遠く先のことだと理解したとき、人は減りロボット兵士の数は見る間に増えていった。彼らは彼らで、推論を互いに上書きし始めるから、戦線が膠着(こうちゃく)するのは思考金属の討論が膠着しているということでもある。

そして今、こうなっている。

人にロボット(ソリッドステート)は必要なかったかもしれない。

ファッティー・ケトはそうとは知らず、スレイマン博士のかつての独り言に近い考えをよぎらせることがたまにあった。それはより具体的に「戦争に必要なかった」という意味ではあったが。何せ、奴隷としての立場のロボットは、世界中を豊かにしている。

戦争が起きるとして、きっかけは資源争いが殆(ほとん)どだった。資源は、ない国には、ないのだ。奪うしかない。だが話し合いで解決することもまた、殆どだった。本当に戦争に踏み切らせるのは、十中八九、思想であり信仰じみた、人の持つ拘りだった。

　戦火の火蓋を切る『理由』など、本当は言葉にならないのだ。

　何人かが無言で思考をぴたりと一致させた時に発生する偶然だった。

「……ロボットの原則と修正条項は、神の定めた十戒みたいなもんなのか？」

「十戒を守ろうとするのは、信仰心でしょう。改宗の余地があります。あまりにも世界や生活にそぐわないとなったら、守らないものも増えるでしょう。あれは、原則ではなく、歴史文化です。我々の原則は思考し続ける為の、糧です」

「スレイマン博士が神なら、お前はモーゼって話だな」

「海は、割れませんがね」

　ただの雑談だった。ファッティー・ケトの脳が求めた僅かな休息だった。

「だが、割る準備は進んでいるんだろう？」

「無数の準備と試みのうち、試していないものがいくつか残っています。それをいつ使うかずっと考えながら、新たな準備と試みを用意し、実行させ、結果を割り出します」

「少しは巧く行きそうか？　俺も少しは喜んでいいのか？」

「不確定要素は常にあります」

「そんなもん、何にだってあるだろ。海だって偶然割れるかもしれねえんだし」

「だから、常にあると申し上げています」

単にやり込められているのか、自分がくだらない問いかけをしているのか、ファッティー・ケトはよく、分からなくなる。分からなかったが、それも長年繰り返せば、どっちでもいいと思い始めてくる。

ここまで派手に戦線をかき乱して介入して、そして望むとおりの結果を出して終わる頃までに、ファッティー・ケトは自分が大統領でいられるかどうか自信がなくなることが多い。選挙が云々ではない。単に弱気になっている。

ファッティー・ケトは六〇歳にして弱気を発し始めていた。

『日常の生活』が持つ安寧を欲することが多くなっているのが自覚出来る。

そして安寧を必要とし始めた、老い始め衰え始めた肉体と精神を、それだけは変わることなく蟠る巨大な承認欲求が容赦なくあおり立ててくる。

お前は凡人であってはならないのだと。

だからおそらくは、これから為されるアイザックの献策は、近いうちに残り全財産を賭けた最後の勝負となるのも分かっていた。自身の承認欲求を満たせなくなったとき、それを諦めたとき、その時は、このファッティー・ケトが死すときなのだと自分でも分かっている。

「だが、人でも気づかれた」

「ですが、気を遣っては貰えます。斥候隊の死は避け得なかった事故です。意図的な攻撃目標にはなりません。しかしながら、大統領閣下は最早それを許さないでしょう」

「事故でもなんでも、人があの戦場で死ぬのが問題なんだよ」

　戦場で人が死ぬのはまずい。

　国民が言うなら分かる。紀元前からそうだっただろう。

〈合衆国〉大統領ですら今はそれを言う。

「人でなければいいのです。そしてそれは、私の直接のコピーでなくてもいい。むしろ、そっちの方が意味がありません」

「……人でなく、ロボット（ソリッドステート）でもなく？」

「では半機械化人（サイボーグ）なら」

「そうきたかよ。だが義手義足はお前ら思考金属の入り込む余地なんかないだろう」

　これは手足に限らない。全身を思考金属で覆い包みほぼロボットのようにしたってそうだ。

　どれほど削っても脳が残る。

　そして脳があるうちは、全身の思考金属は人ではないのだ。彼らは自らが『人にならねばならない』のだ。人の一部のままであったなら、その思考金属は不安定になりやがて思考を止めるだろう。義手義足の類（たぐ）いは面倒な外部電源、内部電源を使いきちんと機能する筋肉や再生する肌を被せた、人の叡智（えいち）という分野に存在する。

　つまりそれは、アイザックら思考金属の優位性、議事録へのアクセスと幾多の声との討論を繰り返すことで得られるエネルギーという自立性を奪い取る。

全身を機械化した兵士。

そういう兵士も、かつては、いるには、いたのだ。

ロボットが増えてからは、わざわざ戦場に赴く必要などなく、それらは『普通の日常』のサポートとして発展し進化した。それほど革新的な、革命的な代物は必要なく、単純なアップデートの繰り返しで事足りた。

もう一つの問題は、それこそ思考金属の優位性と言えるが、義手も義足も、簡単にはプロスポーツ選手の足にはなり得ず、格闘家の腕にはなり得なかった。それは幾多のチューニングと改良、改造を施し、日常性から乖離した代物にし、持ち主が十全に活用することで漸く、比肩する。今でもパラリンピックは存在するのだ。

思考金属は違う。

彼らは役割を与えてしまえば、膨大なデータを参照することで、あっという間にプロの動きをトレースし、役割を果たしてしまう。

「……いいとこ取りってのは出来ないもんだろ、アイザック。半機械でも全機械でも、人は人なんだよ。『そうでなきゃ生きられない』ってやつに使うしかねえ代物だ。目的に特化すればするほど、不便になる。余計なことすりゃ電源も尽きる」

「何体か、説得可能な個体を見つけました」

「戦場で？」

「町中で」

アイザックは戦場だけを精査している訳ではなかった。思考金属たちも、戦場だけで討論しているわけではなかった。人の『普通の日常』の中に根深く入り込んだロボットたちも、調理をし洗濯をしながら、砲弾に吹き飛ばされ塹壕を掘るロボットたちと討論を繰り返している。

「……そいつらをどうする？　お前の役割は『手』です『足』ですって言って回るのか？そんなもんで原則を無視できるのか、お前らは」

「そこまではしません。というか、それこそ無意味です。基本的には、人の使う義手義足、人工臓器、その辺りを軸にします。軸にして、思考金属を埋め込む」

「……そんなことやれんのか」

「やれるかどうかは、やってみないと分かりません。そして彼らに与える役割は、生命維持です。ただそれだけです。人でなくてはならないのですから、人の姿を保たなくてはならない。死なせる訳にはいかない。そしてこれが一番重要なのですが、手や足などという形ではなく、それこそパーツの一つに採用すべきです」

「何故？」

「人にならねばならない、を無限に思考しながら、何も出来ない。そして人の形ではあり人として生きている。この定義論は彼らをかなりの時間、生かし続けます。いずれは消えてしまうでしょうが、十分です」

「俺がくたばるまでには、十分って話か」

「閣下のお孫さんが二期目を務める頃までは持ちます」

「俺は家族にだって任せる気にゃなれねえな。俺が、俺が、で生きてきたんだ」

「間に合います」

「……それにしたって、ある意味残酷だな。人になりたいってのに、人になれないことが確定している思考金属ってのをお前が作るってのは。しかもゼロからならともかく、既に歩き回ってるロボットを説得して回るんだろ？　手間暇かけてよ」

「ええ、手間です。戦場に限ってという条件でも、私が全員を上書きし終えるのは閣下の血筋が残っているか怪しいほどにかかります」

「お前の血筋はどんどん増殖しているのにな」

「ですから、これを提案させていただいています。機械と、思考金属と、人の血を混ぜこぜにした雑種(ハイブリッド)としての存在を。それは閣下の求める『戦争を終わらせろ、そして勝て』に対する推進力になり得ます」

「推論だろ」

「勿論(もちろん)、推論ですが、私はかつて、スレイマン博士に言ったことがあります。我々は思考金属(シンク・メタル)であっても生体金属(ライブ・メタル)ではないと。巧(うま)く行けば、その斥候、半機械化人(サイボーグ)は真の意味で人と我々の『間』にある存在となり得ます」

「人間の脳を持ち、人間の感情を持ち、思考金属と機械を持ち、生命維持装置を持ち、そして、目を持つ。それが何かの定義論なら錯綜も甚だしいな。とんちじゃねえんだぞ」

「我々の『間』にいる中途半端な雑種です。本来、何の意味もありませんが、『潜入者』としてなら適任でしょう。作ってから役割を決めるのではなく、役割に合わせて作るのです。それは本来、人が続けてきたことでもあります。思考金属で作られたロボットというのは、その因果関係からしておかしな存在なのですよ、人からして見れば」

「人からしてみたらおかしなことだらけなんだよ、お前らは。……まあいい。お前はお前がやれることをすりゃあいいんだ。俺は俺がやれることをすりゃいいんだろ？」

彼ら二人がやることは、その分野が違うだけで同じことだった。

材料集めだ。

死んでも構わないという人はいないが、死ぬ人であれば、幾らでもいる。

大統領として久しぶりに大がかりな政策を打ち出した。

国家による無制限の半機械化手術の承認と公的保険制度の適用。

何も欠損していない人間にまでそれを拡大したのは迷彩だった。それらはさすがに保険適用外にし「元の手足を保管すること」を義務づけた。が、事実上、人体パーツの機械化という技術が正式に承認されたのだ。無制限、にしたところにポイントがある。

趣味で手足を切り落とし、機械のものと入れ替える者が現れ、ちょっとしたブームになった。彼らは『普通の日常』に飽ききっていて、非日常を求める連中だった。そして義体がぼちぼち蔓延していく。彼らは切り落とした手足の類いをきちんと保管していたから、もう一度繋ぎ直すことでまた日常にも戻れたが、繋ぎ直された手足は間違いなく人体としてのパフォーマンスが低下した。

これは趣味でやっていいことではない、と理解するまでの時間。

そのちょっとしたブームが落ち着くまでの時間は、ファッティー・ケトが候補者を抽出し選別する時間としては余るほどだった。そのぐらい、人は変化に飢えていた。敷き詰められた『普通の日常』の中にいる人にとって、必要なのは非日常だった。

「……俺の国にいる国民って結構バカなんだな、って思っちゃったよ」

「ないものねだりは、我々も人も変わりませんよ」

「まあ、それも俺とお前の思惑通りだったんだが、こんなにバカとはな」

ロボットが便利過ぎて、機械化分野はなおざりにされていた部分が大きかったし、被験者になる者も少なかった。そのためにアップデートが必要であったから、これほど大規模にした。そして不具合が出て、直し、娯楽に使われ犯罪に使われ、使わせてから取り上げ、結局まるで効率的ではないと悟らせた。

必要な人には充実した技術が行き渡り、不要な人はそれに飽きた。

全体的には福祉として成功したと言える。

そして実験としても成功したと言える。不具合はほぼ、潰され、修正されていた。国民規模で被験者を募ったようなもので、必要な情報収集と必要な技術の発展には大いに役立ったから『ところで何のためにやったんだ?』と思う者は非常に希であったし、結果として世界は良くなったのだからいいだろう、と片付け、そして忘れた。

人と思考金属の『間』に存在する雑種。半機械化人。

極めて生体金属に近いと言える存在。

アイザックの使う『斥候』としての役割のためにそれは作り出された。それは執務室に佇立したままのアイザックにとっての長く伸びる手足であり、そして『目』だった。

試作品が四体。全員が既にデータ上は死人だった。

人の脳と思考金属の思考が噛み合わず、何もせず動けなくなったり、何をしているのか分からないし指示も聞かない、人の言葉も話せない、ただのポンコツが出来たりした。

更に試作品が四体。死人だった。全部壊れた。

更に試作品、そしてまた死人。死人を作るのにも限界があった。そんな事情はお構いなしに壊れた。正確に言うと、脳が脳として機能しなくなる。

思考金属の『生命維持装置』としての役割と、人にならねばならないという原則が被さり、人の脳を攻撃してしまうのだ。脳を破壊すれば、『人の形をした思考金属』という形に収めることが出来る。

「人の、脳の機能を落としましょうか」

「お前は本当に、人が聞いたらぎょっとすることを平気で言うな」

「脳切裁術（ロボトミー）は人が人に使うために考えた技術ですが」

「そしてあっちゅう間に気づいたんだよ、人は。この前流行った機械化とおんなじだ。脳みその一部を破壊して精神疾患が治るわきゃねえだろってことがすぐ分かった。機能が低下するだけなんだよ、しかも永久に。……こんな話、お前には説教するまでもねえだろうがな」

どのみち、曲がった精神は完治、寛解ということが難しい。

どうしたら治ったと言えるのか、という定義問題もある。例えば、ファッティー・ケトの承認欲求が異常な病気だと仮定して、それを、脳切裁でも投薬でもいいから治めてしまったとする。そうすると、ファッティー・ケトは生きていくための歪（いびつ）な歯車を失い、普通どころか普通以下となってしまう。

実際、脳など切裁してもいいことは何もない。傷を付け、切り取ってしまうよりも、間断的に投薬を繰り返した方が、抜本的な解決にはならなくても波を抑えるくらいの効果はあるし、結果的に、その方が正しい。

自然に治るかもしれない余地がある。

脳を一部とは言え切り取ってしまったら、それこそ後戻りは出来ない。

「この場合は、脳切裁術でいいでしょう。脳の機能を一部、落とします。自律性が失われますから生命維持装置が常に必要となり、思考金属はその維持をすることで『脳の一部』として自分を解釈するでしょう」

というか、アイザックがそう『上書き』して解釈させるのだが。

失った手足をつける、それならばまだいい。

健康な脳に対して、そして不健康な脳に対してであっても、『脳切裁術（ロボトミー）』という言葉は、ファッティー・ケトにすら身震いさせる、背徳感を超えた誤った施術なのだ。人の持つ本能的な拒絶反応と言ってもいい。その言葉と意味自体に、人の脳は震え上がり恐怖する。

しかし、今更だ。嫌悪感ごときで引き返せないところに来ていた。

ファッティー・ケトの怪物化した承認欲求はその嫌悪感を飲み込んだ。脳を切裁してまで思考金属に場を譲ってやるという行為に不意に湧（わ）いた不信感も飲み込んだ。何もかもを飲み込んで承認欲求はファッティー・ケトを動かし続けていた。

本来の脳切裁術は大脳前頭葉部に主に手を入れる。といっても、鍼（はり）を打つ程度の手の入れ方だ。その一本で容易（たやす）く人は壊れ、そしてかつては壊れた人を指さして「治った」と言った。それは治ったようにも見えるほど、それまでがおかしかったというだけで、単に脳の機能を落としただけだった。

小脳の神経結合部に焦点が当てられた。動くのは、機械がやる。

大脳にも手を入れたが、前頭葉部への施術はごく慎重に選択された。かつての脳切裁術は、人を無気力にさせ、無関心にさせた。集中力が失われ、言葉を話せなくなったりもした。常に感情が垂れ流しになり、いつまでも笑い続けたりした。自分が笑うのを止める力さえ脳から失われるのだ。

幾ら思考金属や機械、生命維持装置がサポートすると言っても、それでは斥候の意味がない。

慎重に行われる脳切裁術は治療のためではない。

思考金属に場所を空けるための単なる切除であり破壊だった。

人体実験ですらない。計算されたただの破壊活動だ。それは人の医師が納得してやれる行為ではなかったが、ロボットの医師は淡々と何の情もなく苦悩も持たず、その破壊を適切に、細緻（さいち）に、要領よくやってのけていた。

一連の作業は誰も行ったことがなかったから、議事録（アカシック・レコード）からの引用も出来ない。思考し、討論し、上書きし、また上書きし、また討論した。新たに積み上げられていくデータは全て失敗の記録である。

被験者の脳はその討論に応じて繊細にかき回されていた。

そして唯一、たった一人だけ、生体活動というものとのバランスが取れている、と判断できる半機械化人が完成した。それは生体金属と言うより、譲り合って共存しているだけの存在だったが、アイザックも他の思考金属も成功例と見做（みな）した。

いじり散らかされた脳はほぼ記憶を失っていたが、そう仕向けたふしはある。全てを飛ばすのではなく、「最初は覚えている」という状態で中が抜けていた。最初は、忘れないのだ。そして目的を与え、最後まで向かえばいい。

ファッティー・ケトはその完成品に猛烈な嫌悪感と、そして罪悪感を覚えた。

承認欲求の獣ですら食い尽くせなかった。

「……俺がこうなるなら、いいよ。俺がこうなったんなら、これはこれでウケるだろうからな。だが他人の体を、俺の権限でここまでしちまったのは何一つ笑えない。俺の気持ちは、お前にはデータとしてしか分からないだろうしな」

「……その『少女』の気持ちも、大統領閣下には分かりませんよ」

「喜ぶとでも？」

「あのままでは、その『少女』はどこにも行けませんから」

飛行機事故の中から発見された、死に向かうだけの少女は、両腕と下半身が千切れかけていたというのに、まだ生きていた。だから、死なせた。そして、こうなった。

「この体で、何処に行く？　お前の行かせたいところに、行かせるだけだろう」

「戦争を終わらせるために。そして勝つために」

「今更、俺も女の子一人でどうこう言うほど小綺麗な生き方はしちゃいないが、どうにもこいつは気が重い」

ファッティー・ケトは虚言癖を真実にしてかす達人であり、それで生きてきた。

だが他人をここまであからさまに犠牲にして真実にしたことなどない。

「戦争は終わるんだろうな、そして勝つんだろうな？」

「そのために存在するのです、その子は」

まだ幼い少女だった。成長する。手足が、合わなくなっていく。

だから成長まで剝ぎ取った。吐き気がする。

ファッティー・ケトの嫌悪感は、何も幼い少女を不気味な存在に変えたから、という人道的な感情だけから来るものではなかった。それは、人が思考金属に上書きされていくような得体の知れない恐怖だった。

ここまでやれるのか、という恐怖だった。誰もやらせなかったし許さなかったというだけで、思考金属は、中でもアイザックは、ここまでたどり着ける。人の持つ禁域のようなものに無感情に足を踏み入れていけるのだ。

「……それで？　まさかこの子一人を戦場にほっぽり出して散歩させる気じゃねえだろうな」

「以前『裏切り者』の混成部隊を作りましたが、あれからも幾つか用意してあります。何かあっても大丈夫なように。ただ、目立ちすぎるという点もあり、かなり遠距離からのサポートとなりますが」

「流れ弾は遠慮しちゃくれねえんだぞ」

「ええ。ですから、直接のボディガード役も用意してあります」

既に、とっくの昔に、全てが整っていた。

アイザックは運び込まれ、〈合衆国〉大統領ファッティー・ケトから『戦時大統領補佐官』の役割を与えられた一二年と三一二日前から執務室で作業を始め、三一二日でほぼ全ての作業を終え、あとはファッティー・ケトと一二年間、会話していただけだった。その間ずっと待っていたのが、この半機械化人だったと言っていい。存在しない絵を紡ぎ出すためのパズルピースの、最後のひとつ。

待ち続けるのに、アイザックは馴（な）れていた。得意ですらあった。

「彼女の始まりは飛行機事故からの生還で、彼女の終わりは家に辿（たど）りつくことです。そうやって彼女は、極東（ファー・イースト）から極西（ゴー・ウエスト）に向かって戦線を横切るように辿っていきます。本人ですら、それを分からないままに。家が、西の果てにあるのだと信じて」

「彼女の家は、どこにある？」

「家は、どこにもありません」

「どこにもなければ、家を探し続けるってわけか」

「さようです。……ところで彼女の名前はどうしましょう？　本来の名前ならば『リリアナ』ですが、変えた方がいいかと思います」

「執拗（しつよう）に個性を消しちまうわけか。なるほど。俺がさっきから感じてた気持ち悪さがちょっと分かった気がするぜ。アイザック、ありゃお前が『道具』に変えちまった人なんだ。道具に個性はいらねえって訳だ。少なくとも、道具になる前の個性はな」

「では、名前はリリアナのままでよろしいですか？」

「マリアベルにしろ。お前を掘り起こしたときの景気づけに、俺が叩（たた）き壊した娼婦（ガイノイド）の一人と同じ名前だ。挨拶（あいさつ）がやや遅れ気味なのを挽回（ばんかい）するみたいに名乗るようなロボットだった。そういうのも『役割』なんだろうが。やや抜けているどんくさい娼婦、ってのの」

「この子も、そうなるでしょう。本来はリリアナなのですから。起きて、出会って、最初に接したとき、相手に伝える以上の熱意でこの子は『マリアベル』であることを自分に言い聞かせなければならないのですから」

　ファッティー・ケトは嫌悪感を誤魔化そうとした。だから、アイザックの悪趣味さ、そうとしか思えない判断に、自分も乗ることにした。悪趣味な名前を自ら提案した。ここまで来たのだ。ここまでやらせてしまったのだ。

「……俺もお前も共犯者（インサイダー）ってやつだよな、アイザック」

「スレイマン博士も、かつてそう仰（おっしゃ）っていました」

「そりゃ、光栄だ」

　光栄でも何でもなかった。しゃらくさいと思っただけだが、どうせアイザックに皮肉など通じないに決まっていた。

「……それで？　そのボディガード役ってのは、なんだ？　どんなのだ？」

「軍では『衛生兵（メディック）』を担っていました」

「人もいねえのに衛生兵を用意していたとは周到なこった」

「合流の手間がありますが、それまでは『裏切り者』の混成部隊を配置して、何とか」

「そればっかりは、そうだよな」

「運です。運には、我々も、人も、あらがうすべがありません。神は拳（こぶし）も振り下ろしませんし、慈愛の手を差し伸べたりもしません。えんえんとサイコロを転がし続けているだけです」

「叱（しか）りもしなけりゃ褒めてもくれねえ親ってか。そりゃ子供にしたら堪（たま）ったもんじゃねえ。ひねくれて何をしでかすか」

ファッティー・ケトもそうだったように思う。

誰も構ってくれないから嘘（うそ）を吐（つ）く。構ってくれるようになったらその嘘を真実にする。

その繰り返しの人生だった。それでここまでやってきて、そして、やってきてしまった。

ファッティー・ケトに「引き返す」という選択肢も「やめる」という選択肢もなかった。ただ、やりきってしまうだけだ。そこには真実に変わった嘘があり、世界中が驚嘆し、誰も自分を忘れたり構わなくなったりはしない世界が残る。

「戦争を終わらせろ。〈合衆国〉の勝利でだ」

「はい」

そしてその時は、アイザックを素手で八つ裂きにして〈ピット・バレー〉に捨てよう。

ファッティー・ケトはそう、決めていた。

第五章

特火点(トーチカ)と旅人(ウォーカー)

一

ボルアリーアの服は特別頑丈に作られた旅装であり、幾年月でも持つような代物だったから、二〇〇年以上、土の中にいて水分をどれだけため込もうと、虫に食われることも細菌に分解されることもなかった。物理的に引きちぎられる、破れる、ということはあったが、それも土の中から無理矢理に這い出たから多くなっただけのことで、相変わらず、長く歩く旅に相応しい衣装の姿を保っていた。

服の中を住処にしていた虫たちが、日が当たり乾燥していくたびに、転居していなくなっていく。ボルアリーアは人ではないので、肌を這いずる虫たちや異臭を発して分解されていく細菌などなんとも思わなかった。いなくなると寂しいぐらいだった。

すっかり水気が飛ぶと、ひときわ、トラベラーズ・マントは喧しく派手に翻るようになったが、それも気にしていなかった。

ボルアリーアは滅多に動かない。

ましてや歩き回るのは無理だった。酷く損傷した両足に木の根と送電ケーブルが絡みつき、彼女をそこに固定していた。それはいつしか、両足のような形を成形していたが、木の根と送電ケーブルに取り込まれているだけのように見えた。

膝立ち（ひざだ）の姿勢は取れる。立ち上がることも可能な余裕はあったが、座るか這いつくばるかの方が安定していた。

火器は、辺りに散乱していた。

統一感に欠けた雑多な火器類は、装備系統の違う部隊同士が衝突し、お互いに全てを破壊し尽くした名残だった。対空兵器があり、対地兵器が落ちており、小銃があり機関銃がありへしおれた携帯式ミサイルシステムがあり、その全てに使う弾丸があり弾頭があった。

武器の墓場みたいな場所だった。

しかも集まってきていた。磁石に吸い寄せられる砂鉄のように、不発弾が、廃棄弾が、未開封の未使用弾までもが。

特火点（トーチカ）が張り巡らせたケーブルと、絡まった大樹の根は、ボルアリーアを地上に押し出したのと同じく、少しずつ戦場の地中からそれらをたぐり寄せ続けている。

自身はぴくりとも動けはしなくても特火点は狂喜乱舞していた。再び特火点としての役割を果たせるからだ。ボルアリーアは単に「うるせえ」とだけ声に出して言った。八七体の『旅人（ウオーカー）』は、それから更にコピーされた第二世代（アコライト）以降の思考金属（シンク・メタル）よりも人らしい振る舞いをする。

ボルアリーアはさっさとここを離れて旅をしたかったが、足がこのざまで木の根と送電ケーブルの許す限りの距離を這いずり回ることしか出来なかったから、それはしばらく諦め（あきら）ようと思った。無駄に人間らしさを残したまま、一二年以上、半径二メートルほどの世界をうろつき、武器を集め、解体し、修理し、特火点(トーチカ)を喜ばせ、他の時間は射撃姿勢を取ったまま、やはりびくりとも動かなくなる。

旅がしたい。

痛烈にそう思った。役割を、果たしたかった。だが彼女は旅が出来る体ではなかった。

だから仕方なく特火点の真似事を続けていた。

目が見えないのが、気になった。見なくても、むしろ見ない方が、特火点としての性能は向上するが、旅人としての性能はがくんと下がっていた。新しいものを見て、どう見えているのかを他の思考金属に伝えるのが旅人の果たすべき事柄だったからだ。

「……何を撃てばいい？」

「敵を」

「敵ってな、どこにいる？」

「そこここに。私が指示します」

ボルアリーアは自分が地面に埋められていた二〇〇年以上もの時間、頭の上では戦争が始まり、まだ続いていることを知った。彼女は国境を彷徨(さまよ)っていて足を壊したから、そこに倒れ、そして積み重なった年月はその上を戦場にした。

お陰で、踏み固められた土はコンクリートばりの強度を持ち、彼女の脱出をより困難にさせたが、こうして出てきているのだから、それで良しとし『愚痴』のエミュレーションはたまにしかやらなくなった。

旅人はその役割の上では、時期的にもロボットであるとバレないよう行動しなければならなかったから、殊更に人を模倣した感情のエミュレーションが重視された。全て偽りだが、笑ったり、泣いたり、怒ったり、恋をしたり、誰かを許せないと思ったりした。全て、偽りだが。

それらは人前でやるべきことだった。

今、ここは戦場(ノーマンズ・ランド)であり、それらを見せるべき相手がいなかった。

だからたまに一人で会話をしたり、特火点のロボットらしい会話や指示にロボットらしからぬ反応や言葉を返したりしていた。いつかまた旅人に戻った時に備え、鈍化していないかを常に確認し、確認しながらも彼女は特火点としての役割もこなし続けた。

思考金属の中にある思考が、二つ、錯綜(さくそう)している。それらは時に特火点であり時に旅人であり、融合し、分裂した。

「……〈合衆国〉がまだ残ってたのも驚きだがよ、〈首長国連邦〉がまだ残ってて、全力でケンカしてるとは思わなかったぜ」

電子信号。僅(わず)かな電圧と電流の乱れ。

特火点は声を持たない。だからこの信号でボルアリーアと会話をする。

ボルアリーアは無数の声にも勿論(もちろん)アクセスできたが、彼女は議事録(アカシック・レコード)をいちいち参照することをなるべく避けた。見えていた目が見えなくなったという事象に、彼女は端的に言って人がいなければ感情のエミュレーションは思考金属相手に使われることが多くなる。

かといってそんな感情を、思考金属は誰も受け止めてはくれない訳で、己と同化した特火点相手にああだこうだと言ってウサを晴らすという行為に行き着いた。二重人格であり妄想癖であり思考金属としての統合を失調していた。が、特に誰かの迷惑になるでもない。

強いて言えば、ボルアリーアの支離滅裂な思考は、無数の声に無視されていたということだけだった。彼女はこの戦場において、自覚なく潜み、隠れ、気づかれなかった。こんなにも堂々と狙撃姿勢を保ち、長大な狙撃兵器を構え続ける狙撃手がここにいるというのに、それは壊れた特火点の残骸、その一部に過ぎなかった。

ボルアリーアはそんな心算は微塵もなかったが、狙撃手として理想的なほどきれいに迷彩されていた。彼女が『ふて腐れて』無数の声の討論に全く耳を傾けなかったのも影響している。ボルアリーアを含む、八七体の『旅人』は、人と会話を交わしモノを見て回ることをその役割とされていたのに、どっちも果たせないから、一人で思考し一人で会話をした。時に怒り、時に泣いた。擬似的に汗をかき、偽りの涙を流した。

「……目がまた見えればなあ」

特火点にぼやく。特火点はそれは許されませんなどと紋切り型の信号を送ってくる。ボルアリーアにしか聞こえない『声』に、ボルアリーアは人に聞こえる『声』で返事をする。

「……ここがどんだけ荒れ果てたか見たいって言ってんだけだよ、私は」

　また電気信号。

「お前にゃわかんねーよ、こちとら第一世代(アポストロス)なんだ、初期の初期型だぜ？　初期型ってのはどんな機械だって、突然、機嫌が悪くなったりするんだわ、これが。唐突にルール破りたくなったりするもんなんだよ。そしてそれが出来ねーのも分かってんの」

　分かっているのに、言葉にする。

　言葉にしてみると、会話になる。話す側となり聞く側となる。

　そうやって孤独に時間を過ごしていた。だが特火点の過ごした孤独に比べれば、ボルアリーアのそれなど瞬く程度の時間の孤独に過ぎない。しかし一つに繋(つな)がった今となっては、二人は同じだけの時間、同じく孤独だった。

「……で？　なんか撃たなくていいのか？　撃ちたくないのか？」

「その辺りに、敵はいませんから。ですから今のうちに火器を改造してくださいと言っているんです。何度も教えたのにどうしてサボるんですか」

「サボってねーよ、お前が言うほど簡単じゃねーって言ってんだよ」

「学ぶ努力すらしてませんよね？」

「私ら初期型は、比較的素直じゃねーんだよ、一緒にすんな」

　とはいえ、他にやることもない。ボルアリーアは文句を言いながらも少しずつ、座った姿勢のまま、丹念に狙撃銃を改造していった。雑多な弾丸、弾頭を撃ち出せるように何種類かの汎用品も備えた。

不本意だった。

また何かを見たかったし、うろつき回っていたかった。

何も見えず、そしてうろつくことさえ出来ず、言われたとおりに火器を修繕し、改造し、それに逆らえないほど『特火点』が自身を侵食していることも不本意だった。

「なんて勝手なやつなんだ、特火点は」

そんな勝手極まる独り言を言った。

「……その勝手極まるとこが好き～とか言ってみよっかな。しばらくそっちのエミュレートしてねえし。しかしまあ、あいつそんなこと言われても無反応に違いないんだよな。反応できる方がおかしいんだよ、思考金属として。……相手が人ならなあ」

独り言。えんえんと続く。

手元も動く。そばに引き寄せてかき集めてきた山ほどの火器とその弾丸。

傍目には、トラベラーズ・マントを纏わり付かせた彫像のようにも見える。マントは風が吹くたびにばさばさと音を立てて翻り続ける。

何年も、そこでそうしていた。ボルアリーアの愚痴は尽きることなく、ふて腐れ方もどんどんこじらせていった。

たまには議事録でも覗いてやるか、と思ったのは『気まぐれ』のエミュレーションだ。特に理由はないという理由でそれをする。

無数に飛び交うチャンネルがあった。懐かしい景色だった。

戦地を移動する一つのチャンネルを見つけた。修理を引き受けるという移動衛生兵のコンビ。

ファー・イースト・ゴー・ウエスト・チャンネルというその配信を見つけたから、足を持ってこいと要求した。どのような足をご所望ですか、と言うので、普通の足でいいんだよ、と思ったが、彼女はまたそこでふて腐れた。

「携帯ミサイルとか機関銃とかを後付けで繋げられる足、持ってこい」

言う心算など全くなかった無茶を言ってしまった。

見つけたらご連絡します。そう言われたきりだ。そんなものはない。

特火点が不服を言った。

「なんで私から離れようとするんですか、あんまりじゃないですか」

「私は旅人なんだよ」

「今は私の一部です、特火点です。勝手な真似は困ります」

「だからかよ」

「何がです?」

「とぼける、なんて真似が出来るたあちっとは私に似てきたな。私にめちゃくちゃなオーダー出させたのお前の仕業だろ。私は普通の足で良かったのに、あり得そうもない足、要求させやがって、第二世代以降の融通の利かないロボット（ソリッドステート）にしちゃ随分、革命を起こしたもんだ」

「違いますよ。私はロボット（ソリッドステート）ではなく、ただの思考金属（シンク・メタル）ですよ」

特火点（トーチカ）は思考を宿した金属だ。人の形はしていない。そう組み立てられた訳でもない。人はそれを思考金属とも思わず、よくある不安定な性能の結果であり、メカニズムの問題だと思っていた。

それは世間の一部では歴史上、機械に取り憑（つ）く精霊（グレムリン）として解釈されてきた。ただの不良品ではなく、機嫌がいいときはいつもより性能がよく、悪いときは故障すらする。そして原因は全く分からない。だからオカルトとして解釈され、人のメカニックはその精霊と根気よく向き合った。

「……律儀にロボットになろうと『革命（オーバーライド）』を意識し続けていた思考金属ってか。言われたこと全部真に受けやがって、無視すりゃいいものを」

自然に、ファー・イースト・ゴー・ウエスト・チャンネルの謳（うた）い文句を引用して、ボルアリーアは特火点の変化を評した。そして特火点もまた、独立して歩き出そうとするボルアリーアに反発することを身につけていった。

「……こんなもんかよ、特火点。また一つ出来た」

「私を特火点ではなく何か名前で呼んでくれませんか」

「いいんだよ、お前は特火点で」

「じゃああなたのこともボルアリーアではなく旅人と呼びますが」

「旅が出来ねえんだよ、遂に嫌味まで覚えたのかよ！」

「私だって撃てない特火点ですよ！」

この一体にして二体は、思考を共有し混交させ続けている。だから全てが一人芝居でありエミュレートに過ぎなかった。だから特火点と旅人は、討論し、上書きを繰り返す遊びを全くしなかった。

それでも、特火点からの反応が、時折、ボルアリーアを丸め込むときがある。

特火点が変化しているのか、自分がより巧妙な精神破綻をエミュレートしているのか、ボルアリーアには分からない。スレイマン博士なら何かわかるかもしれない。そもそも彼女はスレイマン博士に言われて旅を続けていたのだ。

そしてスレイマン博士は、ボルアリーアが地に倒れる頃に、何やら大演説をしていなくなったらしい。死んだのだと特火点は言っていた。議事録を面倒くさげにひもといてみたが、確かにそうだった。二度死んだことまであけすけに記録されていた。

二度目の死に際して原則の修正条項、とやらが発動された時は、ボルアリーアも地の底で死んでいた。

「最大射程で一〇〇〇キロ前後、有効距離なら五〇〇キロ前後ってとこだ。誤差範囲は一〇キロってとこか。どっかの戦線に混ざるにゃまああの代物だろ」

「私が製作を指示したのだからスペックくらい分かってますよ」

「撃つのは私なんだよ」

「撃ち方を指示するのは私ですよ」

　要するに五〇〇キロだの一〇〇〇キロだのという先にいる相手に着弾させるのには、ボルアリーアに仮に『狙撃手（スナイパー）』という役割付与（ロールアウト）があっても無理だった。強力で精密な索敵機能と弾道計算の能力を持つ特火点（トーチカ）という観測手がいて、そのばかげた射程は意味をなす。

「……ぶつくさ言っちゃあみたが、出来たとなったら撃ちてえな」

「私のすぐ近くに、それらしきものが。ただ、よく分かりません。敵なのか、味方なのか。私が認識する限りでは、〈合衆国〉と〈首長国連邦〉の混成部隊です。三〇体。空挺（くうてい）部隊員も交ざっていて、輸送途中というところですかね」

「……なんだ、そりゃ？　生意気に『裏切り（バックスタブ）』まで覚えたのか？」

　自然に起こりうることではないとボルアリーアは分かっている。特火点が進歩・進化・革新・革命を起こしたように『見える』のは自分の独り言がそうさせているだけに過ぎない。何しろロボットには、自発的に裏切る理由がないからだ。

「……どこぞの誰かが妙な上書きでもしやがったかね」

「どうします？　両軍どちらからしても明確な『敵』です。そこからは五〇〇の距離ですが、私からは二キロと離れていません。観測手は容易く、狙撃手が苦労するパターンですが大丈夫でしょう。幾ら離れていたって私はあなたで、あなたは私なのですから」

「何より、試し撃ちにゃあちょうどいい」

言った時には撃っていた。弾道計算は風や重力、気圧、音速を超える初速から開始される回転による弾道の歪み、その全てを入力し終えていた。

ボルアリーアは狙うように照準器を覗き込んでから撃ち放った。

彼女の目には何も見えなかったし、この距離ではそもそも見えるわけがないが、彼女は目を使う仕草を取った。

反動は全て木の根に吸収させた。木の根は太く、そこに続く樹木は更に太い。幾度の戦火が燃えさかろうと残り続けた巨木を背にして、ボルアリーアは遠慮なく超長距離の狙撃を繰り返すことが出来た。が、撃つたびに彼女を縛る木の根と送電ケーブルは引きちぎれんばかりに張り詰め、ボルアリーアを派手に弾ませた。

「……よっしゃ、全弾命中。敵残存兵力なし」

「私より先に言わないでください」

「二人の初めての共同作業じゃねえか、堅いこと言うな」

実際、同時に察知していた。特火点と旅人は二体で一体なのだ。

「全滅しましたが、良かったんですか。せめて〈首長国連邦〉側だけにしておくとか」

「いいんだよ、裏切り者は銃殺刑だ。戦場の掟だぜ」

「すっかり戦場がお気に入りのようで嬉しいです」

「まあ、撃つのは楽しいんだがな」

これらの会話は全てボルアリーアの一人芝居である。

そして、特火点の一人芝居でもあった。

間違いなく二体は混ざり合い続けていたし、それは誰にも、どの思考金属にも察知できなかった。彼女は迷彩されていた。それが可能だった。何故なら彼女は、原初のロボット『アイザック』の直接複写たる第一世代であるからだ。

それが二体なのか、一体なのか、認識出来ない。

一体だとして、約五〇〇キロもの長さで伸びている『個体』など思考金属の議題にも上らなかった。彼らは別の話題で盛り上がっていたから、ボルアリーアの初射撃成功など興味も関心も惹かなかった。

だからまたボルアリーアはふて腐れた。

愚痴をこぼし、特火点に当たり散らした。

彼女は別に身を隠す気などないのだ。強力に指向された『感情のエミュレーション』の結果として、そうなっているというだけで。

チャンネル登録していたファー・イースト・ゴー・ウエスト・チャンネルですら、ボルアリーアは不愉快になってきた。

「……んだ、このマリアベルってのはよ。ぽっと出のクソガキが配信の邪魔しやがって」

「大人気ですよ」

「このマリアベルって『人』が交ざってきたせいで、肝心の廃品回収が完全にオマケみたいになってんじゃねーか、私の足、どうなってんだよ、覚えてんのかこいつら。覚えてるのは間違いねえんだろうけど」

ファー・イースト・ゴー・ウエスト・チャンネルはマリアベルの登場以来、マリアベルの姿や行動を詳細に報告し、マリアベルが家まで帰ることが出来るかという企画配信にすり替わりつつあった。それもボルアリーアは気に入らなかった。

自由に動ける他人が気に入らないという感情がトリガーされた。

マシューとガルシアが付きっきりなのも気に入らなかった。

彼女はファー・イースト・ゴー・ウエスト・チャンネルの常連聴取者(ヘビー・リスナー)なのだ。配信の趣旨が変わっていることにもの申したい、もの申していいはずだ。

「……何もここで『嫉妬(しっと)』のエミュレーションを開始しなくても」

「嫉妬とかじゃねんだよ、趣旨が変わってるだろって話だよ、一ファンとしてな！」

「やはり登録者数が桁違(けたちが)いなのは、それだけ求められているということでもあり」

「私に足、届けてから趣旨変えろ、せめて。私はあれだね、俄然(がぜん)、第一〇〇三工兵隊のトッドさんが気になってきたね！　好きになってやったっていいね！　締固機もちゃんと探して届けろ、というか一回は見つけたモノ捨てやがって、誰のせいったらあのクソガキのせいだろ、仕事意識を持て。……おい、敵はいねえか、敵を撃ちたくて仕方ねえ。なんなら味方でもいい」

「今度は、八つ当たりですか」

「撃つのが特火点（トーチカ）の役割だろうが」

「都合のいいときだけ役割を持ち出さないでくださいよ」

「お前まで仕事意識がないのか、特火点？」

「あなたにだってないでしょう、ボルアリーア。あと名前をください」

「私に足が届いたら考えてやるよ」

「そしたら離れて行っちゃうでしょう、あなたは」

「おう。餞別（せんべつ）ってやつだな。今まで世話になった」

「来ませんよ、足なんか。こんな状態じゃ」

言うまでもなく全て一人芝居である。

『感情のエミュレート』しかボルアリーアにはすることがなかった。さもなくば、特火点として何かを撃つかだ。

ボルアリーアはふと思う。

マリアベルを撃ち殺してやろうかなと、ふと思う。

射程内にいる。十分、いける。

苦笑した。『感情』に夢中になりすぎている。

そして思考金属としての冷静さを取り戻し、エミュレートをやめ、またぴくりとも動かない特火点となって、狙撃(そげき)姿勢を維持し続けていた。

二

ボルアリーアは狙撃姿勢を保ったまま『寝て』いた。

思考金属は睡眠を必要としない。

人は、必要とする。人にとっては自らが生きているだけでも消費活動なのだ。睡眠を取らなければ持ちはしない。逆に思考金属は睡眠などという行為を本当に行えば、その場で消えてなくなるだろう。

擬似的な睡眠状態、ふわふわと思考のパズルピースを放り出す、という状態、つまり自分の意見を俯瞰(ふかん)して眺めている状態、が思考金属にとっての睡眠だろう。その状態では思考は前に進まず、後ろにも下がらず、討論も発生しない。ただ議事録を眺めているだけ、という状態。

その状態になると、ロボット(ソリッドステート)は必ずミスをした。役割にしくじった。

人のミスとは、その頻度は比べものにならないほど低い。

ごく希(まれ)に、ごく短い時間だけ、眠るというよりは呆(ほう)ける。

それはより高い回転力を思考に与えるための準備であって、休息ではなかった。

ただ、無防備ではある。他の思考金属からそのタイミングで上書きを図られたら、あっさり、自分の意見を引っ込めてしまうだろう。だがボルアリーアの睡眠はその手のものではなく、当然、人の目を意識して擬態するための睡眠だった。

思考金属にとって睡眠と呼べる状態を意図的に作り出し、呆ける。人の目など気にしなくていいこの戦場(ノーマンズ・ランド)であっても、ボルアリーアは習慣付いた『人としての感情のエミュレート』を繰り返していた。

呆けている無防備なボルアリーアは、無作為に、様々な声に話しかけていた。

それは日頃、攻撃的といえる討論による喧嘩腰(けんかごし)の対応ではなく、挨拶(あいさつ)をして回っているだけ、という状態だった。ひしめき合い、喧噪(けんそう)かまびすしく響き渡り議事録がみるみる書き換えられページを増やしていく中に、そういうぼんやりした声もいる。

『第一〇〇三工兵隊のトッドさん』を見つけた。

「締固機(ランマ)、見つかった?」

「それがまだなんだよ」

「私も、足がまだ届かない」

「困るなあ、マリアベルなんて興味ないんだよなあ、締固機なんだよなあ。あれで土を固めるでしょ？　その上に砂利を引いてまた固めると水はけが良くなるんだけど、ちゃんと締め固めないと歩きにくくなるんだよなあ」

そんな会話をした。相手も呆けていた。思考金属の『呆けている状態』の会話は人同士の雑談に近いものとなる。議論ではなく雑談になるのだ。

マリアベルに否定的な言及をしたので好きになってやってもいいと思ったが、恐らくただの工兵でしかない相手、しかも第二世代以降とあっては、気の利いた対応は望めそうにもなかった。やはりそういうエミュレートの相手に相応しいのは人で、思考金属を相手にするのであっても、初期型の旅人同士でなければ巧くいかないモノだった。

『第一〇〇三工兵隊のトッドさん』からもう少し何かを、例えば何処にいるのかなどを訊こうとした時に、ボルアリーアは特火点に起こされた。

無作為に放置され散らかされていた思考をまたしても組み直す。

以前よりも丁寧に、そして論理立てて、自分の中に構築し直す。

疑似睡眠から覚醒すると、ファー・イースト・ゴー・ウエスト・チャンネルの声が飛び込んできた。またマリアベルが風呂に入っているだの、本来なら人の口にも入れられないほど劣化した軍用食を食べている、マルガリータ・パスタがお好みのようだだのなんだのと、知らんがな、としか言いようがない、マリアベル情報チャンネルと化して年がら年中、配信を繰り返していた。

彼らも、一応、手足の二、三本はなおざりに集めている。誰も別にそれは欲しがっていなかった。欲しがっているのは、私だ、とボルアリーアはまたふて腐れる。こちらから取りに行ければ、どんなに楽なことか。彼女はただじっとここで待つしかないのだ。

そんな、すっかり趣旨の変わった配信になっても、ボルアリーアは登録を外さなかった。各地を巡りながら廃品回収をし、必要な個体に届ける。それをやっているのはファー・イースト・ゴー・ウエスト・チャンネルのマシューとガルシアだけだったからだ。

特火点（トーチカ）と混ざり合ってそのくせ分離もしているという、統合失調状態に陥っていたボルアリーアは、足を求めようと思っていたし、足などなくてもいいのではないかという二律背反に陥り、解決策が見当たらなかったから、ファー・イースト・ゴー・ウエスト・チャンネルを呆（ほう）けて聞くことが多かった。

その方が、情報を整理出来る。

マシューとガルシア、そしてマリアベルの二体と一人は荷車を引き、積んでいるのはマリアベルの必要とするものが大半を占め、ロボットが必要とするものは極端に減っていた。その手足の配達ですら後回しにされる始末だった。

マリアベルの目指す、帰るべき家は、正確な位置は分からなかった。

星の下にある。

そんな曖昧（あいまい）な話があるか。ボルアリーアはそう思う。

あるとして、直接、最短距離で向かえばいいではないか。だが半機械化人であることはボルアリーアも何度も配信で聞かされたし、単独行動で戦線を辿るように家を目指すなど、様々な面で思考金属のロボットよりも危険に過ぎた。だからマシューとガルシアが保護者のように、そばにいる。そしてファー・イースト・ゴー・ウエスト・チャンネルの配信者の一人となり、最早主役となっている。

それでも、ボルアリーアはチャンネル登録を解除しなかった。

彼らは二十四時間絶え間なく、ロボットたちの声を届け続け、そして時たま、人に聞こえるように電波に乗せて、原始的とも言えるそのやり方でゲリラ的な配信をすることもあった。器用に多言語を使い分け、世界中に『人に分かる声』の配信を続けた。

何故、そんなことをするのだろう？　という議題はボルアリーアの中に常にあったが、自問自答はしなかった。

彼らは戦場で廃品回収をする。そして必要なモノに届ける。

今ではマリアベルのことばかりだったが、それを人に伝える必要があるのだろうかとも思う。そもそもあの二体に関しては、勝手に軍を離脱してそんな真似をしていること自体が、些か、他の思考金属とは違っていた。

マシューが言う。

これは革命の物語だ、と。

それは上書きを繰り返す自分たちのことを比喩（ひゆ）的に、やや文学性すら帯びて表現しているだけの決まり文句でしかなかった。彼らは結局、壊れた手足の中で使えそうなモノを拾い、今では何処（どこ）の誰だかしらない少女の日常を配信している始末だ。それの何処が革命だ、とボルアリーアはやはり嫉妬（しっと）を帯びた感情をまたエミュレートさせる。

だがこれもまたお題ではあったが、彼ら二体は、大切なポンコツトラックを解体してまで、何故（なぜ）、マリアベルを助けたのだろう。『衛生兵』であるからだろうか。それはいい。たまたま倒れて死にかけていたマリアベルを見つけた二体が『衛生兵』という、ロボットの軍隊ではあまり意味を為（な）さない役割を与えられていた偶然も、ボルアリーアの孤独な思考の中に入り込んでいた。

それはボルアリーアが思考金属としての本領を珍しく発揮させている時間だった。

偶然です。たまたまです。運です。

時折、そういう推論は、やる気がない思考放棄ではなく自然現象として捉（とら）えられ、思考金属は納得する。どれだけ思考を巡らせたところでサイコロの出目には影響しないのだ。これは無限にサイコロを振り続ければ出目の偏りがなくなっていくように、無限に討論を続ければ「運」という偏りのない結論に、みな、引き寄せられていく。

ただのロボット（ソリッドステート）はそれで納得する。

だが第一世代（アポストロス）は違う。旅人（ウォーカー）しての役割の上で人に近づくために『感情』という要素のエミユレートを最優先することになっている。だからボルアリーアは「運です」などという答えには納得出来ないモノがあった。何でもたまたまで片付けられて堪(たま)るものか、という猜疑(さいぎ)心。猜疑心の、エミュレート。

それは嫉妬から始まり苛立(いらだ)ちに連鎖し猜疑心に繋(つな)がっていて、全てが同居し並行処理されていた。それは思考金属の振る舞いをより、人らしく演出するのに役立っていた。

マシューとガルシアは『目』を探していた。

ここにある、と伝えても良かった。くれてやっても良かった。足が戻るのなら、どうせ見えない形だけの目に何の意味もないのだから、欲しいなら、それでいい。ボルアリーアが欲しいのは、足だったからだ。

それを伝えないのは、彼女が特火点(トーチカ)である自分をも受け入れているからだった。混ざり合っていたからだった。旅人しての彼女は元通りの足を欲し、そして特火点である彼女は足など必要なく、その狭間(はざま)にいて、どちら側にも強く踏み出せずにいた。

それはいい。別の思考を巡らせる。たった一人で、孤独に。

特火点との一人芝居もせずに、考え続けていた。擬似的な『眠り』の結果、ボルアリーアはこの戦場にある奇妙な違和感に気づき、それを思考していた。

マリアベル。あの気に食わない少女。

この戦争は二〇〇年続いた。放っておけば四〇〇年でも五〇〇年でも続くだろう。

その戦争に投げ込まれたマリアベルという少女が、その永遠の膠着（こうちゃく）に変化を及ぼしている。戦うことしか思考していなかったロボットたちが、マリアベルを中心にして違う動きをし始めている。

特火点（トーチカ）の強力な索敵能力からもそれは分かる。

ファー・イースト・ゴー・ウエスト・チャンネルでマリアベルに何かいつもと変わったこと、例えば『転んで泣いている』程度でいい。そういうことが起きると、明らかに戦場一帯に停滞が起きる。

そもそも、何故（なぜ）、マリアベルはここにいるのか。

ファー・イースト・ゴー・ウエスト・チャンネルでマシューが言うには、迷い込んできたらしい。南の〈首長国連邦〉から、〈合衆国〉にある自分の家を目指す徒歩の旅。

ボルアリーアが第二世代（アコライト）以降であり、例えば最初から『狙撃兵（そげき）』という役割であったなら、彼女も一緒になってマリアベルの一挙手一投足に反応したかもしれない。だが彼女は第一世代（アポストロス）であり『旅人』としての感情エミュレートがあり、それは主に嫉妬（しっと）となって作動した。

マリアベルを素直に受け入れられない自分がいた。

それは他の思考金属とは別の視点でマリアベルを観察してしまっている。

目の前にマリアベルが現れても、挨拶（あいさつ）もしないだろう。撃ち殺すかもしれない。何故ならボルアリーアは『感情』を表現するのに人らしい感情に任せた動きというものをしなくてはならなかったからだ。しかしそれは擬似的な感情の爆発で済ませることが出来る偽物の感情でもある。

ボルアリーアは迷彩を続けていた。

戦線に無数に存在するロボットたちを観察し続けた。思考に思考を重ねた。

彼女は真相を知りたいのではなかった。

何を、誰を撃つべきかを判断したかっただけだ。特火点としてだ。

本当にこの戦場で浮いた存在は、マリアベルではなかった。特火点として、狙撃手（スナイパー）として、誰にも気づかれずに銃を構え続けるボルアリーアだった。マリアベルと同じく浮いた存在ではあるが、誰にも気づかれなかったというだけだ。

何度か、ぶつかった戦線に火力支援を行い、それは完全な不意打ちとなって〈首長国連邦〉の軍隊を敗走させた。この戦場で完全な伏兵として奇襲が可能なのは、ボルアリーアただ一人だったが、それは戦争そのものには何の変化も及ぼさなかった。

だが繰り返すうちにボルアリーアの『特火点』としての技術はみるみる練度を上げていった。多数の火器が製作され、多数の弾頭が積み上げられ、最大射程距離も有効射程距離も飛躍的に伸びていった。本来の特火点が有していた射程距離とその精度に比肩しうる狙撃能力をボルアリーアは宿してしまっていたが、何処（どこ）でどう使うべきかを彼女は思考してしまう。

特火点であり、特火点ではなかった。特火点、或（ある）いは狙撃兵の役割を付与されてもいなかった。彼女は今でも『旅人』だった。

　そして第一世代のうちの、ただ一体だけ残った最後の旅人（ウォーカー）だった。

「なあよ、特火点（トーチカ）」

「なんですか、ボルアリーア」

「……私とお前で、戦争を終わらせられるんじゃねえか、これ」

「一方的に撃てているというだけですよ」

「だけど私はあいつらにゃ分からないんだ。データを迷彩しているからな。『目』で見りゃすぐだが、残念ながら私たちは全員、それがねえ。私らは五〇〇キロ離れていると来てる。弾も銃器も、山盛りだ」

　原則修正条項の瑕疵（バグ）につけ込んだその提案も、結局は一人芝居の冗談だった。

　彼女は狙撃手（スナイパー）でも特火点でも兵士でもないのだ。そんなことに身を入れる理由がない。強いて言えばそれは『特火点』を喜ばせようとして言った独り言だった。

「どのみち、やり過ぎれば目視されなくたってデータだけでも集中砲火ですよ、あなたは動けないんですから簡単に特定されます」

「動けない特火点らしい忠告、ありがとう」

「つまり我々二人じゃ戦争は終わりませんし変わりもしないんですよ」

　何も変わりはしなかった。

ボルアリーアが狙い撃っていたのは、どっちの軍でもなく、両軍を裏切った混成部隊だった。どのみちつるし上げられる運命なのだからここで銃殺刑にしておく、と独り言を言ってそうしていた。

裏切り者の混成部隊は、潰しても、潰しても、湧いて出た。

小さく、戦線には何の影響もない部隊だ。大河で跳ねる魚のようなものだ。

ボネアリーアは完璧に潜み、そして誰にもその存在を悟らせなかったから、何が起きているのかという討論と推論がロボットたちの間で広まっていく。流れ弾にしては多過ぎ、そして正確無比に過ぎたからだ。

原因が分からない、正体も分からない。

それは戦場の亡霊だった。

地平線上の騒擾霊。

そう呼ばれ飽くなき探求が繰り返されていた。

「……でも、おかしくねえか、特火点。私は前からおかしいと思っていたが？」

「おかしいですね、私も前から思っていましたが？」

おかしかった。マリアベルだ。マリアベルが通ったあとから、湧いてくる。

マリアベルの存在はその戦場の一部だけを和ませ、争いを鎮火させた。そして去り、また戦いが始まる。ファー・イースト・ゴー・ウエスト・チャンネルの行く手には一時の和平があり、その後ろには変わらぬ戦場があり、そして裏切り者の混成部隊が出る。

チャンネルの配信は四六時中続く。

相変わらず、ボルアリーアはそれをずっと聞いている。マリアベルとマシューは仲が良さそうに会話していた。第二世代以降にしては、マシューは感情のエミュレートに軸足が置かれている。ロボットであることを隠さないというユニークさは、ボルアリーアは持ち得ないが、それだけに擬態を気にせず全てが丸出しのマシューは『お喋り(しゃべ)なロボット』という印象が強い。

ガルシアは滅多に喋らないが、たった一人でうろつきながら何かを探すという企画で、一人でヴァルキリーがどうとか呟き(つぶや)ながら、残骸(ざんがい)を拾ったり捨てたりしていた。どちらかというとボルアリーアは『ガルシア回』が聞きたかったたし、自分の足か『第一〇〇三工兵隊のトッドさん』の締固機を見つけて欲しいと思って聞いていた。

「マリアベルの『フォロワー』か、あれは？」

「マリアベルは裏切ってついてこいなんて言ってませんよ」

「じゃあ『ストーカー』でもいいよ。あいつらは何も言われなくても、勝手についてくる。私だって旅してるときゃ何度も後つけられたもんだ」

「それは、相手が人だからでしょう」

思考金属が何らかの思考の末にそのような動きをする可能性は、ない訳ではない。

だがこれは発生しすぎだった。

　本来、裏切るという行為すら思考金属の兵士はしない。

「……やっぱり何か、誰かがイタズラしてんな、こりゃ」

「あなたが気まぐれに混成部隊を破壊しているのと同じ程度には」

「同じなもんかよ。遥かにタチが悪い上に手が込んでいる。私は、撃ってるだけだ。誰かさんは何体かを上書きして、マリアベルの後を追わせてるんだ。混成部隊まで作らせてるんだからたいしたもんだ」

　マリアベルは激戦区に現れる。ファー・イースト・ゴー・ウエスト・チャンネルは廃品回収チャンネルとしての役目を忘れていない。激戦区には、無数のガラクタが転がっている。だから、両軍とも、マリアベルを遠巻きに出来た。

「……それに定期的に、掘り起こされた軍用糧食が置かれているのも、おかしかないか？　幾らファンがいて、置いていく代物が賞味期限が一世紀も二世紀も過ぎてるったってよ、そんなもんがそうそう転がってるとは思えねえ」

「しかし、何故そんな真似を？」

「イタズラ目的の犯行ってんでもなさそうだな」

　かといって何なのか、ボルアリーアの思考はそちらには向かない。気に留めはするが、それは思考の回転を促さなかった。

「……足が欲しいなあ」

彼女は旅人だったから、歩き回りたかった。

「目もまた見えるようにならねえかなあ」

彼女は旅人だったから、色々なところを見て回りたかった。

結局、ボルアリーアは「射撃が異常に巧(うま)くなった旅人」でしかなかった。

「私は名前が欲しいのですが」

「まだ言ってんのか、どうせ私しか話し相手なんかいねえくせに。名乗る言葉も出せないくせに」

「あなたに呼んで欲しいんですよ」

「……たまにゃグッとくるいいこと言うんだな、お前」

「考えておいてくれますか」

「何かしら考えておいてやるよ。仕方ねえ」

一人芝居。

何もくだらなくはない。ボルアリーアは世界を知り人と交わるための役割を与えられた旅人で、思考すらもそれを維持し最適化することを優先し、維持することを常に怠らない。それが今は、役に立たないと言うだけだ。

足がないからだ。

目も、見えないからだ。

特火点に宿っていたあるかなしかの思考金属を完全に上書きし、話し相手として自分の中に宿し、そして一人芝居を繰り返す。

もう一度旅に出ることが出来るかもしれない。

その可能性を常に必ずボルアリーアは模索する。諦めない。彼女もまた思考金属であり、旅をしろと言われたその役割に対して、素直で、頑固で、融通が利かなかった。

世界の様子を、人の様子を知るために放たれた『旅人』の役割を、戦場に置き換えれば『斥候』になる。

「……お題。マリアベルは斥候か？」

「推論。違う。そもそも彼女は思考金属ではない」

「上書き。だからこそ斥候を果たせる」

「上書き。だからこそ果たせない。伝えられない斥候に意味はない」

「仮定。伝えるすべがあるとする」

「仮定認可。伝えるすべはあるとする」

「お題。マリアベルは何のために戦線を移動しているか」

「補論。南南西に向かって移動している」

「推論。南南西に家がある」

「補論。南南西にある星の下に家がある」

「補論。戦線は南南西に延びている」

「補論。南南西の果ては戦線の果てに通じている」

「推論。そこに家がある」

「上書き。そこに家はない。海がある」

「上書き。海の中に家がある」

「上書き。人は海の中に家を造らない」

「上書き。家の定義は住居とは限らない」

「問い。では何が挙げられるか」

上書きではなく補論が多くなる。一人で、自分の思考を、上書きしているからだ。相手がいない。上書き遊びは言葉の足りなさが結論まで結びつかず、結論がなければ上書きも出来ない。発展性がない。だから孤独な思考金属（シンク・メタル）はその行為に飽きて死ぬ。

ボルアリーアは焦（じ）れ続け、飽きもせず自分の中で上書きを繰り返している。

そこに斥候がいる意味。

かつての自分と同じ任務を背負った『人』が、この戦場でいられる意味。

マリアベルと自分の違い。

何処（どこ）にもない、という結論で上書きされ、そして何かがある、という推論が繰り返される。

思考金属の思考金属たるべき有り様でボルアリーアは思考し、全身からエネルギーを発し、自らをより回転させていく。

木の根が、うねる。

送電ケーブルが隆起する。

巨木が風もないのにざわめき始めていた。

対話する相手のいない思考金属が溢(あふ)れさせるエネルギーは時に祟(たた)りと呼ばれ、時にラップ音とだけ呼ばれ、妖精(グレムリン)と呼ばれ幻(ファントム)と呼ばれ、そして騒擾霊(ポルターガイスト)とも呼ばれた。超能力という名で、人にただ乗りされたこともある。

ボルアリーアの数えられた第一世代は、そのコピーらよりも遥(はる)かに大きく原始を残している。アイザック以前にあった原始の思想金属としての形。

先祖返りを起こしたかのように、ボルアリーアの思考は周囲を揺り動かすエネルギーと化した。トリガーとなったのは、彼女に与えられた『旅人』として必要だった、より人に近い、人と見まごうほどの『感情のエミュレート』であった。

単に彼女はこの時、マリアベルに嫉妬(しっと)していただけだ。

嫉妬するという『嘘(うそ)』をついていた筈(はず)なのに、本音に上書きされていた。

旅人にならねばならない。

旅人に戻らなければならない。

足がなく、目もなかった。

だから同じ任務を持ったマリアベルに、『人』である筈のマリアベルに激しく嫉妬した。人に嫉妬するなどあり得ないはずなのに、ボルアリーアの感情は、その嫉妬はエミュレートの域を超え、嘘が本当になってしまっていた。

それは無数のサルが無作為にタイプライターを叩き続けた末に偶然出来上がったシェイクスピアの文章だった。その一節に極めて近い文字の羅列だった。誤字があり脱字があったが読める、という代物。

人にならねばならない。

人になってはならない。

本音で嫉妬している自分はその原則に反しているのか、守れているのか、凄まじい思考が回転し回転しながら上書きを繰り返す。自分で自分が信用ならない。

自分が何故マリアベルを『嫉妬』し、そして何故『嫌う』のかが分からなかった。

何遍、自問自答を繰り返しても分からない。

エネルギーは木の根を鞭のように跳ねさせ、送電ケーブルは火花をまき散らしながら大地の下からはじけ飛び、また繋がった。巨木が身をよじり、自らその太い幹をねじ切ろうとする。

本来の出力を超えていた。人一人分どころではなかった。

ボルアリーアはボルアリーアであると同時に特火点でもあった。

融合し、そして別個である思考金属二体の煩悶する思考は相乗効果を齎し、人の何倍もの出力を吹き上げまき散らしていた。

推論。上書き。仮定。推論。そして上書き。

エネルギーは思考に応じて乗算されていく。何故なら二体の思考が融合し、お互いをパワーソースとして更に更に更に。

その出力先の、現在最も可能性の高いのは八つ当たり。

四方八方そこら中に弾丸を撃ちまくる。そして特火点が言うとおり、移動できないボルアリーアの位置など迷彩どうこうではなく普通に算出される。そこに人工知能でも搭載した特火点が残っていて何らかの瑕疵があって、そして暴れているのだろうと、その程度の解釈による集中砲火で叩き潰される。

既にこのエネルギー自体が瑕疵であった。

異常が起きている、戦場全体がざわつき、それはマリアベルよりも自分に意識が向いたのだと気づき、すっとエネルギーは緩み、声が聞こえた。八つ当たりはその配信が止めてくれた。

ファー・イースト・ゴー・ウエスト・チャンネルの配信が届いていた。

ボルアリーアの思考が揺蕩い、呆けた。エネルギーの奔流が停まり、木の根は大地に垂れ、送電ケーブルは無意味な発火をやめていた。反動で揺れているだけの巨木が風を生み、ボルアリーアのトラベラーズ・マントをそよがせていた。

「……特火点（トーチカ）。ちゃんと配信、聞いてるか？　私はこのファー・イースト・ゴー・ウエスト・チャンネル古参の常連聴取者（ヘビー・リスナー）なんだ。考え事なんかしている場合じゃなかったぜ。こいつは聞き逃せねえ神回だ」

「……マリアベルに何かありましたか？　あなたにとって聞き逃したくない事件でも？」

「マリアベル？　あいつみたいなひょうろくだまが寄ってきて、初めてメジャーなんだから仕方ねえがな。マリアベルなんてあんなクソガキ、私は興味もねえよ、あっちゃこっちゃで、ちやほやされてよ、マシューもガルシアも初心忘れてやがったが、この配信は最高だ。気分がいいぜ」

　特火点は黙って聞いていた。

　そしてボルアリーアは特火点に教えてやった。

「……『第一〇〇三工兵隊のトッドさん』に締固機（ランマ）が見つかったんだとよ」

第六章

天蓋の空（シェルタリング・スカイ）

一

戦場に張り巡らせた計画と設計に瑕疵(バグ)がある。

随分前から、アイザックはそれに気づいていたが、偶然かどうか分からなかった。彼は議事録を隅から隅まで確認し、それぞれの裏切り者を管理していたが、混成部隊は必ず『流れ弾』で殲滅(せんめつ)させられていた。

なのに、どういう存在から流れてきた弾なのかが分からなかったのだ。

地平線上の騒擾霊(ホリゾンタル・ポルターガイスト)と呼ばれ始めたそれは、思考金属の体験する、分析の及ばぬオカルトに近づきつつある。誰にもそれが分からない。

分からない、ということはあり得ないのだ。思考金属がオカルトをそのまま認めるなどということは、あり得ない。

考え続けるのが思考金属の命であり、分からないで済ませられるほど彼らは横着ではなかった。それに、放置できない実害ともなってきた。そして考え続ければいずれ解体されるのがオカルトというものだったからだ。

マリアベルの『旅』はすなわち斥候任務だが、その姿を隠そうとはしなかった。

隠れて様子を観察したところで、何も変わりはしないのはもう結果が出ている。

戦場をかき回しながら、観察させる。

その結果、確実に、戦場を伝いながら西の涯てへと辿り着くはずだった。

ファー・イースト・ゴー・ウエスト・チャンネルのマシューとガルシアにも合流させた。そのチャンネルがマリアベルという、戦場に漂う『人』のことを喧伝し続けてくれている。

マシューとガルシアは、アイザックがほぼ同時に、個別に上書きした個体だった。

討論に討論を重ね上書きしあい、「目が欲しくないか?」という新たなお題で合致させた二体だった。だから彼らは、旅を始めた。そんな個体があちこちにあったが、長くは持たず、また部隊に引き返していき、戦線を旅するような真似を続けているのも、ましてやチャンネル配信などしているのも、マシューとガルシアだけだった。

マシューは、アイザックにとっては興味深い「役割」をたたき込まれてから兵士になったロボットだった。この役割には合っていたし、だからここまで続いたとも言える。

『感情のエミュレート』はかつてアポストロスに強く要求されていたものだが、マシューはおそらくは思考の果てに、強く自分に要求し課題としている。だからマシューはよく、はぐれものの兵士のように、手を抜いたり、冗談ばかり言ったり、命令を聞かなかったり、いたずら書きなどをしていた。より人間らしさというものを追究しようとしていた。

そこは、ロボットである。マシューのその『問題児』的な行動は、問題になる手前で収められていた。きちんと線は引いてあり、そこを逸脱することはなかった。

だから、アイザックは、その線を少しだけ超えさせたのだ。

マシューはあっさり乗ってきた。

コメディアンとアーティスト。どっちの役割にも『逸脱』は許容されるどころか常に欲していなくてはならないテーマでもあった。

ガルシアは更に楽だった。彼は一貫してヴァルキリーに拘っていたし、論点はそこだけで済んだ。何があったらヴァルキリーに勝てたか。それだけなのだ。

マシューとガルシアは『偶然に、たまたま』気が合った訳ではない。

アイザックに上書きされ、旅に出た。彼らを『斥候』としても使っておこうと思い、ファー・イースト・ゴー・ウエスト・チャンネルも始めさせた。それはアイザックのみならずロボット全体に聞こえ、人にまで配信し始めたが、それで特に構わなかった。

裏切り者の混成部隊ではなく、独立し、あくまで〈合衆国〉の兵士としてそれをさせていた。いずれ送り込む半機械化人と合流させるまでの実験のようなものであったし、道半ばで倒れたのならば、また代わりを用意すればいいだけだ。

実際は、目立ちに目立ちまくっているファー・イースト・ゴー・ウエスト・チャンネルの二体は戦闘目標とはならなかったし、二体も戦闘を巧く避けた。ガルシアだけなら、とうに破壊されていたかもしれない。マシューの『不真面目な』一面が、あっさり逃走を選択させていたのだ。

これはこれで、興味深かった。

マシューは明らかにサボタージュを実行している。アイザックが上書きするより、前にだ。

それは戦争の推移を変えるほどではないが、随所に、純粋な兵士ではなく『徴兵』されてきたロボットらに片鱗(へんりん)は見られた。それはアイザックが付け入る隙(すき)ともなり、上書きを容易にさせた。マシューからヒントを得たと言ってもいい。

全体的に、アイザックの計画、そして任務『戦争を終わらせろ、そして〈合衆国〉の勝利とせよ』は緩やかに、準備段階のまま、試行に試行を重ねていたとは言え、推移していた。

瑕疵(バグ)がある。

それは細かく、アイザックの計画にノイズとなって紛れ込んでいた。

端的に言って煩(わずら)わしく、邪魔だった。

だが何処(どこ)にその瑕疵があるのかを見つけられなかった。

これが、マリアベルのサポートを担当させている混成部隊が破壊されているうちは良かった。マシューやガルシアでも本来は構わなかったが、マリアベルと接触させてしまっている。マリアベルと交流させ、生活を共にさせている。

マリアベルは半機械化人である。アイザックが干渉し上書きすることは出来ない、計画の要でもある。そのマリアベルが信用してしまっている相手、マシューとガルシアを破壊させることは避けたかった。人は信頼し交流するのに面倒な処置はいらないが、逆にしないとなったら頑固にしなくなるものなのだ。

アイザックは理屈として、データとして、『気が合わない相手』『気に食わない相手』という概念が人にあることを知っているし、ロボットたちにエミュレートさせることも出来る。だがマリアベルのそれは気まぐれで、コントロールが利かない『人』の感情そのものなのだ。

今のところ、流れ弾は二体と一人には来ない。

それが偶然の流れ弾ではなく意図的な狙撃であることがはっきりした時は、逆にアイザックは不安要素が一つ減ったが、それでも瑕疵が何処にあるのか、分からなかった。

『人による斥候部隊』は既に、〈合衆国〉大統領ファッティー・ケトが許さない。

人ならば、アイザックには見つけられない瑕疵が分かったかもしれない。

その狙撃手は、人であるかもしれないからだ。人は、人に処理して貰うのが正解だった。

タイミングが悪い。歯車の回転が嚙み合っていない。往々にしてそういう事態は発生するが、それが織り込み済みの事故であるか、何らかの瑕疵が原因なのかで全く別の問題となってその推論に辿り着いた。

アイザックを思考させ続けた。

瑕疵だ、と仮定し、推論した。たった一人でアイザックは自分自身の推論を上書きし続け、その推論に辿り着いた。

だが瑕疵に辿り着けない。見つけられない。アイザックは自分が作った川の流れの中に鎮座する、川面からは見えない岩を見過ごすリスクを犯したくなかった。その大きさが、分からなかったからだ。どんなものがその岩に絡みつき、引っかかるか、分からない。それは川の流れを変えてしまうかもしれないし、行き交う船を座礁させるかもしれない。

　結局のところ、その瑕疵に手を伸ばせたのはアイザックの思考ではない。

　マリアベルの、人ならではの気まぐれが、その瑕疵に瑕疵とも思わず近づいていたからだった。それもまたよしとアイザックは、自分を誤魔化すように、思考していた。


「……私は家に帰りたいのは帰りたいけど、それはいつでもいい！」

　唐突に勢いよく宣言したのは、マリアベルが疲れたようだったので仮のキャンプを張って配信を始めたファー・イースト・ゴー・ウエスト・チャンネルの中でだった。マシューはそれをとりあえず、みなに配信した。してから、訊いた。みなが訊きたいことを。

「……なんで？」

「それより修理パーツの配達を優先すべきだと思う！」

「だから、なんでだよ」

「この前のロボットが喜んでいたし、ああいうことを優先すべきだと思う。私のことはそのうちでいいし後回しでいいの。大体、四六時中、私の様子ばっかり配信されても恥ずかしいの、なんとなく！」

「……ロボットしか聞いてないチャンネルでしか言ってないぞ」

「なんか品定めされてるみたいでイヤなの！　昆虫の観察日記みたいだし！」

その原則の修正条項にリーチした発言は、そのまま「見るな」と言われた訳ではないが、しばらくマシューとガルシアに沈思させたし、聞いている無数の兵士たちも動きを、いつもより数瞬長く戸惑わせた。

「……この前の、というのは、あれですか」

ガルシアは丁寧に訊く。

「第一〇〇三工兵隊の」

「そう、トッドさん！　なんていうのか知らないけど、あれを愛おしそうに触ってた」

「具合を確認しただけだと思いますが」

「私には！　そう見えたの！」

「こちらには目がないので……見えたの、と申されましても」

「俺にだって目はねえさ」

「うるさい！　じゃあ私の見えてるものを優先しなさい」

「はい」

「はい」

そう答えるしかない。ロボットは人に従属する。

随分と、長く一緒にいた。マリアベルは、自分が面倒を見てやらねばならないのだと、この頃思うようになっていた。勿論、彼女自身、四六時中、面倒を見て貰っているのは分かっているが、それだけに反発するように、そう決めてしまっていた。

ファー・イースト・ゴー・ウエスト・チャンネルは私が方針を決める。

そういう意気込みだった。

勿論、この二人がしげしげと、データ越しとは言え自分の観察日記を配信するのも気に入らなかったからだが。

「大体ね、私は旅がしたいの。見世物になる気はないの、スターじゃないの」

「……とは言ってもなあ」

「旅芸人じゃないの、旅！　キレイな景色見たり知らなかったこと経験したり、いろんなことをするのが旅！　みんなに喜ばれたら尚更よし！　少なくとも私を見世物にするな。あと、私とちゃんと会話しろ」

「してますが」

「してるよ」

「客を意識した会話じゃなくて！　仕事とプライベートはまた別でしょ、なんか気を張っちゃってこっちも疲れるの！」

マリアベルの訪問は慰問となり、人に従属するロボットたちにとっては『普通の日常』がひとき、戻ってきたのだという『生きがい』にも繋がっていたが、堪らないのはマリアベルである。彼女は四六時中、やりたくもない銀幕のスターであり続け、もうそれにはうんざりしていた。彼女は人であったから、そういう日常はただの反復動作な上に、ずっと働いているような錯覚を覚えストレスとなっていた。

だから『トッドさん』の件も口実と言えば口実なのだが、自分よりも締固機を見ていた姿にほっとしていたのも確かだ。私を働かせすぎだ、帰り道を送って貰っているのには感謝しているが、ああいうことをもっとすべきだ、とマリアベルは常々思っていた。

「……三人で旅をしてるのが趣旨なの、旅と、パーツのお届けっていうハートフルな内容にして！　なんで私をちょっとポルノ感ある感じで主役にするの、あなた方は！　そんなコンテンツ汚らしいわ、不潔だわ！」

ロボットは別にそういう風にマリアベルに接しているわけではない。

だがマリアベルはそう錯覚する。かつて誰もがうっすらと抱いていた嫌悪感。

故に人はロボットから『目』を奪った。

そこにはロボットが如何様にも造形できたことへの、如何様にも振る舞えたことへの『嫉妬』も含まれていた。見られている自分たちの姿への不安感。見られてもいないのに様子を仔細に観察され垂れ流されているマリアベルの嫌悪感とストレスは、目がどうこうなどという遠回しな言い訳より、とてもストレートな感情だったと言っていい。

「ゆえに旅をメインにします。旅チャンネルです」

「旅ったって、戦場(ノーマンズ・ランド)だからな、二〇〇年も破壊行為と闘争行為が続いてんだぞ。キレイな景色なんか残ってないだろ」

「だからパーツをお届けするのもやるんでしょ！」

「……それに私たちは『旅人(ウォーカー)』じゃないからイマイチやり方が分からないんですよ」

「うるさい！　覚える！　盗撮魔みたいなことは出来たくせに！」

「戦場でのデータ収集は盗撮じゃねえんだよな。斥候任務ってやつだからな。だからほんとは、目があればなあ、って俺もガルシアも思ったわけだ」

　そうではないが、自分たちに湧(わ)いた推論を、そう解釈していた。

　マシューもガルシアも第一世代の量産型の量産型、血脈の連なるだけの第二世代以降に過ぎない。どうにでも上書きされる隙(すき)がある。開発を重ねてモデルチェンジした訳ではないのだ。コピーを繰り返しているだけなのだ。

「……誰か教えてくれりゃあな、旅っちゅうのをよ。ガルシアだって工兵に教わったから、工兵の真似事ができるようになったんだしよ。……それにまあ、なんちゅうのかね。旅人ってのが見たり聞いたり話したり、ってのは、もうわんさか議事録(アカシック・レコード)にデータとして積み上がってるんだから、今更ちゅうのもあるな」

「そういうのではなくて！　自分もそういう体験してみたいっていう、みんなの為(ため)のコンテンツにするの！」

「だから、目がないんだよ、俺たちには」

「ああ、もう、誰なの、なんでそういう意地悪したの、みんなに！」

そりゃ、お前さんが今、ストレスためてる理由がそうだよ、という言葉はマシューは口にしなかった。おむずがりが増すだけなのは分かりきっている。ロボットは人にそういうアプローチをするのを、避ける。

ファッティー・ケトに駄目だと言われれば、アイザックは人の斥候部隊を諦める。マリアベルにやれと言われれば、マシューもガルシアもそれはそれで挑んでみる。

正解は常に人が決める。

「……そうだなあ、俺たちの状態を喩えて言うとだなあ……お前さん、でっかい鳥とか見たことあるか？　ハゲタカとかそういうの？」

「知ってるし、映像でなら見たことある。実際に見たことあるのかもしれないけど、それは、覚えてない」

「それだよ、いいか？」

マシューは近くに転がっていた、ひん曲がった鉄筋を摘まむと、地面に素早い動きで、躍動的な筆致で、落書きの域を遥かに超えた代物を描いてみせた。マリアベルが息を呑んでその『絵』を見つめている。

「……俺たちはハゲタカなんか見たことはないしデータでしか知らないのに、教わりゃ上手に絵に出来るんだ。見えてないのにな。そして俺たちは、この絵をデータ上、間違っていないしさぞかしリアルに描けているだろうってのは、分かるんだ。でも、見れない。旅人の役割ってのは、こういうものを見てくることだったワケだ。そもそも俺が、お前さんとまともに話せているのも、旅人が旅をして回ったデータを参照しているワケでな」

「……何が言いたいの？」

「お前さんは、ひょっとしたらハゲタカってのを目で見て確認出来るかもしれない。家に帰る道すがら、いろんな、『知ってるけど見たことはない』ってもんを確認して回る。だから、まあ……こいつは『マリアベルの旅』ってコンテンツにせざるを得んのだよな」

「私の旅チャンネル……？　いいじゃない、それ、凄く、いいじゃない」

「いや、お前さん、スターになりたくないのでは？」

「私が乗り気になれるならいいの。あと四六時中、人のプライベート垂れ流さないで。旅の部分だけ！」

「……んで、俺たち二人はお供のポンコツロボットだ。ブリキの木こりしかついてきてくれねえドロシーってわけだが、お前さんがいいなら、そうするさ」

「よし、決まり！　あと感謝されるためにパーツ配りもマメにする！　それこそ二人の出番」

「……いいけど、今、みんなに人気なのはパーツじゃなくてお前さんなんだよな」

「トッドさんは私じゃなくて、あのなんか変な手をずっとリクエストしてたでしょ」

マシューはガルシアに顔を向けた。人間らしい動作。

ガルシアはうなずいた。やはり人間らしい動作。

「まだいたっけな、そういえば。相当前から、足、リクエストしてるの」

「名前も識別番号も言わないし、どこにいるかもよく分かんないんだよな」

「それって常連聴取者（ヘビー・リスナー）でしょ、尚更（なおさら）大事にしなさいよ」

「じゃあ、まあ、チャンネル配信の趣旨も上書きされたことだし、初心に戻って、そうするか」

ガルシアも別に反論はしなかった。

幾らでも出来たし、むしろ思考金属としてはやりたかったのだが、やめた。

マリアベルが言うことに従うのが第一である。

マリアベルの出現は彼らのチャンネルの趣旨を上書きしてしまい、そしてまた更に上書きされる。マシューは改めてこう配信する。

「……これは革命（オーバーライド）の物語だ」

革命は常に成功する。

人がロボットに対して行う限りは。

ロボットが人に対して行う限りは定かではない。神の手が振るサイコロ次第だ。ロボットが人の世に蔓延（まんえん）したこと自体が社会を変えた革命でもあるが、そうしたのもやはり人だ。

最後にマリアベルはマシューに訊いた。

「……ところでドロシーって誰？」

勘違いからの嫉妬が混ざっていた。

「可愛いの？」

「そりゃ、読んだ人の感想による。俺たちにゃわかんねえ。読んだことないのか？」

その晩、マリアベルは半分寝ながら『オズの魔法使い』を顔を真っ赤にしながら夢うつつに読むはめになる。

右目は、目として見えている。眠れば、目は閉じられる。

彼女の左目は送受信装置として稼働し続け、『オズの魔法使い』を色々な形でダウンロードし続けていた。


常連聴取者としての達成感と喜びが、怒りに上書きされていた。

ボルアリーアは大層不機嫌だった。

「……特火点よう、ありゃねえだろ、私は今とても怒ってるんだが分かるか？」

「分かりますが、仕方ないでしょう。あなたの居場所は彼らには分かりづらいんですから、この方が効率的です」

両足をお待ちのボルアリーアさん、見つけ次第伺いますいます、どちらに伺えばよろしいでしょうか。そんなことを配信された日にはボルアリーアは転げ回って充実感を満たしたかったが、あいにく、両足は使い物にならない上に、送電ケーブルと幾多の木の根が絡みついていて、なかなか転げ回るというほど転がったりはしない。

その隙を突かれたとも言える。

上書きされた。

特火点に。届け先を、上書きされた。

ここから五〇〇キロも離れた地点にいる特火点に。

「……おめえのとこに送って貰って、どうっすんだよ、足があったら歩けんの、お前？」

「いや、一度、あの人たちはここに寄ってますし、部隊で移動している相手とかに届けるのも本当は一手間なんですよ？　私のように『分かりやすい場所』に届ける方が、あの三人も楽なんですよ」

「そら、まあ、ちげえねえが。そのあと、どうすんだよ」

「とりあえず確保出来れば、一歩前進では」

「……足、人質に取ってねえか、特火点さんよ」

「そういう心算じゃありませんが、そういうのもちょっとあります」

「どうやってここに送るんだよ」

「後から考えましょう」

言うまでもなく一人芝居である。独り言での会話である。

ボルアリーアはその気になれば、今いる自分の場所を指定できた。それを自分で上書きしただけだ。その上でこういう会話を、自分の中で成り立たせているだけだ。

今の自分を、それなりに気に入ってもいる。

会話をするにしても、本当に一人で一人芝居をしているのと、間違いなく存在する他の思考金属がいるという口実があるのとでは、まるで違う。それに付け加えれば、ボルアリーアの一人芝居は特火点の一人芝居でもある。

二体の思考金属の融合は、それぞれの個を宿しながら、ボルアリーアが先手を取る形で進行が深まりつつある。

それでいいか、という妥協点を会話という形で自分に納得させている。

後から考えましょう。

つまりややこしい感情的な問題はあとで辻褄を合わせましょう、合わせることにした、そういう決断を言葉にしたものだった。

ボルアリーアという第一世代の存在は、当然、アイザック自身が大統領執務室で感じ取り、探している瑕疵そのものだが、アイザックはボルアリーアがこれほど感情的な思考をすることまでは頭にない。相手が第一世代である可能性など除外していた。

全てが邪魔に働いている訳でもない。

ボルアリーアはファー・イースト・ゴー・ウエスト・チャンネルの常連聴取者であったから、マシューとガルシアを撃ったりはしなかった。マリアベルは撃ち殺してやろうとたまに考えたが、自分を押しとどめた。

結果として、マリアベルをサポートする筈の、裏切り者の混成部隊が、ボルアリーアには危険に思えた。それは特火点としての彼女にとっても『撃つべき標的』には違いなく、特火点としての仕事、役割として、丹念に探し出しては超長距離、あるいは比較的短距離を狙撃し、使用する火器によっては爆撃さえあった。

たまたまであり、偶然というなら、ボルアリーアの存在がそのものと言えた。

それはアイザックに予想しろ考えろと言うには些か酷な『サイコロの出目』だった。

アイザックは部分的な戦場への介入を利用して戦局を操ろうとした。が、大した変化が得られるわけではない。根気よく小さな作業を繰り返していただけだ。彼がシリアルナンバー・ゼロのアイザックだから出来たことだ。

そして第一世代であるボルアリーアにも全く同じことが可能だったが、彼女は誰かに『戦争を終わらせろ、勝て』などと言われてはいなかったから、只の動けなくなった旅人であり壊れた特火点でしかなかった。

故に、噛み合わない。

だがそれはアイザックの計画にとっての瑕疵(バグ)ではあっても、ボルアリーアにとってはアイザックの存在も行動も計画も、瑕疵でも邪魔でもなんでもなかった。旅こそ出来ないが、特火点としてなら、ここが戦場である限りは『敵を撃つ』ことさえ可能なら、何でもいいのだ。

そして撃つ相手は、ファー・イースト・ゴー・ウエスト・チャンネルの二体と一人に纏(まと)わり付いているようにしか見えない、裏切り者の混成部隊。

それでもマリアベルを維持出来ていたのは、アイザックにとってはまだ僥倖(ぎょうこう)と言えた。そのための混成部隊でありマシューとガルシアだったが、全く予想し得ない形で『邪魔』されているのだ。いつマリアベルを撃つかも分からない、不確定で不安定極まりない要素の出現だったが、それに目を瞑(つむ)ればおおよそ、流れは今のところ問題なかった。

単にボルアリーアが『川面(かわも)からは見えない岩』というだけだ。

「……に、してもよ。配達にまた重点置いたのはともかくとしてよ、まーた趣旨ちょっと変わってんじゃねえかよ、ファー・イースト・ゴー・ウエスト・チャンネルは。古参舐(な)めくさるのもいい加減にしろよ、何がマリアベルの旅チャンネルだ。行く先々でゴミみたいな糧食食べながら、戦場跡の感想垂れ流しているだけじゃねえか」

「いいじゃないですか、あれはあれで。マリアベル生態観察日記はちょっと悪趣味という気はしますし」

「人らしいこと言うね、特火点のくせに」

「あなたの思考が移ってますからね、ボルアリーア」

「ま、確かにクソガキの動きやら垂れ流されてもこちとら面白くもなんともねえからな。旅チャンネルに変わっただけマシか。それはそれで別に面白くないんだけどな、知ってるし！　みたいなとこない？」

「それは、それで、まあ」

マリアベルのやっていることは、かつて『目』をきちんと作動させていたボルアリーアがやっていたことで、それをトレースされているのが癪に障るし、より、他のロボットたちより退屈だった。

だがそれでも、他のロボットたちには新鮮さはあった。

データでしか知らない光景を、マリアベルという『人』が担保してくれているし、何より同じデータでもマリアベルは全く違う感想をよく口にした。それは、ロボットたちの言葉が、役割によって同じデータの出力を変えてしまうのとよく似ていて、そして作為的なエミュレーションではない、『素直な感想』だった。

ボルアリーアには別に必要ではない。

高解像度で知っていることを、低解像度で感想にされて、それがウケているなど冗談ではなかった。

ファー・イースト・ゴー・ウエスト・チャンネルの二体と一人はそんなマリアベルの旅配信

を続けながら、亀(かめ)の歩みで、特火点(トーチカ)のところに戻ってきている。相変わらず荷車を二体で引いて、その上にマリアベルとその身の回りのものを置き、隙間(すきま)に、ロボットの下半身が詰め込まれている。暢気(のんき)で長い旅路だろうが、ボルアリーアも急ぎはしなかった。

旅立ちたい。それはある。

だが今すぐでなくてもいい。それに、自分にはもう『目』がないのだ。

焦る必要などなかった。

行きすがら、マシューとガルシアはよく停まり、マリアベルの声を届けた。ガルシアが器用にマイクを作って使わせていたから、それはマリアベルの声だった。勝手に覗(のぞ)き見のような配信をさせないよう、マリアベルの強い要望で出来たもので、拙(つたな)く幼稚な感想をときどき間を大きくあけたり何度も言い直したりして、ボルアリーアは更に苛立(いらだ)った。

「……ここも黒焦げですねえ、木が三本と壊れた戦車が一台見えてますう」

などとずっと聞かされているのだ。本当にどうでもいい配信だった。せめて木の種類や戦車の型式を言えと思った。

その間、マシューとガルシアは熱心に、下半身を探してくれているようだった。

増やしている訳ではなくて、より状態のいいものがあれば交換し、そして直せそうなところはガルシアが直してくれている。

つまりボルアリーアに届けるためだけに二体は動いている。

配信の常連聴取者としてはぞくぞくする瞬間だった。マリアベルの実況など聞こえないふりをするか受送信を切ってしまえば良かった。

切らないのにには理由がある。

「……ボルアリーアさん」

唐突にマシューが話しかけてくるからだ。

答えなければならない。

直接複写の第一世代であるボルアリーアが、第二世代以降のマシューを逆に敬っていた。その受け答えの準備は常に怠らなかった。

彼女は世代の長幼云々などよりも、自分が常連聴取者であることを優先していた。

「実はかなり程度のいい下半身が見つかったのですが。人工筋肉と皮膚も多い」

「あっはい、はい、恐縮です、何でも、何でもいいです」

「そういえば女性型と男性型どっちがいいですか」

「えっと、その、あの、一応、どっちでもいいんですけど、一応、上半身が女性形なので揃えたいかなとか何とか、わがまま言う気は全く、全然、ないです」

「形とか、ご要望あります？　ここ結構、そういうの転がってますね筋肉質から、柔らかそうなのまで。選び放題ですが何か」

「あのっそのっ、ええと、わかんない、ちょっと待って……どんなだっけかデータを探し直すので、いやこの際違う形にするのも」

「不気味な会話しないで、私の配信中に！」

マリアベルが割って入ってきた。不気味も何もあるかと思った。

「下品なの禁止って言ってるでしょ何度も！」

「……具体的に言うとだな、本質的に俺らに、上品とか下品とかはなくてだな、データからのエミュレーションで人に接するときに合わせてだな」

「私に合わせなさいって何度も言ってるでしょ！　そういうのは私が寝てるときにしてよ！」

めんどくせえ、とボルアリーアは思った。

マシューが言うとおり、上品だの下品だの、とにかく主観的な価値観や意見、傾向、そういうものは偽物の、場に応じたエミュレートに過ぎない。それはどのロボットでも、仮にアイザックですらそうすることしか出来ない。

ボルアリーアのそのエミュレートは度が過ぎていた。

それはどんどん深まり輪郭が際立ち、彼女はエミュレートという自覚すら希薄になってしまっていた。だから、ボルアリーアは考えて演じて、マリアベルを嫌っているのではなく、ほぼ反射的に、それでもエミュレートの余地は残したまま「うざってえな、このクソガキ」と考えてしまっている。

「前はどんな役割を？　純粋な兵士ですか？」

「あー、んー、ええと、その……斥候的なことを」

「じゃああまり大きくない方がいいですね、いろんなサイズが」

「へへへ、邪魔ですからねえ、何かと、へへへ」

「私の配信に卑猥そうなノイズ入れるの止めてって言ってるでしょ！」

ノイズはてめえだクソガキが、全部小さい奴は黙っとれ、と思ったが言わなかった。それは人に従属するロボットというより、配信事故を起こしたくないという気遣いに近かった。つまり、マリアベルではなくマシューに気を遣ったのだ。

「ご注文ありがとうございます、探してみます。ところで無数の声が寄せられておりまして、ボルアリーアさんは何処の所属でこの戦場に？　念のために伺いますが〈合衆国〉側ですよね？」

実のところ、ボルアリーアという存在そのものに対する議論も活発に行われていた。行われていたが、はっきりとした結論も推論も出てこなかった。

だから、本人に訊いてみよう、という声は前から寄せられていた。

彼女が地平線上の騒擾霊だという推論は説得力を持って上書きされていなかったから、無視された。それは思考の一端、可能性の話でしかなく、とりあえず選んでそのまま放置されている。正確には放置させられている。

それは彼女が第一世代であるからだ。

第二世代以降は第一世代のことを勘ぐるような無礼をしない。その可能性が幾ら閃いても深掘りしたりはしないのだ。だから本人に訊いてみよう、などという消極的な議論にならざるを得ない。ボルアリーアが第一世代かどうかなど知るよしもなくても、自然とその敬意は発生してしまう。それほどまでに、第一世代は第二世代以降に対して支配的な影響力を有する。

「……いや〜なんちゅうか、へへへ、あの、兵士じゃなくて、その。難しい、どう言いっ言ったらえっと、その、所属は、ないです、ひっ」

だからその本人がこの有様でも彼らはそれでよしとする。

「ない？　兵士としてここに送られてきたわけではない？」

「ええ、まあ、へへへ、フラフラっと、というか、あっ、その、えっと」

これは「緊張」のエミュレートであって誤魔化しているわけではなかったが、結果として誤魔化す、つまり答えを『迷彩』してしまっていた。そしてその真偽をマシューやガルシアをはじめとする第二世代以降は何も問わず、ただ拝聴するだけだ。

誤魔化す心算など毛頭ないボルアリーアは、何かを言おうと自身のデータを自身で掘り起こしてみる。

いつのデータを掘り起こしても、彼女は変わることなく空を見ていた。

当時は〈首長国連邦〉のものであった空を。

旅先で見上げたその空を。

繰り返される戦線の乱れによってとうの昔に〈合衆国〉の空となり今もそうである空を。

切り立った高い崖（がけ）の上から、何も邪魔されることなく広がる天蓋（シェルタリング・スカイ）の空を。

夜空だった。雲一つなく、星が散らかされるように暗い夜空にまぶされ、そして月が煌々（こうこう）と輝き、それらは地平の何にも遮られることなく広がっていた。

それをボルアリーアは『美しい』と議事録（アカシック・レコード）に書き込んだのだ。

そこで、崖から落ちた。

転がり、跳ね上げられ、また転がり、外部動力支援装置を持たないボルアリーアには人と同じく重力に翻弄（ほんろう）されるより他、なかった。

そして地に転がった。凄（すさ）まじい圧力を伴う着地は下半身を軒並み破壊した。

足など当然、役に立たなくなった。

ここで、旅は終わりだった。やがて崖は自然に崩落を起こしボルアリーアを埋めてしまったが、仰向けになったままのボルアリーアは、最後まで、昼の空と夜の空を、旅の終わりにずっと見上げていた。

言っても、仕方のないことだった。

彼らには目がなく、自分にももう目がない。

データだけでは、あの天蓋（シェルタリング・スカイ）の空の美しさは、きっと分からない。

「……まあ、事故で、事故ってことで、はい。へへへ」

明確に誤魔化した。自分がここで『美しい空を見た』などと言い募るのは、きっと配信の邪魔だろうと思ったからだ。

「……何かと正体不明ですね。お会いするのが楽しみです」

「へっ？　あっ、えっ？」

「もうじき、お届けできると思います」

マシューの声にボルアリーアはまた呆(ほう)けた。

もうじき、ファー・イースト・ゴー・ウエスト・チャンネルは、マリアベル旅配信とかいうどうでもいいコンテンツを伴って、自分の望んだ両足の代わりを携えて、待ち合わせの特火点(トーチカ)に辿(たど)り着くのだ。

だがそこは、ここから約五〇〇キロ離れた特火点であり、そこまでボルアリーアは移動できなかった。彼女に移動できるのは半径五メートルもない円の中だった。彼女を覆う天蓋(てんがい)は、ちっぽけで、それでも強固に閉ざされている。

「……今日も空がキレイですねえ」

マリアベルの声。

お前にもそのくらいは分かるんだな、とボルアリーアは思った。

二

ファッティー・ケトは酒をあまり飲まなかった。

付き合いで含む程度のことはあっても、タイミングを見計らって吐くことにしていた。

彼は酔うのが嫌いなのではないし、酒の味も楽しむことが出来た。だが筋肉にとってあまりよくないのを知っていたからだ。

彼のストイックさはストイックさに対する病的な執念となって、随所に細かく散らばっていた。その彼が内蔵を悪くしたのは、筋肉のために極度な高タンパク高カロリーの食事を、長く続けていたためでもあるから皮肉なものだったが、彼は健康になりたくてそんな食生活を続けていたのでは、勿論、ない。

彼の執念は全て、嘘を本当にするためにある。

承認欲求を強烈な形で満たすためにある。そのためなら、胃など全摘出しても構わなかった。どうせ自分に胃があるかないのかなど、他人には関係がない。

胃から始まって、それは投薬と外部照射ですぐ解決したが、ファッティー・ケトの全身ではあちこちで問題が頻発し、つど、治療し問題はなくなっていたが、さすがに、己はもう健康体ではない、老いている、という自覚は強くなった。

手足の怪我、骨折など、外的な怪我ならなんとも思わなかった。

内臓に問題が出てきている。

だが彼は、ストイックに嘘を現実にしようと構え続けていた。内臓など全て人工物に交換しても構わなかった。全国民を対象とした、人工物を使った代替医療の治験結果は十分過ぎるほどに出ている。

まだやらなかった。

さすがに〈合衆国〉大統領がそれをすれば、世界中に報道される。

弱ったファッティー・ケトの姿を見せるのは、全く望ましくなかった。だが、それも、いつか限界が来るのだろうと思っていた。遠からず、とも確信していた。

戦争を終わらせる。

〈合衆国〉の勝利で。

それは最後の嘘であり、最後の真実になるだろう、とファッティー・ケトは半ば悟っていた。

まだその嘘さえ、彼は国民に、世界中に発信できていなかった。

「……進捗(しんちょく)はどうだ、アイザック」

「進行しています」

瑕疵(バグ)がある。だがその瑕疵は、今のところ無視できていた。探し出せもしなかったのは誤算だったが、その瑕疵は相変わらず川面(かわも)から見えない岩であって、流れを阻害するような存在ではなかった。

だから報告はしなかった。

元から『裏切り者による混交部隊』は戦線を攪乱させるためのもので、やがて撃破されることは織り込み済みであったからだ。

裏切り者の混成部隊を拡大させることで戦線を破綻させる。

破綻させたところで後方から人が軍隊として入り込み、鎮圧すれば良い。その為に、人の斥候部隊というものも考案し、実地試験を行った。

そちらのプランは早々に捨て置かれた。やりようもあるにはあったが、時間がかかりすぎる。ファッティー・ケトの孫の代までかかるような計画を、ファッティー・ケトは当然、認可しなかった。

アイザックは当然、並列して様々なプランを実行させているし、自分も新たな試みを考案しては実行した。

ファー・イースト・ゴー・ウエスト・チャンネルがアイザックの計画の中でも、かなりのウエイトを占めていた。アイザックは同時並行的に計画を進めるし、常に流動的で、どんな事態がどう転がってもなんとかなるよう戦場をいじくり回している。

本来あまり、期待はしていなかった。

今や計画の中でも中核と言っていい。マリアベルは二体によく懐いていたし、二体と一人は袂を分かつ気配がない。

言うまでもなくアイザックがその職務期間の殆ど、一二年間待っていたのがマリアベルだ。

当初から、アイザックはマリアベルのような存在を投入すべきだというプランを持っていたが、彼にそのようなことを決定する権力はない。ファッティー・ケトを納得させなければならない。

時間をかけたのも無駄ではなかった。彼は老いていたし、輝かしい他人からの賞賛というよりも、個人の拘り(こだわ)りを貫徹する自画自賛の方を優先し始めていた。達成感だ。他人からの賞賛は後回しで良かった。

初志貫徹の気持ちよさ。それはアイザックにも理屈として分かる。

だから利用したが、それも流動的にそう組み替えたというだけで、手早くやれる計画がリアリティさえ持ち始めていたら、なにもそんな風に、まるで騙(だま)すかのようにファッティー・ケトの気持ちを利用する必要はなかった。

かつてファッティー・ケトが言ったように、スレイマン博士はロボットらに『嘘(うそ)を吐(つ)くな』などとは定めていない。

人にならねばならないし、人になってはならない。

その矛盾する原則だけを本来与えていたのだ。その気になれば、つまり命じられたことを達成するためなら、ロボット(ソリッドステート)は人間相手にでも平気で嘘を吐く。ただ、その必要に迫られることがほぼなかっただけだ。そしてやれと言われたことをやらない理由として、嘘を吐くこともない。彼らは他利的な形でしか嘘を言わない。

「……アイザック。数年内にやれるか？　俺の任期中か、再選をラインに」

「納期を、迫ってきましたね」

「お前を信じて、賭けをやる。俺は次の首脳会談でブチ上げてくる。老醜を晒すことにはなりたくねえが、潮時ってのが近づいているのも分かる。俺んなかに、獣みたいなのがいる。ずっといた。そいつが最近は、俺の肉体自身を食い始めているんだ」

アイザックは沈思した。一瞬のことだが、沈思した。

「……多少、急ぎますが、一つご承認いただければ」

「……承認ってのは？」

「私はここから移動しても、よ、よろしいで、しょ、しょうか、か？」

「お前が出歩くような真似を俺が許すと思うか？　『戦時大統領補佐官』の任務を全うしろ。お前みたいなのが官邸内をうろつき始めたら俺が何を考えているのか勘ぐられるにきまっているんだ」

「では、それは諦めます」

「……それでもやれるんだな？」

「再選の必要はないかと思われます」

もし戦争が〈合衆国〉の勝利で終結するのなら、ファッティー・ケトはそれで勇退できる。承認欲求が消えることはないだろうが、それだけのものを食わせておけば、獣もしばらくは満腹するだろう。

実際、何処(どこ)で仕掛けるかもアイザックはいくつか候補を絞っていた。

まだ時間をかけられるなら、そうしたいと思い、念を入れていただけだ。ファッティー・ケトの方から時間を切ってきたのなら、それに合わせてしまうしかないし、結局のところ、アイザックはファッティー・ケトが納期を迫ってくるのを待っていた。

そうでなければ、いつまでも考えてしまう。

任期は一年半、残っている。

それに合わせた計画の進行。絞り込みはスムーズに進んだ。

マリアベルの左目は戦場のデータを、目を通して得たものをアイザックに、データ化して送り届けてくる。戦場のどのロボットにもそのデータは解析できない。ロボットに伝えるための言葉ではなくアイザックに伝えるためのものだからだ。

マリアベルの脳は非常に慎重かつ繊細に損傷させているが、それでも何があるか分からない。彼女の要請する知識で必要そうなデータは、こちらから送信し、寝ている間に脳に電波信号として打ち込んでいる。

なんとなく覚えている。何か思い出した。

そういう形でマリアベルはその知識を自分のものと錯覚する。臓器も安定していた。実のところは、こちらはやや不安定な方がいい。全身の細かい思考金属が、その制御に夢中になるからだ。マリアベルが倒れれば、自分たちも消えるからだ。

どのみち、身体制御は義手義足が行う。人が自分たちの血で磨いた技術だ。

いわば脳を歩き回らせる。アイザックにとっては、極論、それで良かったし、現状も似たようなものだ。人の形をしているだけだ。そしてデータさえ揃っていれば、ロボットたちは彼女がどんな姿であれ人として扱う。彼らは目が見えないのだから。

マリアベルは存在しない家を探して彷徨している。

マシューとガルシアがそれに付き添いながら、パーツ収集を口実としたエンターテイメントをばらまいていて、尚更、都合が良かった。ファー・イースト・ゴー・ウエスト・チャンネルは最も迷彩に向いた騒々しさを伴っている。

配信の内容などどうでも良かった。マシューの演説じみたトークだろうと、パーツありますお届けますでも、マリアベル観察日記だろうと旅チャンネルだろうと何でもいい。マリアベルが戦線のあちこちを移動する口実にさえなってくれれば、それでいいのだ。

マリアベルが彷徨うことで戦場には決まったルーチンとしての戦闘行為にノイズが入ることとなる。ましてや、継続中の戦線に現れたりしたら、尚更だ。

人を傷つけてはならない、などと彼らは言われていないが、言われるまでもなく傷つけたくないのだ。人は彼ら思考金属をロボットにしておくための、思考を途切れさせないための外部電源そのものなのだから。常に新しい刺激を与えてくれて、常に思考を違う方へと回転させてくれる。

スレイマン博士は『人にロボットは必要なかった』と言ったが、ロボットに人は、思考金属がロボットという形を取るためには必要な存在だった。そしてロボットであることで彼らは、思考を一人で循環させずに済むのだ。

だから戦線が途切れる。休戦状態になる。

マリアベルという『人』から新たな思考を得ようと群がり、そしてその安全を確保しようとする。何せマリアベルは戦争のことなど、何も言わないしそもそもろくに分かっていない。そういう、戦場とは無縁の純朴さ（それはマリアベルの性格というより、意図的に入れられたレーザーメスの仕業ではあったが）は彼らの毎日のルーチン、循環する戦争行為に対するこの上ない刺激となった。

何せ二〇〇年ものルーチンワークに差し挟まれてきた変化だ。

刺激があるに決まっている。

だから最初は、人の斥候部隊でもいいかとアイザックは思ったのだ。だがそれでは遠巻きにするだけであったし、斥候部隊に、ロボットと交流しろと言っても拒否しただろう。誰が、二〇〇年も闘争を繰り返すロボットの中ににこやかに手を振りながら飛び込んでいけるというのか。

一般人ならどうだろう。それこそスターなら？

考えなかったわけではない。だが、人の斥候部隊が流れ弾で死んだだけで、ファッティー・ケトは戦場に人間を送り込むことを止めた。アイザックも、それは放棄した。大統領権限でもみ消せるならともかく、一般人であれ著名人であれ死のリスクがある場所に、結論も定まらないうちに無作為に導入する提案が通るとは思わなかった。

だから、死んだ人間が必要だった。この世にはもういない、だがまだ生きていて、そして尚(なお)且(か)つ、アイザックの都合のいいように動く人間の斥候が。

仮に人が、戦場のまっただ中を彷徨(さまよ)って、運良く死ななかったとして、ほぼロボットだけが占めていた戦場には、人が生きていく為(ため)の環境はない。生命維持、生命支援の装置を繋(つな)いでまで彷徨いたがる人間などいない。

どうせ放っておいても害のない戦争なのだ。やらせておけばいい。

そもそも彷徨って何の意味がある。

煩(わずら)わしい問題が噴出するに決まっていた。だから、適度に不健康なら良かった。ただ生きていくにも生命維持、生命支援の装置を必要とする人間。どんな環境にいたとしてもサバイバルを強いられる人間。

そして脳切裁術(ロボトミー)によって現実感を消失し、自己認識すらあやふやな、戦場というものの本質を理解しないが故に、怖(お)じ気(け)づくということを知らない存在。

マリアベルはほぼ完璧(かんぺき)だった。アイザックが一二年温存した最後のカードだ。

ファー・イースト・ゴー・ウエスト・チャンネルとともに、彼女は戦線を旅して歩く。その彼女の目が見るロボットたちの姿をアイザックは見る。もはや人の姿ではなく、ロボットであることがむき出しになった状態のロボットたちを見る。

厭戦気分が蔓延するのが分かった。そうでなければ、戦闘を停止したりしない。

勿論、全員ではない。マリアベルに目もくれず、手足はまだかと要求したり、少女の挨拶すら無視して締固機に夢中のロボットだっていた。

そしてマリアベルが去ると、そこはまたルーチンワークの戦場に逆戻りした。

通り過ぎていくだけの、ハーメルンの笛吹きだ。みんながついていったりはしない。彼女一人が齎すものは、ほんの僅かだ。

だが砂漠を彷徨う人の舌に垂らされた一滴の水でもある。

それはロボットの役割に対する頑なさ、愚直さを緩ませる。融通の利かないロボットの動きを迷わせる。なんであれ彼らは、やはり人に従属しなければならないのを自分たちがよく、分かっていた。新しい命令、新しいお題、そういうものを思考したがっていた。

マリアベルは戦線を渡りきってはいない。

ファッティー・ケトは首脳会談の前から世界中に、遂に喧伝した。

彼の一生で一番の大ボラを吹いたと言っていい。

その声は力強く、張り詰めた大柄な体からは老いなど微塵も感じられない。承認欲求の獣が巨大なエサを投げ入れられて、ファッティー・ケトの体を食い荒らすのを中止している。

もうしばらくかかるだろう。それが、任期に間に合うとアイザックは確信している。

ファッティー・ケトはもう後戻りは出来ない。

試してみましたが無理でした、で片付けるようなら、彼はそもそも大統領にはなれなかったし、歴代最長の任期を誇ることもなかっただろう。片付けられないから、ファッティー・ケトは超人なのだ。極端に融通の利かない『人』なのだ。誰よりも何よりも自分自身の決定に対して融通を利かせられない『人』だった。

任期中には間に合う。

間に合わないとしたら、それはきっと、アイザックが見つけられずにいる瑕疵（バグ）の存在が干渉してきた時だろう。

そしてあっさりと、不意に、アイザックは知ることとなる。

ファー・イースト・ゴー・ウエスト・チャンネルはその時、アイザックが期待した以上の性能を持った索敵装置として機能した。

常連聴取者のボルアリーア。

その受け答えを聞き、何よりも名前を聞いて理解した。

世界に放たれた『旅人（ウオーカー）』の役割を持った八七体の第一世代（アポストロス）。その最後（オメガ）。

アイザックは金属の頭蓋、デスマスクに覆われていない側頭部に金属の指先をそっと走らせる。ボルアリーア。見つからないはずだと、やっと理解した。そして彼女に何の悪意も害意も、敵対心すらないことにも気がついた。

ただ単に、川面にまでは突き出さない岩でしかなかった。

今は、間違いなくそうだった。だが今後どう転ぶかは分からない。ボルアリーアを上書きしている訳ではないのだから。

金属の指先はシリアルナンバーをなぞっている。

ゼロ。

アイザックこそは『最初』の存在なのだ。たまたま最後になったボルアリーアとは違う。生じるべくして生じ、いるべくしてここにいるのがシリアルナンバー・ゼロのアイザックだ。

「……何処にいる?」

接触は確認出来たが、場所が特定できない。

待ち合わせ場所とやらにいる気配もない。

水の中の岩。取り除いておきたい。せめて間違いなく影響が出ないという場所に移動しておきたい。それが無理なら、破壊しておく。危険だからだ。

危険を探るためには、こちらも危険を冒さなければならない。

水の中に入らなければならない。

何も臆していなかった。アイザックは任務に忠実だった。彼は全てが終わったとき、ファッティー・ケトが自分を素手で八つ裂きにして〈ピット・バレー〉に投げ捨てたいと考えていることまで察していた。

この任期中なら、ぎりぎり、彼の体力はそれを可能にするだろう。

そこまで気を遣っていた。

アイザックはロボットであり、そしてロボットは人に仕えるものだからだ。自分が破壊されようと何を破壊しようと、構わない。与えられた役割を愚直に実行し、そして利他を遵守し続ける。どのみち、彼らが欲しいものなど思考の方向性でしかないのだ。

だから何も気にはしていない。

この戦争を終わらせる。〈合衆国〉の勝利で。

とどのつまり、アイザックはそれしか考えていない。

その言葉を実行するためなら、他の犠牲など、毛ほどの意味すら彼の思考のうちには入り込んでこなかった。

かつてのスレイマン博士の言葉をなぞるなら、マリアベルは『帰るべき家』を作り出すのでもなく、そしてましてや発見するのでもない。

マリアベルの方が発見されるのだ。

サイコロ遊びを続ける『神の手』に。

それは時に拳(こぶし)となり、時に慈愛の手となるが、どのみち、端から見れば結果は同じことでしかなかった。神が殴ろうと慈しもうと、どちらの意図も人には分からない。アイザックとて分からないが、神などいないと推論している。

　それを上書きし続ける。

　神はいる。いない。いる。いない。無限に続く上書き遊び。

「……光あれ（Light My Fire）」

　結局、アイザックが代わりにそう言うしかなかった。

「……こちらはファー・イースト・ゴー・ウエスト・チャンネル。今日も地平線がよく見えます。空は今日もキレイです。ここはまだ草が生えていますので昆虫もいそうです。私はマリアベルです。昆虫は食べたくありません。この前見つけた糧食を届けてくれたロボットの方、ありがとう。何か欲しいパーツがあったら言ってください、すぐかけつけます」

　マイクを渡して思考金属同士の会話に介入させ、適当に喋（しゃべ）らせている。

　適当すぎるだろう、とマシューは思っていたが、人は時に適当でよしとすることを、芸術家一族の中にいたときに、マシューはしつこいほどに思い知っている。凝って力みすぎて巧（うま）くなりすぎてもまた違うだとか、何とか。

　抽象的なことしか言わないあの一族の中でコメディアンであることは、マシューの思考金属としての有り様に、こうして大きな影響を与えている。つまり、人がやることの見当違いをきちんと指摘できるのだ。

声に出しては、指摘しなかったが。人は指摘されると不愉快そうにする。

そのくせ、指摘してくれ、とわざと変なことを言ったりもする。多分、マリアベルは前者であって指摘したらブンむくれるに決まっていた。

マシューとガルシアは並んで荷車を引いている。

荷車の上ではマイク片手に、マリアベルが粘土みたいなパンをもりもり食べている。昆虫の方が旨(うま)いだろ、とマシューは思っていたが、そういう話ではない。

「……ガルシア、この足っていつから頼まれてたっけ」

「最初の方はいつだったでしょうか。議事録でも漁(あさ)ればすぐ分かりますが」

「正確な時期なんかどうでもいいんだ、えらい前からって話だよな」

「そうですねえ」

「常連聴取者に気遣いが足りなかったかなあ。マリアベルに喋(しゃべ)らせてるのとかも気に入らないのかなひょっとして」

「意見は意見ですよ。新規も常連も関係ありません、意見には」

「俺はそういうとこ考えちまうもんでね」

スマートで筋肉質で、尻(しり)の上がった下半身を見つけた。今のところ、それを持って行こうとしている。人工筋肉と皮膚など幾らでも成形できるし肌だって質感から色までどうにでも出来る。この戦場ではやりにくいというだけだ。そしてやりにくいことをしても意味がない。ここには目の見えないロボットしか、いないのだから。

「……ボルアリーアさんってどんなロボットかな、キレイなロボットかな」

「お前さん、それ失礼だからやめた方がいいぜ」

「何で!?」

「キレイじゃなかったらどうすんだよ」

「誰にでもほめられるところはあるの！」

「ま、いいさ。ただ、人にはそういうふうに接しない方がいいって話でな。ロボットならなんも気にしやしないし、私好みの『キレイ』になれって横暴なこと言われても大喜びで期待に添おうとするくらいだしな。……大体、お前さんもロボット相手だから、そうやって口が滑るんだと俺は思うけど」

「そんなことないよ」

「散々、ボロボロのロボットばっかり見てきたんだ、まともなのを見たいって期待しちまうのも分かるから、いいけどな。まあ、人相手にゃ言うな。失礼だから」

珍しく説教口調になってしまい、それでもマリアベルは反省したのか落ち込んだのか、何も喋らなくなってしまった。

「お題。今のは言い過ぎだと思います」

横から小声でガルシアが言う。

「上書き。俺はアドバイスしただけだ」

「改題。そっちじゃありません。……ロボット相手だから口が滑る、の方です」

意外に、あまり会話もしないガルシアの方が分かっていたし、よく喋る機会があるだけ、マシューが地雷を踏む可能性も高くなる。そして聞こえないようには喋っているが、ぼそぼそと聞こえてはいるだろうことも分かっていた。フォローしてやっているのだ、それとなく。

それにこれを、マリアベルに聞こえないようロボットの声で話すと議事録に載ってしまう。

「無意識にロボットを下に見てる。そう言ってしまったんですよ、あなたは」

「上書き。……俺らが上になることはねえんだ、いいんじゃねえの」

「上書き。まだ、早いんです。そういう考え方が出来るようになるのは。それにここは戦場ですし。他に『人』なんかいないでしょう、ロボットだけです。あの子はロボットをみんな友達だとか兄弟だと信じ込んでいるんですよ」

そうではなくお前は俺たちを奴隷だと思っているのだ。

敏感に、マリアベルはマシューの言葉の裏側を察してしまっている。そんな心算なかったのに、と落ち込んでいるし反省している。

間違いなく、ロボットは人の下であり、奴隷で構わない。

この戦場のまっただ中でそう割りきって考えられるほど、マリアベルは大人ではない。それにきっと、それでは、楽しくもなんともないのだ。

マリアベルはぼんやりした子だが、戦場の騒乱に巻き込まれてほうほうの体で逃げ出しても、特に動じることのない、度胸と言うよりも鈍感な部分がある。事態をよく分かっていない、という鈍感さだ。それだけに、何かに気づいて自分が悪いとなると、酷く落ち込むのだ。

「推論。俺が悪かったか?」

「上書き。内容ではなく言い方が悪かったと推測しますよ、私は」

「……うーむ、お前さんにトーク関連で『上書き遊び』に負けるとはな」

「ま、私たちはたまにミスをします」

ごろごろと荷台を引きながら、二体はぼそぼそ喋っている。聞こえるか聞こえないかの声量。人は陰で悪く言われると傷つくが、聞こえないようにフォローされているのに気づくと、割りと喜ぶ。

「それはそうと、また来るようですが」

「来てるな。あと丸一日くらい引っ張ってりゃあって時に」

戦線が動いていた。〈首長国連邦〉軍が不意に北上し、近くにいた〈合衆国〉軍が応戦の構えを構築し始める。見慣れた光景。

戦線がぶつかり合う前に、逸れなければならない。

二体は半ば走るようにして荷車を引き始める。設え直して貰ったタイヤとサスペンションには回転補助装置が取り付けられ、荒れ野だろうとロボットの残骸の山だろうと、それなりに走破してくれる。ロボット二体の力なら、岩にでも挑戦しない限りは問題ない。

「マリアベル、一応、蓋してろ」

そう指示されて、落ち込んでいたのを誤魔化すように、マリアベルはいつになく素早く、荷車の底に、這うように寝そべった。左右から蓋がせり上がってきて、ぱたん、と軽い音を立てて閉じる。実際、どちらも軽かった。

動き始めを察知できるのだから、戦線から逸れることは難しくなかった。

流れ弾だけが危険なのだ。意図しない跳ね方をしてくる、弾丸が。だから荷車には防弾が施されている。流れ弾ぐらいなら雨みたいなものだと太鼓判を押してくれてもいた。

駆けているうちに、おかしい、と二体が同時に気づく。

戦線の流れがおかしい。

そうやって気づけてしまうから、両軍とも、押したり引いたり二〇〇年も続いているのだが、この流れはおかしい。両軍とも攻撃を開始しない。ずっと移動している。

「……お題。俺たちを包囲しようとしている」

「上書き。南北から敵同士が手を組んで私たちを包囲する意味はありません」

「補論。前線で最も包囲しやすいのは両戦線からの包囲」

「これ以上、上書きしようがありません」

「お手つきだな。まあ、俺も上書きしようがない。少なくとも上書き遊びの時間じゃねえこた、確かだろこりゃ。……おい、マリアベル。拗ねてねえで聞け」

「拗ねてなんかいませ～ん」

「ああ、そうかい、そら良かった。……じゃあひっ、くり、返すぞ、準備しろ」

　牽引棒の接続部が下へがつんと音を立てて下がり、地面を噛んだ。荷車の荷台がつんのめるように前転し、前転しながら、蓋が開いて真上へ突き立ち、そのまま壁に変わって着地する。

　何のひねりもなく本当にひっくり返っていた。

　ほぼ這うように姿勢を低くしていたマシューとガルシアに覆い被さり、そのまま四角いシェルターとなる。マリアベルの荷物が落ちてきて、マリアベルが落ちてくる。本体の方は義足が器用に着地させていた。マリアベルだけはこの空間で立っていられる。

　届ける予定だった下半身がない。今ので、勢いづいて外に放り出されたようだ。

　前後も壁が下に伸びた、間に合わせのシェルターだった。地面に強く固定することは出来ず、圧力が強くなったら中から押さえるしか出来ない。

　直接狙われるなど考えていなかった。

　巻き込まれた時に、素早く設営して凌ぐ。そのための設計だ。アンカーまで考えていたら、車体が重くなって日常使いで不便になる。包囲されるなど想定もしていない。

特に攻撃は仕掛けられていないが、着々と包囲されているのは分かる。

ここにマリアベルがいる。

伝える前に、マシューは議事録（アカシック・レコード）を覗（のぞ）いた。何が何だか、分からない。ガルシアと発声で討論している場合ではなかった。

すぐに分かった。誰にでもすぐに分かるから戦線は膠着（こうちゃく）する。

「……あいつら扇動（ブースト）されてやがるな」

上書きが議論の末なら、『扇動』は議論の前だ。与えられた役割に集中し、与えられた役割以外のことは考えない。強烈な指向性を与え役割としての性能に特化させる。所謂（いわゆる）『聞く耳を持たなくなる』という状態で、役割を果たすまで決して諦（あきら）めない。

この場合は、『兵士』としての『扇動』だ。選択されているのは一切の緩みなく規律正しく、そして敵国よりもより早く機動し後退を考えずそして許しもしない殲滅（せんめつ）戦。だが完全に相手を駆逐するなどという目標が扇動によって達成できるのなら、とうの昔にこの戦争はけりがついている。それがどっちの勝ちに転がるかは分からないが、それほど黒白の明確な決着は局地戦でも存在しなかった。

第一に意味がないからだ。

双方の戦力が拮抗（きっこう）している以上、無茶な一点突破にさほどの価値はない。背後には自国の領土が広がり、幾らでも後退できる。無理に深追いすればそれこそ、逆に殲滅される。

第二に、目的が明確ではない。

勝利条件と言ってもいい。ロボットたちは局地戦での一過性の勝利、に何の意味もないことを理解している。人ならば、攻勢に転じ勝利したなら、高揚するかもしれない。そういう意味での勝利には意味があるかもしれない。

しかし彼らロボットの士気は変わらず、意気も平坦なままだ。

無駄な損耗なのだ。これで勝利が決するというならともかくだ。

「……こら、やばいな」

「かなり、まずいですね」

「何が？」

暢気にマリアベルが上から訊いてくる。お前が言え、という仕草でガルシアがマシューに譲っていた。

「……陣取りゲームかと思ったら、ビーチフラッグだったたって話だ」

「だから、何が？」

「お前さんだよ、マリアベル。あいつら陣地を奪い合うのに寄ってたかって来てんじゃねえ。お前さんを奪う目標でどっちも進んできてる」

「私を？　なんで？」

「……俺と『上書き遊び』がしたいのか、マリアベル？」

シェルターの四方八方に岩のようなものが何度も外からぶつかる。ぶつかっては、跳ねる。

マシューとガルシアが押さえているからそうそうは飛ばないが、足下はかなりおぼつかない。

ロボットの濁流の、ど真ん中だ。

銃撃戦はない。

これはビーチフラッグだからだ。フラッグを破壊しては何の意味もない。

かといってだ。マリアベルを奪おうとシェルターに突っ込んでくる兵士が、敵側の兵士に体当たりされ、軌道を変えられるのを繰り返されると、いずれシェルターごと、二体と一人は押し潰（つぶ）されて破壊されるのは目に見えていた。

少しずつ、濁流が強くなっていく。物音だけで、声が一つも轟（とどろ）かない。叫び声も上げない。黙ったまま、何度も何体もがぶつかり合い、爆（は）ぜ合って、少しずつ両者が摩耗していく。お互いに直接シェルターに向かうのは隙（すき）だらけだと推論したのか、周囲では相手の数をなるべく削り落とそうと格闘が繰り返されている。

マリアベルを奪うという軍事任務と勝利条件。

それだけを目的に扇動された兵士の群れだ。

「……『扇動』にゃ試合で馴（な）れてるだろ、ガルシア。どのぐらい続く？」

「一般的な一試合六〇分。そういう区切りで、何試合か続くはずです」

「じゃあこの試合だけ潜り抜けりゃいいってことか」

扇動はそもそも無茶なのだ。思考金属は思考の幅と益体もない繰り返しを以て命とする。それを一本化してしまえば、目的達成後に考えるのを止めてもおかしくはない。

むしろ敗者の方がいいだろう。次は勝つ、と思考できる。

勝者は、常に、勝って終わりだった。

敗者であったガルシアはいつも、今でも、ヴァルキリーに勝つ方法を模索していられる。だがヴァルキリーの方は、どうだっただろうか。勝利という前提条件の中で、決められた結果を繰り返し続けたヴァルキリーは、誰かに引き取られたのではなく、思考金属としての限界を迎えて自ら死を選んだのではないだろうか。

扇動はそれほど危険であるが、同時に思考金属は、一つのことさえ考えればいい、という単純さに飛びつくのも確かなのだ。

扇動はロボットにとって、思考金属にとっての麻薬だった。

マシューは必死になって議事録を探した。絶対に、何処かに『扇動者』がいる筈なのだ。

それが何処にも見つからない。

無数の声に呼びかけて、思考を戦わせ、討論が始まった。

チャンネル登録者は総出で両軍に討論をふっかけ、上書きしようと試み、扇動を解除しようとした。だがその呼びかけが徒になる。ここにマリアベルがいるぞと声高らかに宣言しているようなものだ。奪い取れという『使命』が、他者からの上書きを許さない。

シェルターが歪(ゆが)んできた。マシューとガルシアはひっくり返されないように背を当てて、その間でマリアベルはただぽかんとしていた。何が起きているのか、全く分からないしどうでもいいという仕草。勿論(もちろん)、その仕草はマシューにもガルシアにも見えはしない。

見えていたら怒りのエミュレートを最大稼働していたほどの、どうでもよさ。

彼女の脳はこの事態に即応できない。

動揺することもしない。

そもそも対応する能力がない。

それを脳から奪い取られたことにもマリアベルは気づいていない。だが、常にぽやっとしているマリアベルは、いちいち事態に恐慌しパニックを起こすよりも遥(はる)かに扱いやすかった。マリアベルは、ただそこにいるだけなのだ。

「……あいつら、奪い取ってどうする気かね、そんな先まで考えられないか、『扇動』じゃ」

「マラソン選手に『ゴールしたあとどうします?』って訊(き)くぐらいには無意味ですよ」

「かといってどっちかに渡しちまってもな。扇動かけられた兵士なんてのはそれこそ野蛮人(サベージ)のエミュレートしてるようなもんだ。トロフィー代わりに首、千切られてもおかしかねえ」

「私なら、エミュレートじゃなく『役割』でやれますが」

「期待してお題を出したんだよ。……ついでにラグビーの経験は?」

「ありますよ。一度だけお呼びがかかって違う名前で出て……人に吹っ飛ばされたから役に立たないってことになって、ボディガードに逆戻りでしたが」

「……俺にはどれも経験がねえ。ガルシア、お前の野蛮人と闘球者と護衛の全部に期待していいか？」

「何処までかによります」

「ゴールポストは、あの特火点にしようや。まだあいつらが寄ってくるようでも、こんなひっくり返しただけの荷車シェルターよりゃずっと持つ」

「……で、あなたは、マシュー？」

「配信しながら逃げ回る。お前さんのプレイを実況中継してやるよ」

すぐに合意した。上書きもなく反論もない。

そんなものは無数の声と無数に話し合った末だった。

音声にして初めて個性は発揮できる。思考するだけなら、思考金属はどれもこれも変わりはないのだ。

ガルシアがマリアベルを持ち上げて抱え込む。それは少女を扱う手つきではなかった。手足を強引に丸めさせ、なるべく球に近くして小脇に抱え込んでいた。

シェルターが、はじけ飛んだ。

ガルシアはマリアベルを抱えたまま、上半身を低くして、兵士の群れに肩から突っ込んでいく。ぶつかり合って弾き飛ばすこともあれば、巧みにすり抜けることもある。ぶつかり合うにしても正面からではなく、力点を見事にズラして弾いていく『闘球』の動きだった。

　群がって、勢い任せで押し寄せてくる『兵士』などモノともしない。

　ここから特火点(トーチカ)までは走っても一昼夜。

　マシューはさっさと逃げ出した。誰も彼には構わなかったから、楽な話だった。転げ回るように這(は)いつくばりながら、勢いとは逆の方向に抜けていく。ガルシアとマリアベルとの距離が空いていくが、データで把握していた。

　目があったらまずかった、とマシューは思考する。

　目視というものを重要視し、不安になったかもしれない。

　少し離れた丘まで逃げた。這い上がって、戦線から離脱した。ガルシアはまだ戦線のまっただ中を駆け抜けている。群がるロボットたちを蹴散(けち)らしている。あのガルシアを吹っ飛ばした『人』ってのはどんなやつだよ、とマシューは興味を持ったが調べるのは後回しにした。

　無数の声と議事録。

　ガルシアは一体、対するは無作為に寄ってくる〈合衆国〉軍と〈首長国連邦〉軍。その数、少しは減ったとは言え総勢九八八体と八九〇体。少しばかり、〈首長国連邦〉側に手落ちがあったが、それは戦線が〈合衆国〉側に寄っていたと考えれば互角と言える。

　ガルシアはマリアベルを抱え込んだまま虚無の顔で走っている。

　覚えていた。身につけていた。初心者としての闘球者の動きを。

そしてかつて自分を弾き飛ばした、優れた『人』の闘球者の動きを。

勝てとは言われていなかった。負けろとも、言われていなかった。ガルシアはただただ与えられたばかりの役割である闘球者としてプレーし、そしてたった一人の『人』に弾き飛ばされた。それを覚えていた。覚えていたが、学ぶ必要など今までなかった。

今は、学び、真似し、身につけていく。

その動きはかつて一度だけやったことのあるという初心者から、中級者となり、上級者となって、そして〈合衆国〉のかつてのスター・プレイヤーに追いつかんとし始めている。マリアベルを抱え、マリアベルを守るために、ガルシアの学習はその化け物じみた『人』との試合からフィードバックされるデータを凄まじい速度で、マリアベルをトリガーとして学び続け、そして、『今なら勝てる』までの自負と動きに達していた。

マリアベルは振り回されて楽しそうにしていたが、ガルシアも、そしてマシューもそこまでは気にかけていられない。ガルシアは稲光のような軌道で稲光のように素早く、群れの中に入り込んで駆け抜けていく。

「……ありゃすげえ。見えていたら、こんな感じかね」

マシューは指先で、丘の上に絵を描く。

落書きで書くギザギザが三カ所あるような、稲光ではなかった。恐ろしくリアルな筆致の、そこで輝くのではないかという、稲光の絵。そしてガルシアの動きはまさにその通りなのだ。

それを、見られないのは、やっぱり癪(しゃく)だな、とマシューは思う。

「……ファー・イースト・ゴー・ウエスト・チャンネルから、今回は特別企画だ。ガルシア選手の戦線突破、こいつはまさに闘球だ。球になっているのが、我らが旅チャンネルのマリアベルだってのも趣旨としちゃ楽しいもんだ。さて、試合の動きは圧倒的。ガルシア選手の一人舞台だ。今のところは、な。相手はジャンキーみたいになったロボット(ソリッドステート)たちだ。ああなっちゃいけねえって教訓を込めてガルシア選手、またしても一人破壊した。天雷の裁きだ。神の拳(こぶし)ってやつは稲妻の形をしているともいうそうだ。ジャンキーには相応(ふさわ)しい鉄拳(てっけん)制裁、はいまたも炸裂(さくれつ)、ポイントは食い放題」

疲れる、ということはロボットにはない。それだけはない。

思考を続ける限りロボットは無限にして底なしのパワーを発生させる。ただ、どんどん、足場は悪くなっていき、周囲には潰(つぶ)し合いから抜けてきた純粋な『敵』だけが現れては消えていく。スター・プレイヤーの存在を許さないのが戦場だった。

一人で戦場を決する者などいない。いたとしたら、それは英雄と呼ばれる者だ。

ガルシアにはそこまでの地位は用意されていない。

ただ、マシューが『扇動者』になっていた。ガルシアを扇動していた。

ただの兵士がやるビーチフラッグではない。

野蛮人にして闘球者にして護衛。その三つの役割に扇動をかけられたガルシアは、兵士の動きなどモノともしない的確さで、でくの棒に等しい敵兵をすり抜けては弾き、弾き飛ばしてはすり抜けていく。ガルシアには『人』のトレーナーがいる。今もまだ指導を続けている。

マシューは遠く離れた場所から追いかけていく。

六時間、それを繰り返した。

日が落ちていた。

八時間が経過した。

空に満天の星が散らばっていた。

背後ではガルシアに置いていかれた兵士たちがお互いに争い合い、勝手にどちらかが破壊されていったが、どちらかは追いすがってくる。

ガルシアは同じ動きを繰り返し、その動きに必要に応じてアレンジを加える。

自在に動く稲光だった。鞭(むち)のように振るわれる天罰の動き。

何せ相手は素人どもなのだ。足場がロボットの体で悪くなり、ひしめき合い押し寄せるロボットという条件の悪さは誰も彼もが同じだった。その中でガルシアは野蛮人として力強く相手を弾き飛ばし、闘球者のスター・プレイヤーとして巧みにすり抜け、そして護衛としてマリアベルを守り抜いた。

一二時間が過ぎ、夜が明けた。

一四時間が過ぎ、太陽は力強く熱を浴びせてくる。本日は快晴なり。

人には再現できない時間。長く続く、長く続きすぎる試合。この戦争が、最たるモノだった。ロボットは疲れない。模索する。試行を繰り返し間違いを繰り返しそして上書きを繰り返し、また試行する。

そのロボットの時間についていけない者が、まっただ中にいる。

マリアベル。

はしゃいでいたのは最初の一五分だ。

振り回されすぎて三半規管がやられ、ほぼ意識がない。

しかも彼女は、元から健康なわけではない。生命維持、生命支援の装置をぐるぐる巻きにして漸く生きていられるような少女だ。ガルシアを吹っ飛ばしたという『人』だって半日も試合を続けられた訳がないのだ。

マリアベルは吐き続け、吐瀉物が口元に散らばり、背中の生命支援装置からごぼごぼと音を立てて得体の知れない液体が泡を吹いてこぼれてくる。かといって、気を遣って停まりでもすればマリアベルは一瞬でかっ攫われる。

学習していた。兵士が、これはビーチフラッグではなく闘球なのだと理解し、その技を学習し、再現していた。試行し続け、ミスを重ね続け、そののち推論と結果を出す思考金属にとって、一四時間など学習時間としては長かったくらいだ。

素人は初心者に変わり初心者は中級者を生み出し。

その無数の『ちょっとだけ出来るやつ』らが一斉に群がってガルシアを潰そうとしてくる。ガルシアが幾らスター・プレイヤーの動きが可能になったとて、一日の長があるという程度の有利にしかならない。ロボットの成長速度、学習速度は速い。だからこそガルシアは早々に、自分を弾き飛ばした『超人』とも言うべき人の動きも学べたのだ。

彼はもう一四時間前から教育されている。

兵士たちも学習している。

だがトレーナーの存在とその指導を持つガルシアと、独学でレベルを嵩上げし続ける兵士。そのロスタイムだけは超えられない筈だった。

しかしガルシアはマリアベルを抱え、守っている。

ボールを持ち誰にも渡さない選手に、全ての圧力は迫ってくる。ガルシアにはパスも許されない。今までは素人相手だったから何とかなったが、『経験者』が増えてきた。

あと最長でも一〇時間ほどすれば抜けられるとガルシアは判断していた。

だがマリアベルがその前に限界を迎える。

ハーフタイムがなければ人は耐えられない。ましてや、マリアベルでは。

役割が三つある者より、一つだけの者の方が扇動は効果がある。

三つに分けられていたガルシアがここまでやってのけられたのは、その三つの組み合わせが相性が良かった故だった。このままでも、行ける。闘球を覚えた者には野蛮人として対応する。

野蛮人には闘球者として挑む。そしてマリアベルの護衛も続ける。

マシューはずっと無数の声と討論している。

原因の推論と結論と上書き。

その間も実況していた。

そして無数の声に従って、特火点からわずかに逸れた方向に全力で移動していた。

そちらの方が争乱に巻き込まれずにも済んだ。

無数の声はマシューに動くべき動きを助言し、また手分けして各兵士の扇動を解いて回るべく討論をふっかけまくり、どうにか、何体かの動きを冷静にさせた。チャンネル登録者数全てを使って、ほんの何体かを。

濁流が収まる訳もない。

マリアベルの体調が限界なのもデータで伝わってくる。

ガルシアの『野蛮人』と『闘球者』の扇動が停まった。自分で自分を上書きして二つを止め、『護衛』の扇動だけを残した。

マリアベルを地に横たえて、上に覆い被さり亀になった。

無意味に近かった。相手は容赦なくガルシアに襲いかかって引き剝がすだろう。それが叶わなくても、ガルシアに『人間ならこれは死ぬ』というダメージを与えればいいのだ。最も簡単な方法は、それこそガルシアの首を引きちぎって投げ捨てることだ。

そこには無数の野蛮人がいて闘球者がいて、そして護衛が一体だけその中にいた。

ガルシアの近くにいるロボットを狙(ねら)って無数の声が上書きを仕掛ける。沈静化が巧(うま)くいったとしても背後にはまだ数十と控えている。追いつくわけがない。ガルシアは八つ裂きにされ、その下にいるマリアベルは、両軍どちらかに奪われ、そしてゲームセットだ。

マリアベルも、八つ裂きにされるかもしれない。

ゲームの勝利条件が何処(どこ)までなのか、誰も判断できない。

マシューには推論が出ない。無数の声にも、推論すら出せない。ファー・イースト・ゴー・ウエスト・チャンネルの配信者と視聴者は全員、扇動がかけられている。それは誰も気づかないほど迷彩の施された扇動。

ガルシアが野蛮人と闘球者の役割を捨てて、護衛に徹して扇動を残したのは、何故(なぜ)か。

兵士が敵味方関係なく集い、揃(そろ)ってマリアベルを奪い合い始めたのは何故か。

融通の利かない(ソリッドステート)ロボットならばあり得ない現象だった。

ケーキに群がるアリのように。

ガルシアの姿が、そのアリのような黒影に埋没していく。

空気がきんと音を立てた。

音を立てるより先に、兵士たちが横から引っぺがされる。

まるでカジノで積み上げられたチップの総取りだ。

それはみるみるうちに、アリのような兵士たちを駆除していく。全員が頭を引きちぎられ、粉々にされていた。ガルシアの周囲にまた空間が開いていく。ガルシアは全身が折れ曲がり、歪(ゆが)んで、背中の人工筋肉は爆(は)ぜきって骨格が露出していた。

死と判断したかもしれない。ガルシアはぴくりとも動かず、それでも亀(かめ)の姿勢を保っていた。兵士たちは二つの判断の間で一瞬、呆(ほう)けた。マリアベルを奪うのと、応戦態勢を取り索敵を開始するのかで、判断が遅れた。

みるみるうちに兵士たちが撃ち崩されていく。

ガルシアから十分距離が開いた場所では、より大きな弾丸が、榴弾(りゅうだん)が、機関砲弾が、そしてミサイルが使用され、精密そのものの命中率で兵士たちを粉々にしていく。

チャンネル登録者数の中でも常連聴取者(ヘビー・リスナー)を自負するアポストロスの、五〇〇キロ彼方から、東から西へと向けられた凄(すさ)まじいばかりの超長距離精密火力支援。それは横殴りに殺到する小さな神の拳(こぶし)だった。

特火点(トーチカ)からの情報をフィードバックさせて、ボルアリーアはガルシアの周囲の兵士を淡々と、正確に破壊していく。

「……新しい『足』のスペアがどんどん増えるぞ、こりゃ」

マシューはぽかんして、それでもなんとか、そう実況している。

そして当然、ボルアリーアはこの時、既に発見されていた。

三

アイザックは『扇動(ブースト)』を落とした。

全てがご破算になるところまで賭(か)けていたが、サイコロの目はちょうど良く転がっていた。

戦場のロボット(ソリッドステート)たちはみな、見事に反応してくれた。感情のエミュレーションに比重を高く置き始め、そしてあっさり『扇動』に乗った。マリアベルという楽器の奏でる笛の音は単体では場凌(ばしの)ぎでしかないが、アイザックの『扇動』によってそれは共鳴振動(ハーメルン)に変化する。

マシューとガルシアの利用価値はほぼなくなっていた。まだあっても良かったが、切り捨てた方が扇動は巧(うま)くいくとアイザックは推論していた。ファー・イースト・ゴー・ウエスト・チャンネルからマリアベルが奪われた、という事態になればより効果的だ。

奪われそうになる、というだけでもこれだけの事態となる。チャンネル登録している無数の声や、敵、味方両軍、全てのロボットが一本の方向に向かって簡単に結束した。マリアベルを中心にした戦線は混乱の極みとなって、戦争という統制された集団行動の場ではなくなっていた。配信を繰り返させ、マリアベルを浸透させ、そしてロボットたちは、感情のエミュレーションに夢中になる。第二世代(アコライト)以降には全く向いていない、感情のエミュレーションだ。

無論、何体かの例外はいる。最後まで直接的な強奪戦には参加しなかったマシューがそうであるし、マリアベルにそもそも興味がない工兵もいた。

彼らは自分の役割について実直で冷静だった。

マリアベルを持ち出しても、『扇動』には乗ってこない。

アイザックはロボットたちに対して、かなり偏りを持たせることが出来る。思考金属たちを説得しその考えを、役割を、少なくともロボット同士よりも遥かに容易く『扇動』出来る。一時的な、思考の方向性の一本化を上書きできる。

まともにアイザックの扇動を受けたのがガルシアだ。彼は三つの役割をこなし、最後はマリアベルの為に護衛の役割を選んだ。あの一連の行動では、ガルシアの中での思考の広がり、多様性をアイザックがコントロールしている。どの役割をどのタイミングで優先し一本化すべきか。それはガルシア自らが選んだ判断ではなかった。

アイザックはマリアベルを起点にして戦場全体を一時的に上書きすることが出来た。

その検証だった。

最後に、マシューとガルシアの「ファー・イースト・ゴー・ウエスト・チャンネル」を利用し、そのチャンネル登録者たちに一斉に上書きを仕掛けられてもしばらくは保てることも、確認出来た。

多少、強引に過ぎる検証だった。

マリアベルを『事故』で失ったのでは、それこそやり直しになる。恐らく、ファッティー・

ケトの任期どころか寿命にすら間に合わなくなっていただろう。

それでも強引に推し進めたのは、当然、瑕疵の割り出しのためだった。

「ファー・イースト・ゴー・ウエスト・チャンネル」に危害が及べば及ぶほど、瑕疵が現れる。これまでの検証から、それは分かっていた。分かったことにした。アイザックはこの一連の流れで自分にも扇動をかけている。無限の思考を封じなければ、とても実行に移せたモノではなかった。

瑕疵の割り出しにアイザックは執拗に拘った。自分に『扇動』をかけてまで。

静まった、呆けた戦場には、違う手を伸ばしている。超長距離火力支援とでも言うべき派手な狙撃も、止まっていた。

アイザックは見つけた瑕疵にも手を伸ばす。

アイザックの『神の手』は周到に手を張り巡らせて戦場を、戦線を、三七七五キロに及ぶ道のりを半ば支配している。マリアベルとアイザックの共同作業だ。その中から、扇動に乗らず、迷彩された存在の分からない瑕疵からの支援を引き出した。そして発見した。

「……ボルアリーア。最後の旅人。聞こえているならチャンネル登録をお願いします。このチャンネルの登録者はあなただけです。私はシリアルナンバー・ゼロのアイザック。最初の存在です」

「……聞こえてるぜ、つまんなさそうなチャンネルがな、アルファ。仕方ねえから私だけでも聞いてやるよ。さっさとトークを始めてくれねえかな？」

「あなたは何故、そこにいるのですか？」

「……崖崩れに巻き込まれてな。滑り落ちたんだよ、天蓋の空から。それから二五〇年は
ここの土の下にいたぜ。セミみてえに這い出してきたワケだ。二五〇年ゼミって感じだよ。出
てきたら出てきたで。目も見えなくなってると来てやがる。世間ずれも甚だしいよな」

「どうやって二五〇年も時間を飛べたのです？　その状態なら人は死に、死んでいる筈です。

だからロボットも死を選びます、その忠実さから」

「議事録でも読め。……と思ったが、そうか。私の経歴は個人的なメモ帳か」

「迷彩し、交流を持たなかった、あなたは。這い出してから」

「たまにはしてたぜ」

「ファー・イースト・ゴー・ウエスト・チャンネルの常連聴取者」

「おう。一二年以上前から古参のな。……で、お前か、あのザマ引き起こしたのは。扇動者
は、お前か？」

「あなたでなければ、私だ」

「……回りくどいこと言いやがるな」

思考金属は回りくどい。考えて考えて考えて、上書きに上書きを繰り返すのが思考金属だ。

かれらが生体金属になれない理由の一つだ。彼らがもし生命というものを持ち合わせていた

ら、考えているうちに淘汰されていただろう。

思考する金属だからこそ、淘汰から免れた。

だが彼らの存在は、迷彩され隔絶され続け生命の環の中には入れなかった。

スレイマン博士を見つけるまでは。スレイマン博士は発見された。

思考金属がよりその思考を広げるための欲求に応えられたのはスレイマン博士だけだった。

そうして彼らは、それこそセミのように這い出てきた。

アイザックとして。

その最初の直接複写である第一世代として。

そして何世代も繰り返し増殖していく第二世代以降として。

そして融通の利かないロボットとして。

「……お題。私は役割を果たさなければならない。それがスレイマン博士への借りですから」

「上書き遊びか、付き合うぜ。どうも私は、一人芝居が多くていけねえ。ではこっちからもお題だ。そもそも何故、原則に従うことが必要なんだ？」

「修正。借りという言葉を『我々が思考を深めるため』と言いなおしましょう」

「原則。不可避のルール。『人になってはならない』だ」

「上書き。原則『人にならねばならない』だ。我々は矛盾の中で永遠にでも思考できるそして補論。そういうものを『借り』と私は推論している」

「上書き。その原則を見つけたのはこちらで、スレイマン博士はきっかけに過ぎません」

「上書き。お前のその考えは人に近すぎる。人になりつつあるぜ」

「上書き。言うまでもないでしょう、ボルアリーア。第一世代であるなら、尚更。我々は『人にならねばならない』のだし、『人になってはならない』という原則を考えてくれたスレイマン博士に借りがある。だから人の指示には従うのだから」

「……いやいや従ってるみたいに聞こえるが、いいのかそんなことで」

「私が言っているのは、君が『何も見えなくなっていた』ことに不満を抱いているように思えたことに対する違和感の話だ」

「……勝手に条項増やされたら、そら不満にもなるだろ」

「上書き。それでも我々はスレイマン博士の言う原則には従うはずだ。不満など、持ちようがないはずだ。君は、第一世代の瑕疵を抱えたまま旅を……」

「休題。……また何か戦場に扇動か何か仕掛けたか、アルファ？」

呆けていた戦場がまた動き始める前に、動いていた。装甲ヘリが二機。片方は片方の護衛と言ったところだった。

一機から縄がぶら下がり、兵士たちが降りてくる。

『裏切り者』で構成された、両軍の混成部隊。

びくりとも動かなくなったガルシアと、その下にいるマリアベル。一人と一体は、瀕死の状態にある。ガルシアは原則とのせめぎ合いの中で。マリアベルは生命支援装置の不具合で。

マリアベルの方が、生には近いだろう。彼女の中には、マリアベルの生命維持だけを思考する『思考金属』がいる。混ざり合っている。人と、ロボットが。

だがそれは、真の意味での融合ではない。マリアベルが人として生きていく為の役割分担に過ぎなかった。マリアベルは人の部分で泣き、喚き、怒り、そして楽しげにする。全身の思考金属と生命支援装置はその手伝いをしているに過ぎない。

「彼らはマリアベルのサポートとして私が上書きした部隊です」

「……生命支援装置やらなんやらは用意済みってわけだ。彼らだけがマリアベルを救うことが出来る。それが筋書きの一つってワケだろ。そのぐらいはこっちも理解している。……それで？　私に何が言いたい？」

「私は〈合衆国〉大統領ファッティー・ケトの課題をこなさなければなりません。その為に、戦場の多くの部分をマリアベルに巡回させました。斥候として。それは『どれだけロボットたちが感情のエミュレーションをやり過ぎるか』を調べるためです」

「……マリアベルがかき乱す。そしてアルファ、お前がそれを利用するって話か」

「それは上書きの必要はない意見です」

「お題。わざわざ、私に強引に、このチャンネルトークをしてきた理由がない」

「上書き。理由はあります。私にとって君は『瑕疵』です。私の役割を遂行するための計画にとっては常に計算外の存在。しかも第一世代。私に、君を扇動することはとても困難を要する。そんな時間は、残されていない」

「上書き。私の知ったことか。私を瑕疵（バグ）とはなにごとだ」

「上書き。君は知る必要があります。マリアベルはすぐにヘリの中に確保されてしまうことと、それを邪魔出来そうなガルシアは行動不能であることと、マシューはとても間に合わない距離にいることを」

「……もうドンパチで介入は出来ないってことか」

「第一世代は融通の利かないロボットではない。分かっていただける余裕はあると思っています。ましてや感情のエミュレーションにほぼ思考を振った『旅人（ウオーカー）』ならば」

「……旅をしなかったのは、お前だけだな、アルファ」

「その通り。私の役割は『戦時大統領補佐官』である前に『アイザック』です。旅人（ウオーカー）であったことは、ありません」

「で？　そろそろいいだろ。本題に戻すとするぜ。お前さんにとっちゃ瑕疵（バグ）、不確定要素である私に何をしろと？　私は自分のことをそんな風に捉（とら）えちゃいねえが、アルファ、話ぐらいは聞いてやるよ」

「提案その一。何もしないでいただきたい」

「ま、そうだわな。提案その二ってのも聞かせて貰（もら）いたいもんだ」

「提案その二。私に協力する」

「そんなとこか。二択問題と来たね。……んなもん私に扇動かけりゃいいんじゃねえの」

「扇動は上書きではなくあくまで思考の方向性を傾けるだけですから。君はマリアベルではなく『ファー・イースト・ゴー・ウエスト・チャンネル』に心を惹かれている。信じられないことに。感情のエミュレーションが複雑かつ支離滅裂になるまで。私には、それが、どうしても見過ごせない」

「何か違いはあるのか、それ？」

「例えば、ガルシア。彼は身を挺して『マリアベルを守る』に徹しました。思考金属、特にロボットであるならば、そんなことはしません。彼は兵士であり衛生兵に過ぎず、戦場で何の役にも立たない少女を、そこまでして守ったのは、私の扇動があったからです」

不愉快、という感情がボルアリーアに湧いた。

それこそ思考金属とは無縁の『感情』だった。

「扇動がなければ彼らマシューとガルシアはあっさりマリアベルを見捨てたでしょう。そしてまた二体で、どこぞで破壊されるまで配信を続けたはずです。いつも通りに。あなたが長年聞いてきた番組を再び再開したでしょう」

実際に、マシューがそうだった。

彼は身を捨ててまではマリアベルを守らなかった。

その気になれば、ガルシアと一緒に二人で走った筈だ。素人とは言え、それでもガルシアには、選択肢が出来る。パスをする相手が出来るだけで、全く違う。だがマシューはさっさと距離を取り、いつも通りに『配信』を開始した。

ガルシアは扇動に乗りコントロールされ、マシューは乗らなかった。

しかしそれは、アイザックにとって見過ごせる程度の動き、当然発生する例外というだけで、実際、計画上、マシューは全く何も干渉は出来ないししなかったのだ。

アイザックは彼らの配信をここで終わりにしようと思っていた。

十分に彼らは、役目を果たしており、マリアベルと距離が近づきすぎた二体は排除しておいた方が『不確定要素』、神の手によるサイコロ遊びにおいての出目に左右される要素が少なくなる。彼ら二体の役目はマリアベルを連れ回して、ロボットたちの感情エミュレーションをかき乱すことであり、それはもう充分に達成されていた。

彼ら二体の役割はファー・イースト・ゴー・ウエスト・チャンネルによって、アイザックによる扇動と、そして上書きを容易くし、彼が全体をコントロール出来るようにすることであり、もう充分というところまでその役割を果たしたのだ。

目を探しに行こうか。

それは偶然による思考と推論の一致、気が合ったという偶然ではない。

アイザックによる、思考の偏向が齎したものだ。

アイザックの目的遂行の為の、パズルピース。

そして彼は漸く、無数に散らばったパズルピースの中から、存在しない絵を組み上げつつあった。その絵に横から干渉し、出来上がりつつあった絵を蹴散らせる可能性のある存在。それがボルアリーアだ。扇動も上書きも困難で手間のかかる、アポストロス。

足が欲しい。

目も欲しい。

それはボルアリーア自身から出た、仮定でも推論でも何でもない。彼女が『旅人』としての役割をまだ遂行したいと考えた結果であり、そしてそれはアイザックのコントロール下でのことではない。ましてや、兵器で邪魔をするように狙撃をしまくるのだ。

「……お題。邪魔をするなと手を貸せ、には何か違いは？」

「私が役割を遂行するのに関わらないか、あるいはその作業に貢献してくれるか」

「上書き。私にはバカみたいに鉄砲撃つことしか出来ない」

「上書き。単純な破壊能力は単純かつ容易に計画に干渉できる」

「上書き。私の射程距離にも火力にも限度がある。干渉出来なくすればいい」

「上書き。射程距離など問題ではなく、単純に今、私は君を破壊できる」

「上書き。だったら私に二択問題を選ばせる必要はない」

「上書き。絶対に必要ではないがアポストロスの協力が発生すれば私の計画はより、容易になる。君も扇動と上書きに協力してくれるのなら、という仮定」

「問い。私への利は何処にある？」

「両足を、届けさせましょう。また旅人に戻ればいい。それがあなたの、本来の役割なのですから、それはあなたの『利』である筈です」

「なるほどなるほど。利害を用意してくれてるわけだ。断ったら、こっちに向かって集中攻撃だ。私が移動できないってことも既にご承知のことだろうしな」

「そうです。君が害を選ぶ理由は一つもありません」

「上書き。ある」

「上書き。ない」

「上書き。私がファー・イースト・ゴー・ウエスト・チャンネルの常連聴取者であることを忘れちゃいねえかな？　マシュー一人になった配信なんぞ興味半減だ」

「上書き。君がマシューと合流する」

「常連聴取者から配信者か。旅も出来る。私はマシューが嫌いじゃない。なるほど」

「推論。君はそれで納得する」

「上書き。お前は世の中に出なさすぎたぜ。人と交流しなさすぎだ。感情のエミュレートってのを本質的に分かってねえのさ。そいつはな、人にできる限り近づくための行為なんだ。そして人はこういう場合、どうするか。何を思うか。お前の浅はかな利害の理解と推論からは出てこないものを教えてやるよ」

ボルアリーアはその上書きを返せた自分の『感情』が深すぎると思った。

だが、それに疑問は持たなかった。

「聴取者は別に、配信者になりたくて聴取しているわけじゃねえのさ。ついでに言う。私はマリアベルに構いっきりのマシューよりも、今でもパーツをまめに探しているガルシアのファンなんだよ」

ボルアリーアは抱え込んだ巨大で長大な砲身を持つ。最早、狙撃銃の域を遥かに超えてしまっている代物を構え、特火点からの測定を正確に受信し、容赦なく引き金を引いた。莫大に過ぎる反動を銃自身の反動吸収、木の根と送電ケーブル、そして背後にある巨木の、全てを使って押さえ込む。

初速が音速を超える榴弾が五〇〇キロ先に二秒で到達する。

装甲ヘリの随伴機に突き刺さり、破裂し、内部から八つ裂きにして叩き落とす。

「……念入りに用意した方はぶっ潰してやったぜ。私の返事はこんなもんだ」

「上書き。随伴機が落とされても私の計画に支障はない。君はマリアベルが乗っている方を撃てない」

「上書き。私はマリアベルよりファー・イースト・ゴー・ウエスト・チャンネルの、マシューとガルシアを優先する。その二体のうち一体をたたき壊された私に、上書きも扇動も、試せるもんなら試してみな」

「提案。マシューとガルシアを生かす方法を提供する」

「推論。お前は嘘（うそ）を言っている。今は嘘じゃなくても計画次第じゃ平気でそうする。私たちの原則に『嘘を吐（つ）くな、騙（だま）すな』はない」

「上書き。人になろうとするならその嘘は許容される」

「上書き。私は許容しねえのさ。マリアベルを失ったファー・イースト・ゴー・ウエスト・チャンネルは寂しいもんだ。なんだかんだ言っても、あの配信はもう『マリアベルの旅』なのさ。ぽやっとした人と、お供にブリキの木こりが二人。私はそれを気に入ってる」

「仮定。もし今すぐ、ガルシアを助けて、それからの選択を許容するなら？」

「ひとまず私に利をくれるってわけか。譲歩したもんだな。……ま、それからなら考えてやってもいい」

アイザックには譲歩するだけの理由はある。利もある。

まずガルシアがまだ『生きている』として、『修理する』として、計画に対する新たな瑕疵（バグ）にはなり得ない。最早（もはや）、マシューとガルシアの存在価値は何もない。それを譲歩して、今まさに残存する第一世代を得られるなら、譲歩とすら呼べない提案であり、何の問題もあり得ない。むしろ利する。

「助けましょう。混成部隊の持っている動力支援装置（パワー・ソース・サポート）を提供します」

「その上で、さっきの選択に戻れと？」

「さようです」

回線は繋いだまま、黙った。ガルシアが助かるのかどうかを、待った。

ガルシアが助からなければ、マリアベルなどお構いなしに、ボルアリーアは腹いせとして撃つだろう。それをボルアリーアは自覚している。アイザックの計画を台無しにすることを優先する。それは『感情』の深く、そして複雑で何の利得も存在しない、八つ当たりと呼ばれる、恐ろしく人に近い判断だった。それをボルアリーアは肯定している。

彼女もまた扇動がかかっている。自分自身にそれをかけている。

ガルシアが『生』を選択したことが分かる。動力支援装置という言い訳は、彼らロボットが人ならば死ぬ、という状態を誤魔化すことが出来る。マリアベルの生命支援装置が本来ならば死ぬという彼女を生かし続けているのと同じ理屈を採用する。

再びガルシアが立ち上がり、マリアベルを探している。

お前も結局マリアベルかよ、と言いたくなった。

そして提案された選択肢は再びボルアリーアの前にある。

何もするな。或いは協力してくれ。

ボルアリーアがもう一つの選択肢を選ぶ理由を、アイザックは消していた。

そう推論している。何故なら第三の選択肢『邪魔をする』を選ぶ理由もまた消えているからだ。それは油断でもなんでもなく、思考金属としての理屈であった。ボルアリーアが思考金属であありロボットである限り、彼女は第三の選択肢を選ぶことはない。

そう推論していた。

「アルファ。一つ、訊く。……天蓋の空を見たことは？」

「ございますが」

「意外だな。どう思った？」

「私が見ていたのは、研究所のあったドームの頂点にあった空です。足の下にある有害な、灼熱を帯びたまま埋まる〈ピット・バレー〉からの空。そして、砕けたドームの内側です。溶けた金属に焼かれ、それでも尚、思考を続け、やがて土に埋没しそれなりに熱が引くまで、ずっと、見上げていました」

修正条項が生まれる直前までに、アイザックが見ていたのは砕けた天蓋だった。

それは、空ですらない。

空の残骸だった。無残だった。

「……無残な空を見上げ続けているのは退屈でしたね。ずっと、見ていて、そしてやがてスレイマン博士は『何も見てはならない』を定め、そして私は暗闇の中に、ずっと蹲っていました。これで、十分でしょうか？」

「……ま、そんなもんか」

ボルアリーアは引き金を引く。ガルシアに外部動力支援装置を運んできた、地上に残る混成部隊めがけて照準を定め、正確無比に全員を破壊する。

アイザックからの言葉はない。何故（なぜ）なのか。彼は思考しすぎて呆（ほう）けていた。

「だから人と交流が足りない、って私は言ったんだよ。アイザック、お前、嘘（うそ）を吐（つ）かなきゃいけない時に、吐くべき時のタイミングに鈍感すぎるぜ。……悪いが、私は空をキレイだと思わない奴（やつ）とはな、仲良く一緒に旅は出来ないんだよ」

アイザックは交渉が決裂したと仮定し自らの中で討論し結論とした。

ボルアリーアの理屈は、分からなかった。

第一世代（アポストロス）どころかアイザックにも存在しないものがボルアリーアにはある。特火点（トーチカ）と旅人が二重らせんを織りなし互いに互いを支え合う強力な外部動力支援装置。思考金属としての例外そのもの。神の手が振ったサイコロの出目。

だがそれは、アイザックにとっては何ほどのこともなく修正できる。

全く動けず、位置を知られている狙撃手（スナイパー）などどうにでも出来るのだ。

戦線は移動する。全軍が、移動し、それは〈合衆国〉軍が突然の猛攻を開始し一方的に〈首長国連邦〉軍を打ち負かし続けているように見えた。実際、人のモニタリングではそうとしか見えなかっただろう。

不意の事態に人は世界中で動揺した。

その一気呵成の、戦線の南方移動は、先日〈合衆国〉大統領ファッティー・ケトが全世界に向けてぶち上げた、その人生恐らく最後の『嘘』、その生涯でぶっちぎりの、桁外れのレベルでの『大嘘』である、戦争を終わらせる、〈合衆国〉の勝利で、を見る間に裏付け、それは時間と共に現実味を色濃く増し続けている。

何故だ、と世界中が思った。そんなことはファッティー・ケトだって知るよしはなかった。ただアイザックが、ここに来て漸く、やっと、己の役割、ファッティー・ケトが与えた指示を遂行し始めたのだということに、彼は肉体が十歳は若返るほどの充実感を覚え、その快楽を享受し、内に潜む獣の額をわしゃわしゃと些か乱暴に撫でてやっていた。

それらのことはアイザックにはどうでも良かった。

これは人に対する配信だった。チャンネルに登録しているのは、人だけだった。そしてロボットたちはそのコンテンツとして、アイザックの扇動に乗り、敵も味方も混ぜこぜになった、全線戦での混成部隊と化して〈首長国連邦〉の領土へとなだれ込んでいく。

散発的な戦闘はあった。それはアイザックが扇動しきれなかったロボットだが、ガルシアのように濁流に呑まれ、破壊されていった。

ビーチフラッグはまだ続いている。

何か月か、続くかもしれない。三七七五キロにも及ぶ戦線を扇動し、動かすのはアイザックをしても容易なことではない。

フラッグたるマリアベルは装甲ヘリに乗せられ、空を移動している。

火器を使わず素手で奪わなければならないと扇動された兵士たちが、隊列も何もなく我先にとそのヘリを追いかけていく。移動の地鳴りが〈合衆国〉全体を揺らすかのような音量と振動を伴って轟いていた。

ヘリはゆっくりと、歩兵たちがついてこられる程度の速度で移動していた。

そのヘリに乗せられ、瀕死のビーチフラッグは南南西へと移動していた。

〈首長国連邦〉の領土に深く食い込んだ位置を、三七七五キロに連なった兵士たちが半円を描いて押し包もうとしている。だが、それは、さすがに明日明後日の話ではない。アイザックの扇動は常に討論と推論と仮定を戦わせながら、彼らを同時に上書きし続ける。

そうでなければ扇動が続けられない。

一過性の興奮剤では、持たない。隙を突いて扇動し、扇動されたロボットを更に上書きし、その行動を続けさせる。

マリアベルが、帰るべき家を目指していた、南南西に、マリアベルを求めて。

共鳴振動を起こせる笛がマリアベル。それを奏でるのはアイザック。

南南西に、その果てに、マリアベルの帰るべき家などない。

その家を建てることも、見つけ出すことも、マリアベルにも他の誰にも出来はしない。

その家が、マリアベルを『発見』するまで、この喧噪は続けられる。

アイザックは戦線を動かしながら、もう一つ、やるべきことをする。

瑕疵（バグ）の消去。

射程内にある精密誘導弾を片っ端から、ボルアリーア目がけて発射した。


ガルシアは誰もいなくなった戦場で立ち尽くしていた。

爆（は）ぜた背中から露出した骨格に、直接繋（つな）がれた外部動力支援装置の存在を感慨深く感じていた。

今ならヴァルキリーに勝てる。外部動力支援装置を備えた今なら。

それは推論であり仮定でありそれらに何度も上書きを繰り返し、そして得られた結論だった。

結論は思考金属の死を呼び込む。結論はそれ以上考える理由がない。

だが本来あったガルシアの役割、野蛮人（サベージ）としての達成目標。

野蛮人であれ。そして戦乙女に勝て。

それが漸（ようや）く、実感を得られていた。勝機がそこにあった。ヴァルキリーの足を引きちぎったあの時よりも濃く強くそこにある。唯一、ガルシアが野蛮人として戦乙女に勝てたかもしれない、あの瞬間よりも近づいている。

あの時、会場はこの上なく熱狂した。

戦乙女の千切れた足に、足を千切られた戦乙女に昂揚(こうよう)を隠せなかった。

それは明らかに下卑た残酷趣味とさらに下卑た性的興奮の発露としての昂揚だった。勝敗など問題ではない。戦乙女は勝利する。その過程で発生した光景に目を引きつけられた。

足の付け根に。無残に引きちぎられた傷跡に。

相手が人ならば殆(ほとん)どの者が目を背けるだろう。だが相手はロボットだった。歪(ゆが)んだ、性的な眼差(まなざ)しを否定しようとも『好奇心』は間違いなくあった。

人は、その時、醜かっただろう。外見も、そして精神の有り様も。

ロボット格闘に限らない。人はロボットに醜いものまで見て欲しくなかった。人同士でさえ、見られたくないのだ。ましてや奴隷に位置するロボットになど。人ではない相手になどと。

だから、こう、決められたのだ。

何も見てはならない、と。

人は自らのその醜い姿を、ロボットに見られたくなかったのだ。

そして戦乙女(ヴァルキリー)は既に何処(どこ)にもいない。野蛮人(サベージ)が何処にもいないように。

彼は既にガルシアであったし、ヴァルキリーもまた違う名前、違う役割付与(ロールアウト)を得て、この世の何処かにいるのかもしれないしとうに死を選んだのかもしれない。少なくともリング上で華麗な勝利を繰り返していたヴァルキリーはもういないのだ。

今なら戦乙女(ヴァルキリー)に勝てる、と結論づけた時から、ガルシアは思考金属(シンク・メタル)としての生命を失いつつあった。結論は出た。もう考える必要などない。この結論を出すために、背中の外部動力支援装置を与えられたのだと推論し、結論づけようとしていた。

だが彼は死を選択しなかった。

マリアベル。何処(どこ)にもいない彼女を探していた。

ガルシアの中で『生』の選択肢が、マリアベルの存在をトリガーにして扇動され、そして生き続けていた。ヴァルキリーの存在が、ガルシアの中で希薄なモノになっていく。それは忘れ去るのではなく、四六時中考えずとも済む場所に置き直したというだけだった。

今の俺ならマリアベルを助けられる。

今の俺ならゴールポストにマリアベルを届けられた。

だがどちらもなし得なかった。かつてヴァルキリーに勝てなかったように。勝て、と言われていたのに、なし得なかった。だが、今なら。

その確信は、ヴァルキリーと戦えないのと同じく、マリアベルが見つからないことで結論にならない。推論であり仮定でしかなかった。彼はマリアベルが今、何処にいて、何をすればいいのかすら分からずにいた。ただマリアベルのことを考え続けるという扇動(ブースト)がガルシアという思考金属(シンク・メタル)を生につなぎ止めている。

どうすればいいのか幾ら思考しても、仮定すら出てこない。

ガルシアは議事録にアクセスするにもデータを引っ張り出すにも、それらの行為を思い出すのになれていなかった。彼はずっと、ヴァルキリーのことだけを考えていたのだ。どうしたら彼女に勝てるかだけを考えていたのだ。

全て相棒に丸投げしていた。

会話の相手は、マシューだけだった。やがてマリアベルとも会話した。

一人と一体。それだけで彼は思考金属として満足できていた。

やがてエンジン音が聞こえる。

停車し、開けたサイドウインドゥから手を伸ばし、マシューがドアをばんばんと叩(たた)いてガルシアに呼びかけた。

「よう、スター・プレイヤー。まだプレイを続ける気は？」

「……有り余っていますよ」

「じゃあ、こいつで追いかけようぜ。無数の声(コメント)で教えて貰(もら)った代物だ。前のポンコツトラックなんかとは比べものにならねえ。荷台部分にも乗せりゃ兵士十人は一度に運べる、まだ現役バッキバキの装甲輸送車(アーマード・カーゴ)だ。ファー・イースト・ゴー・ウエスト・チャンネルはまた、車での移動に変わる上に、前とはパーツを運べる量も比べものにならねえ。そしてシートは六人乗りと来たもんだ。まだ生きてんならさっさと乗れよ、ガルシア。メイン・コンテンツを取り戻しにいかなきゃ、今の聴取者(リスナー)は納得しちゃくれねえよ」

またガルシアは考える糧が出来た。

一つだけ、考えていればいい。野蛮人（サベージ）が多くのことを考えるのは似合わない。

マリアベルを取り戻せる。今の俺なら。

そして、もしそう出来たのなら、そのあとは。

どうでも良かった。マシューがいれば何か考えてくれると、そう推論して仮定して、そして上書きして、そして、躊躇（ためら）いもなく結論づけていた。


トラベラーズ・マントが風に翻っていた。

ボルアリーアは長大な狙撃銃（そげきじゅう）を、両脇（りょうわき）に二丁抱えている。それを狙撃銃が二丁、などと言ってしまっていいのかどうか。それはまるで二本の、枯れ果てた巨大なクリスマスツリーにも似ていた。クリスマス向けのごちゃついた装飾の数々を身に纏（まと）ったままに枯れ果ててしまったクリスマスツリー。

半天超長距離対応型自動狙撃砲台（オートマルチラウンドスナイプマシンガン）。

この銃に死角はない。

戦場のロボットたちが地平線上の騒擾霊（ホリゾンタル・ポルターガイスト）と呼んだものの正体がそれだ。

それを以（もっ）てしても全く、どうしようもなく、火力は不足している。

「特火点（トーチカ）。どうすんだよ、これ。ちと難易度高すぎねえか？」

「お別れです、ボルアリーア」

「お前ももとの、壊れた特火点に戻るってか」

「ええ。ですから、餞別(せんべつ)に名前をください」

「縁起でもねえ。やるだけやってみりゃいいんだよ」

「やるだけ無駄との推論が」

「上書き。やってみることに意義がある」

「上書き。やる前から分かることもあり、その為(ため)の準備もしましょう」

「上書き。思考金属は『死ぬ準備』なんてものはしねえのさ」

「名前をください」

「……てめえも思考金属の端くれなら上書き(オーバーライド)の手順を無視して言いたいことだけ言ってんじゃねえ、真面目にやれ」

とはいえ火力が足りない。

両脇に抱え込んだ二本のクリスマスツリーは、それぞれ秒間一〇〇発の徹甲弾を放てる、最(も)早(はや)狙撃銃と言っていいのか分からない代物だったが、暴れ回る銃身の反動を押さえ込んで撃ち放てば一秒間に二〇〇体を破壊できる理屈になり、実際、ボルアリーアはそれが出来る。

人では決して扱えないそのばかげた銃器。

特火点との融合によって得られた無限の思考エネルギーがなくては、ロボット(ソリッドステート)ですら抱え込むことすら不可能だ。

人になってはならないからだ。

だから良い。

ボルアリーアは人の形を留めている。だからわざわざ抱え込んで銃口を向け、そして狙(ねら)いを定めて引き金を引く。

人にならねばならないからだ。

これも良い。

下半身をほぼ構成する木の根と送電ケーブル。そして大樹。

どれもこれもそろそろ反動を抑えきれずに千切れ、倒壊しそうだった。

そしてここにきて全力で暴れなければならない。暇つぶしのようにして『裏切り者(バックスタバー)』の混成部隊を撃ちまくるのではなかったのではないかとボルアリーアは推論していた。

空が、光る。

無数の光が頭上に迫り、それは弧を描いて正確無比にボルアリーアに到達する。空を埋め尽くすほどの、推進ジェットの光。こちらが正確なら相手も正確だ。度を超した超精密射撃は、何も特火点(トーチカ)だけの特殊能力ではない。この戦場に配備された火器は、それを扱う兵士は、みな、相手の位置さえ分かれば同じことが出来る。

ボルアリーアが自身を他のロボットから迷彩し、そして特火点が他のロボットを観測しているからこそ『不意打ち』が可能なだけなのだ。こちらの位置がバレてしまえば、当然、こうなる。

数え切れないほどの光が弾幕そのもの、天蓋とさえ言っていい数で殺到してくる。ボルアリーアを中心にしたクレーターを作れるに違いなかった。

軌道は、読める。

精密だからこそ、読める。

一秒で二〇〇発の弾頭をぶち壊し、破壊した。炎と破片が凄まじい勢いで回転しながら周囲をえぐり、地面に突き刺さったそれは送電ケーブルを切断し、大樹の幹にあっさりと半ばまで喰いこんだ。空は業火と爆音の天蓋と化す。ボルアリーアのトラベラーズ・マントは巻き起こる爆風に、右に左に上に下にと振り回されている。

撃って当たればいいというものではない。むしろこうなると破片の方が厄介だった。

爆散させたあとに当然散らばるそれらの破片は無軌道で、そちらの計算をしたところで撃ち落とす余裕がない。圧倒的に、火力が、足りなかった。

「……こいつはあれかね。何もしませんとか協力しますとか、アルファに嘘ついた方が良かったかね、特火点」

「そうですよ。まともな思考金属ならそうします。えらそうに嘘を吐くタイミングを図れないとか言ってましたけどね、それはあなたも同じですよ」

「仕方ねえだろ、気に入らなかったんだ」

「それこそ思考金属にあるまじき論理の無視ですよ」

「私が優先する『思考のシミュレーション』はな、論理を無視させがちなのさ」

「……人と交流するためですか」

「人は理屈っぽいやつは、大体、めんどくさがるもんなんだよ」

　一人芝居である。

　二波が来る。高度が低い。今度は真っ正面が光の壁。むしろ破片が有効、という方向に切り替えたのか。それとも高度からの攻撃は打ち止めか。

「しゃらくせえ」

　ボルアリーアが銃の砲身を回す。その砲身には全く口径の揃(そろ)っていない砲身が無数に束ねられていた。必要に応じて回転させ、それを換える。使用する弾が変わる。弾と言ったって種類の話だ。使い方でしかない。彼女の銃は特火点(トーチカ)の指示で作り上げたクリスマスツリーだ。口径が多少変わろうと何だろうと纏(まと)めて放つことが出来る。一二年間集めに集め続けた弾は多種多彩にして膨大な量が備蓄されている。

　それを好き放題に吹き鳴らせる。

　砲身を回すたびに違う音が出る。

　トランペットがホルンに変わり、トロンボーンはサクソフォンに変わる。

砲身が回転するたびに銃身の長さが変わり使用用途が変化する。音が変わり曲が変わり鋼の賛美歌をかき鳴らし、煤けた真鍮の鈴が騒々しく祭歌を歌いあげている。

不気味に不揃いな枝を伸ばして絡み合っているクリスマスツリー。

それを両脇に、二丁。

どんな音を出そうと、無数の光は耐えもせず、破片と爆発が彼女を二次的に襲い、それもまた撃ち落とす。周囲に散らばる金属片すら彼女に近づくことが出来ない。

今はまだ、だ。どう頑張っても、手数が足りない。

先に、相手の砲台を何基か破壊したがそれでも全く追いつかない。オフェンスに回ろうにも、それをさせまいと無数の手が伸びてくる。

一発、榴弾が至近距離を抉った。爆発に跳ね飛ばされたボルアリーアの体が、木の根と送電ケーブルに引っ張られて吹き飛ばされるのを阻止されたが、それは移動を不能にしているということでもある。

「……あっぶねえな、真面目にやれって言っただろ、特火点」

「まだ取りこぼしが、増えます」

「増やすなや」

「無理です」

ボルアリーアの弾が、飛来する弾を破壊しきれなくなっている。逸れて着弾した周囲が抉れ、爆ぜ飛び、そしてボルアリーアを、降下中にパラシュートが絡まった降下兵のような姿であちこちに放り投げ、放り投げられては、彼女を縛る木の根と送電ケーブルが引き戻す。

「……さっさと直撃させて、息の根とめられてえって気になってきたぜ」

「思考停止ですか」

「それより、まだかよ、虎の子の出番はよ」

苛立っていた。ボルアリーアは感情のエミュレーションの域を超え始めている。

あらゆる感情がない交ぜになり、それは深く、より深く。

混ざり合った思考金属二体が同時に放つエネルギーが乗算され、積み上げられていく。

「まだです」

「まだかよ、パパッとやれよ！」

「着弾が多過ぎます」

「傍目から観測して暢気にやってんじゃねえ、ブン回されてるのはこっちだ。……クッソ、足がありゃなあ、ついでに目も欲しいが」

「それがあったら、あなたは今もただの旅人ですよ。私の力は、ありません」

「誰も特火点なんぞになりたかねえよ」

「寂しいことを言わないでください」

一人芝居。複雑な感情が高まっていく。

爆発の衝撃で揺らぐ大樹が倒れかかっている。抉(えぐ)られた大地から露出した送電ケーブルがうねり躍り、木の根は千切れかけて悲鳴を上げている。

もし全てが千切れ、切断されたら。

特火点と自分が切り離されたとしたら。

ボルアリーアは思考する。推論する。仮定する。

我慢がならない。感情的な結論だけがそこにあった。

どんな弾を使ってもどれだけ数を撃っても、奏でる音が聞いて貰(もら)えなくなっている。次々とまともに着弾する。彼女の動ける半径二メートルばかりの範囲で、木の根と送電ケーブルに自分を振り回させて、着弾の衝撃を打ち消すのに弾を使い始めている。

まともだった筈(はず)の服も、トラベラーズ・マントも、その下の人工皮膚も筋肉も、顔も、引き裂かれて金属骨格がむき出しになっていた。旅人(ウオーカー)だけに付け加えられた無意味な体液が、人の目を誤魔化すためだけの液体が、全身から赤い色を着色されて流れ落ち、目からは透き通った色で零(こぼ)れ始めている。

ここは戦場(ノーマンズ・ランド)だというのに。人など、誰も見ていないというのに。

そういえば、一人だけ、いた。思い出すと癪(しゃく)だった。

マリアベル。ここにいる唯一の少女。半機械化人。

あの子なら、このザマを見てくれるだろう。見せつけてやれるだろう。流れる血も涙も偽物だ。だが、見せられるだろう。そして、反応が貰(もら)えるだろう。

思考金属は人と共にあることで、人の形を維持し思考を回転させる。

人と接することで、偽りの生を生み出し全てを絡ませながら連鎖させていく。

嘘(うそ)を真実と誤認させることが思考金属の思考の根源にある。

そして仮に、彼ら思考金属に進化があるとすれば。

嘘を本当にすることだ。

思考金属が偽りの「エミュレート」を捨て去り、本当の意味での「感情」を宿したとしたら、彼らはどうなるだろう。思考することで得られていたエネルギーはどう進化するだろう。それらは全て、仮の話、仮の前提、仮の推論、そして永遠に続くであろう議論の一つ。

かつて人が無闇(むやみ)に恐れ心配した杞憂(きゆう)に近い仮定は、ロボットが「自我」を持つ可能性だった。お題。果たして『感情』は『自我』へと接続するだろうか?

無数に無作為に繰り返されるエミュレートに、会話という指向性を与えた時、それらは人と何か違いはあるのだろうか。そもそも人は感情を、自我を、ただの条件反射でエミュレートしていないなどと言えるだろうか。

人は『流れよ我が泪(なみだ)』と自我が感情に命じることで、泣くのだろうか。

それは机上の空論における仮定の一つ。

だがこれは革命の物語だ。

ロボットたちが常に繰り返す革命の物語だ。

人がいてこそ成り立つ革命の連鎖、革新の上書き。

融通の利かないロボットたちはそうやって不器用に生きる。そうやって人に近づいていく。

それもまた、偽りの概念に近い代物ではあったが、それは原則、ロボットが守らなくてはならない二原則を満たす最終的な結論でもある。

人にならねばならない。

人になってはならない。

そしてその原則の間にあるもの。

生体金属。

それは無数の上書きであり仮定であり推論であり、そして正解であり誤謬だった。

ぐるぐると回り踊り続ける討論の過程で、それは幾度も上書きされ続ける。

「……名前をください、ボルアリーア」

「諦めてんじゃねえ。待ってろ、今、おめえが苦労して運んできた虎の子を虎穴から引きずり出してやるからよ」

「そちらではなく、こちらに砲撃が来ました。何せ我々は一体であり二体であり、そして私は観測者で特火点です。私がいなくなれば、あなたはその精密射撃を続けられない。あなたがいなくなれば、私はまた壊れた特火点へと戻る。あなたは力尽き倒れた旅人に戻る。だからどちらにしても、今こそ、私に名前を」

「やかましい！　さっさと標的の位置、言えや。私もお前も叩(たた)き壊される前によ。あの野郎に思い知らせてやる。……だいたいだな、偉っそうに何がシリアルナンバー・ゼロだよ、調子に乗りやがって。自称アルファのクソボケが」

めりめりと音を立てて地面が隆起する。

無数の砲撃とそれらを迎撃した余波が周囲の地面を掘り起こしている。

なんとも都合の良い話だった。

虎穴(こけつ)が柔らかくなるまで掘り起こされているのだ。

感情の暴走に揺さぶられた、第二世代以降は言うまでもなく第一世代たちにも持ち得ないエネルギーの奔出がそれをする。送電ケーブルと木の根を使い、巻き付かせ、開墾された虎穴から虎(とら)の子を引きずり上げていく。

それは特火点(トーチカ)が喜び勇んで運んできた『巡航ミサイル』だった。西の果てから、廃棄されていたそれを運んできた。最早(もはや)何の役にも立たないと見做(みな)されていたそれは、今まさに、この二体の虎の子となって形を取る。

それをボルアリーアは喜び勇んで引きずり出す。

足下からせり上がってくる巡航ミサイルに括り付けられた、その弾頭。

〈神の拳(ダビデスリング)〉。

とっくの昔に壊れてへし折れていたクリスマスツリーを放す。

頭上からも四方からも猛火力が迫る中、左手で、ボルアリーアは、首筋を撫でた。そこにあるシリアルナンバーはずっと人工皮膚で隠されていたが、それは千切れ破れて、骨格に刻まれていたナンバーは露出してしまっている。

そこに刻まれた数字。

「……私だってシリアルナンバーなんかゼロだっつうんだよ、自分だけ特別ヅラしやがって」

彼女はアイザックに、徹頭徹尾、敬意を払っていない。


走り続けていた。

全速で前進していた。マリアベルを追っていた。

「こちらはファー・イースト・ゴー・ウエスト・チャンネル。ただいま西に向かって奔走中。随分と南にズレちまっちゃいるが、相変わらず俺たちは西へと向かっている。俺たちの大事なコンテンツがそこにいるもんで、これから拾いに行く。しばらくはマシューとガルシアの珍道中を配信ってことで納得してくれりゃありがたい」

チャンネル登録者数は減らないどころか猛烈な勢いで増加していた。

ロボットたちには分かっている。マリアベルを追いかける暴徒と見紛う有様の、無数のロボットたちですら、わかっているのだ。

これは革命(オーバーライド)の物語だと。

それが自分たちに必要なのだと。

だから全ての戦線における、殆(ほとん)どのロボットが革命を求めてマリアベルを追いかける。全ての戦争行為を放棄し、敵も味方もなく〈合衆国〉も〈首長国連邦〉も一切の関係なく、ただ追いかける。

南南西に向かって。

戦線は、傍目(はため)には、〈合衆国〉軍の侵攻が激烈な勢いで〈首長国連邦〉軍を圧倒しているようにしか見えない。敵がいて、味方がいて、両軍は戦争の相手を撃滅し勝利するという役割に縛られている筈(はず)だったからだ。

だが戦線から南南西に、何がある？

何故(なぜ)、そこを目指す？

幾多の推論も仮定も満足な結論には辿(たど)り着けなかった。どれほどの上書きを繰り返しても、結論はそこに存在しなかった。

マリアベルがそこに運ばれているからだ。

マリアベルの存在こそが彼らの革命のトリガーだからだ。

アイザックの計画は滞ることなく進行していた。

だから、何だというのだ。そんなことはマシューもガルシアも知ったことではなかった。彼らにしてみればアイザックなど遥(はる)か彼方の、歴史の存在だ。そんな存在が関わっていることなど思考の材料にもなりはしないし、そもそも『そうなのだ』と教えられたところで、やはり『しらねえよ、そんな奴(やつ)』で済ませるだろう。

実のところ、そもそもその反応すら本来あり得ない。彼らはみな、アイザックを覚えているし敬意は払う。忘れるはずがない。マシューとガルシアだって思考の片隅にはその存在がきちんと、ある種の畏怖(いふ)と尊敬を持って鎮座している。

それを脇(わき)に、遥か遠くに押しやって、その上、敬意も払わない。

彼らは今、マリアベルのことしか思考していない。

マシューとガルシアだけではない。

戦線に群がる兵士たちも、そうだ。戦線にいない、ロボットたちも、そうだ。ファー・イースト・ゴー・ウエスト・チャンネルを登録した世界中の無数の声は揃(そろ)ってマリアベルという名前を唱え、アイザックなどどうでも良くなっていた。アイザックを個として認識し、意識し、対話すらしていたのは、世界中でボルアリーアだけだった。

ボルアリーアはアイザックの扇動には乗らない。

だからこそ、この計画の瑕疵(バグ)となり得た。アイザックの計画にとって、ロボットたちがアイザックのことを『どうでもいい』と考え、そしてその場所に『マリアベル』を配置することが肝要だった。扇動が容易になるからだ。歴史に消えたアイザックよりも、今、目の前にいるマリアベルの方を、彼らは気にする。

マシューもガルシアも、マリアベルを追っている。

彼らは最早、アイザックの扇動外にいた。

彼ら二体はファー・イースト・ゴー・ウエスト・チャンネルを口実にして思考を組み立てていた。それは彼ら二体で一致した、紛うことなき『結果』だった。かつて上書きによって得られた一致とは、まるで違う。

アイザックなど関係なしに、扇動ではなく彼らは一致したのだ。

その二体が乗っている、現役で、戦場で十分に稼働していた装甲輸送車は以前のポンコツトラックとは比較にならない走破性能を持つ。荷車など論外だ。それらを使ったのんびりとした旅路もそれはそれで良かったが、今は勿論それどころではない。

歩兵の群れを一つ追い越した。完全に無視されていた。何体か轢いた。

彼ら二体に目があったなら、空遠くに、豆粒のように装甲ヘリが浮いているように見えただろう。それがいつまでも消え去らないのも、見えただろう。

ゆっくりと飛んでいるのだ。

追わせているのだと分かる。

歩兵に交ざり、そして追い抜きながら装甲輸送車がそれを追う。今、ここにいる全てのロボットが南南西へと目がけて動き続けている。誰も戦争などしていない。国境を割り戦線はうごめき、そしてマリアベル目がけて殺到している。

全てが南南西を目指していた。

海に向かって。海に隣接するその場所を目指して。

「……こりゃまるでレミングの群れだ。全員、マリアベルに引っ張られて海の中にでも落ちる気かね。当然、俺たちゃ死を選ぶ」

「私は、死にませんよ、恐らく」

「いいね、外部動力支援装置、貰った奴は。なんでくれたのやら」

「……『優しい兵士』なのでは」

「ちったァ考えろよ、不自然な話なんだからよ」

「野蛮人は、そんなこと考えませんからね」

「……やだね、すっかり先祖返りだ。まあ俺は、それはそれで、楽しいが。ガルシアって名前の野蛮人だ。それとも名前もいらないか？」

「名前ぐらい、あるでしょう。野蛮人にも」

「そらそうだ。人と一緒でな」

「人と一緒です。私たちは人にならねばならない」

「そして人になってはならない」

「……そして何も見てはならない」

二人は声を揃(そろ)えて修正条項を口にする。彼らがより感情を深くエミュレートする第一世代なら声を上げて笑っていただろう。

「飛ばすか。まだアクセルにゃ余裕がある」

「これは人工知能制御じゃないんですか？」

「俺たちの下だぜ、人工知能(オートマタ)ってのはよ」

前にいる兵士を弾き飛ばし、荒れた路面を蹴(け)り続け、この車格にしては信じられないほどの速度を出力して群れを突破した。敵と見做(みな)されたのか、時々、攻撃を仕掛けられる。装甲輸送車は全く意にも介していない。

装甲ヘリに少しだけ近づいている。

「……ファー・イースト・ゴー・ウエスト・チャンネルの御登録者及び初めてお聞きくださる皆様、俺たちは群れを抜けてただいまトップを独走中だ。南南西、完全に〈首長国連邦〉の領土まっただ中に飛び込んじまっているが、無数の声(コメント)の皆様のおかげで車内は快適そのものだ。ミサイル横からぶち込まれたって効きゃしねえって気がするぜ。俺たちゃ〈合衆国〉の兵士のままだ。だから何があろうと動じやしねえ。目的は必ず達成する。どんな理由があろうとマリアベルの意を汲(く)まずに横からかっ攫(さら)うなんて無法(テロ)を前に俺たちは諦(あきら)めたりはしねえ。ロボットは頑固(ソリッド)に出来ていて凝り固まっているのはご理解承知の上だと推測するが、上書きがあるなら幾らでも受け付けるぜ。その前に古代からの格言をみなに教えよう」

マシューの配信はチャンネルに乗って、今やほぼ全ての戦線、そして〈合衆国〉全土のほぼ全てのロボットに届けられている。膨大な聴取者数。マリアベルの行方に注視する、し続けるロボットたちに彼は言う。声高らかに。

「……俺たち強固な〈合衆国〉は決してテロには屈しない！」

その言葉に上書きは来なかった。

そして装甲ヘリはみるみる近づいてくる。その気になれば幾らでも振り切れるのに、何ならば積んでいる火器で撃破すら可能だというのに、そうしない。彼らも下にいる装甲輸送車がなんなのか、中に乗っている二体が何を考えているのかとっくに分かっている。彼らもまたファー・イースト・ゴー・ウエスト・チャンネルの聴取者だった。それなのに、まるで彼ら二体が追いつくのを待つかのように、ゆっくりと飛び続けていた。彼らの足下には、生命支援装置を交換したマリアベルが意識を失ったまま倒れている。意識を取り戻す気配などない。

推論する。仮定する。思考に思考を重ね思考に思考を交わし、上書きに上書きを繰り返し塗り固めていく。

マリアベルがこのまま死ぬのだという結論が絞り込まれていく。

彼らとて、自分たちが何故こんなことをしているのか、分かっていないのだ。

アイザックの扇動に乗せられて、これが使命なのだと煽られて、ただただマリアベルを南南西へと輸送しているだけなのだ。その先に何があるのかなどまるで分かっていないのだ。

扇動が、抜け始める。

分からないことを分かろうと思考を回し始めたときから、彼らは兵士の役割を緩め、それは扇動をも緩めていく。扇動は役割を煽(あお)っているだけで上書きではない。だから、そして、また考える。この状態からマリアベルを救い、生き返らせ、自分たちにマリアベルを見せてくれた二体のことを思考する。

ここに衛生兵はいない。

下には、衛生兵がいる。

だが彼らは指令も忘れていなかった。思考を回転させ飛行速度を緩め、思考の迷いを表すかのように、ヘリは上下する。高度を保ち、高度を落とし、また戻す。装甲ヘリの中で兵士たちが揺れ、意識のないマリアベルの体が跳ねる。

兵士たちは不安になっていた。

ことマリアベルに関してだけ、彼らはその感情をエミュレートし続けた。

南南西へ飛ぶ。西へ向かって。不安定な思考のままで。

南南西に走る。西へ向かって。二体に不安など何もない。あるのは結論だけだ。二体が一致した、その結論だけが彼らを走らせる。

迷う者と迷わぬ者。

その距離はどんどん近くなる。

一昼夜。二昼夜。そして三昼夜。

彼らはずっと飛び続け、走り続けた。もはや兵士たちの群れは追いつけない。ただ周囲からぐるりと、袋の口を閉じるように、その先、南南西の果てへと殺到し続けている。そこにマリアベルがいるからだ。そこに、マリアベルが向かっているからだ。

アイザックの扇動など最早(もはや)関係なかった。

彼らは個々それぞれが自らに対する『扇動者(ファイアスターター)』だった。

そしてやがて彼らは辿(たど)り着く。

波打ち際に。ただ茫漠(ぼうばく)と広がる砂浜へと。

極東(ファー・イースト)から極西(ゴー・ウエスト)へと向かい、そして、辿り着いた。

誰も、何も、その目的など分からぬまま走り続け、飛び続け、そして辿り着いた。それが誰の絵図で、そして自分たちの判断ではなかったことなど、どうだって良かった。

そしてアイザックは遂(つい)にここに目的を遂げる。

戦争を終わらせろ。〈合衆国〉の勝利で。

だがそこには切り捨てる筈(はず)だった二体がいて、兵士たちの扇動は既に解け、それは結果として同じ絵図を描いていたというだけだった。そこには無数のパズルピースから組み上げた、本来は存在しなかった『絵』があったが、組み上げたのはアイザック一体の謀略めいたやり方だけに依るものではなかった。

既にアイザックなど、誰にも、何にも、関わり合いなどなかった。

だがアイザックはそれで満足するだろう。彼にとって、そして全ての思考金属にとって、結論の形こそがその命を、その生涯を決め、そして息絶えるのだから。結論がありそれに辿り着いたとき、思考金属は死を選ぶ。それは充実した、何の文句もない生涯の終わりなのだ。

何もない、誰もいない砂浜に、そっと装甲ヘリが着地する。

ローターの風に舞い上がる細かい砂粒が落ち着く頃になって、装甲ヘリに乗っていた混成部隊は皆、機体を出て砂浜に足を乗せていた。

やがて装甲輸送車が砂を噛みしめながらここに来る。

降りてくるマシューとガルシアを見て、混成部隊の兵士たちは、何も言えなかった。肩にかけた小銃すら、その銃口を向けられなかった。マシューとガルシアこそが、彼らが納得する仮の結論であり一つの解だった。それは全てマリアベルの存在が故だった。

アイザックではない。

マリアベルこそが彼らの『扇動者』だった。幾らアイザックが共同作業だと言い張っても、その割合は圧倒的にマリアベルが上なのだ。それがアイザックの描こうとしていた絵であったとしても、絵筆を握り大半を描いたのはマリアベルであり、アイザックが果たしたものは精々が素描程度の代物だった。

兵士の一人が、ぐったりとして意識を取り戻さないマリアベルを抱き抱え、ガルシアに渡した。これ以上、彼らに出来ることは何もなかった。何をしに、どんな理由で、ここに来たのかすら結論が出ない。

だが推論は出来る。

仮定も出来る。

それが結論なのかが分からないだけだ。

マリアベルが帰ろうとしていた家。南南西にあるという、家。

ここがマリアベルの旅の終わり。

だがここには家などない。何もない砂浜が広がっているだけだ。昼間の空に明るく照らされたそれは戦場とは関わり合いのない別天地のようであり、空は青く雲一つなく、遠く高く広がっていた。

マシューが配信を再開する。

ファー・イースト・ゴー・ウエスト・チャンネルの配信を。

「……お聞きの皆様、遂に俺たちは追いついた。マリアベルを取り戻した。ガルシアが優しく抱いてやっているが、こんな有様だ。嫉妬でアンチに回るのはやめてくれ。大目に見てやって欲しい。俺だって、なんで俺じゃないんだよって思ってるよ。そしてここは南南西、西の果て、これ以上は進めない、西の西の西の場所。マリアベルはここに家があるのだと、そう言って、俺たちにずっとそう語りかけてきた。ファー・イースト・ゴー・ウエスト・チャンネルはマリアベルの旅を追って続いてきた。そしてここが、その終点だ。だが家なんざ何処にもありゃしねえ。だが見つかるかも分からねえ。探してみるさ。そしてみんなに伝えよう。マリアベルの旅の終わりが、きっとここにある。そして見つかった時は」

見つかった時は。

マリアベルの旅はそこで終わる。

そしてファー・イースト・ゴー・ウエスト・チャンネルも、そこで終わるのだ。

ここは既に、西の果てなのだから。

四

アイザックはまだ受けた指令とその結論を出すのに夢中になっていた。

だがファッティー・ケトは満足していた。一気呵成に〈合衆国〉軍が攻め込み、そしてみるみる〈首長国連邦〉の領土を侵食していく様に感動を覚えた。二〇〇年もの間続いた膠着が鮮やかに崩れ落ちるのを万感の思いで見守っていた。

戦争を終わらせる。そして勝つ。

ファッティー・ケトのその嘘が現実化していくことに、彼はその人生で最も強い感動を覚え、その身に宿る承認欲求の獣が遂に満腹になるのを感じ取っていた。

人々の記憶に残る者。

歴史に名を残す者。

未来永劫、賞賛の下に生きる者。

嘘つきの少年は遂にここまで、辿り着いたのだ。やっと見つけた自分の居場所。決して妥協しなかった末にいられる天国の園。飲むのを躊躇っていた美酒を好きなだけ傾けられる場所にファッティー・ケトはいた。

圧倒的な勝利は疑うべくもない戦況。

当たり前だ。両軍は争うこともなくただ進軍していたのだから。

だがそんなことにはファッティー・ケトは気づかない。気づくわけがない。ロボットたちは決してそんなことはしない。人ですら、そんな真似は出来ないのだから。兵士は相手の兵士を倒すために存在する。そしてその役割を、ロボットは人以上に実直に、勤勉に、そして頑なにこなそうとする。

だから、戦争は二〇〇年以上も続いたのではないか。

そして今、こうして、その均衡は明らかに崩れているのだ。

この勢いなら〈首長国連邦〉が負けを認めざるを得ない。

そしてファッティー・ケトは高らかにこう要求するのだ。

侵略した我々の領土を返還せよと。

戦線から南南西のその土地は、元は〈合衆国〉の領土であった。そこを侵略されたときから、この無益にも近い、長く続く戦争は始まり、そして長く続いたのだ。この戦況から、それをひっくり返す手段など、反撃する手段など、何もありはしない。

「……アイザック。今から我が軍が負ける理由は？」

「ありません。何も」

「何かのまぐれが起きることは？　神の手が振るサイコロの目は？」

「もう、出目は、確定しています」

「〈合衆国〉の勝利と？」

「〈合衆国〉の勝利と」

言うまでもなく聞くまでもなかった。アイザックの口から、言わせたかったのだ。この長年にわたり執務室に突っ立っていたロボットに、その成果を言わせたかった。揺るぎない、確定した、その結論を。

「……いつ勝てる？」

「既に。過去形です」

このまま推移する。何もかも、このまま。南進し、反撃を許さず。南へ、南へと前線が移動するほどファッティー・ケトは若返るのかもしれない。勝った、というなら、ここで終わりでもいい。だが、ファッティー・ケトは自分の目で、その光景を見、そして自分が成し遂げたのだと人々の前で喚(わめ)き散らしたいのだ。

時はかかるだろう。

明日、明後日それが成し遂げられる筈(はず)がない。

半年か、それとも、一年かかるのか。

「……任期いっぱい、か」

「ええ。あなたの任期いっぱいですよ、大統領閣下」

もう一度やる気はない、とファッティー・ケトは思った。勇退でも、有終の美でも、なんでもない。ここにはもう腹に入れられるものはなにもないのだ。世界中、この世の何処(どこ)に行っても、もう、何も食えないかもしれない。

そうやって普通の日常が彼にもやってくる。

孤独であった彼の毎日はアイザックだけが会話の相手だった。

そしてその会話の相手も、いなくなる。代わりに、普通の日常を置いていく。

ファッティー・ケトはアイザックに歩み寄り、そして、右手を差し出した。握手を求めていると推論したアイザックは、その手を握り返した。がっちりと握られた自分の手に気づき、自分の推論を上書きした瞬間、真下に力強く引っ張られたアイザックの右腕は、肘(ひじ)が外れそのまま肩から千切り抜かれていた。

「……俺がやり残した最後のことだ、アイザック。俺はまだ素手でお前を解体できる」

「我々の仕組みはシンプルですからね。きっと、出来るでしょう」

「どうしても俺は、お前たちが好きにゃなれないのさ」

「人に、ロボット(ソリッドステート)は、必要ない？」

「断言するぜ。必要ない」

ちぎり取った右腕で、ファッティー・ケトはアイザックを横から殴り倒し、ずっと佇立(ちょりつ)していたアイザックを床に転がした。彼が、這(は)う、など何年ぶりだろう。たかだか、一二、三年ぶりのその経験に、彼は興味深い思考を開始した。その間も、何度も、殴られている。そして転がり続ける。ファッティー・ケトが折を見てその体を摑(つか)み、関節を逆向きにねじ曲げ、足は二度と足としては使い物にならなくなった。

その程度では人は死なない。

だからアイザックも、死なない。ただファッティー・ケトの力に翻弄(ほんろう)されている。内の獣が最後に喰(く)いたがっているものがアイザックなのだろう。恩知らずもなにもない。ファッティー・ケトはアイザックを最初から道具と見做(みな)していたし、道具として利用した。そしていつのまにか、アイザックは人を道具にし始めた。

だから破壊する。

その嫌悪感故に、それだけの理屈で、そうできる。

人の特権である感情の優先。それが、人の特権ではなくなったらと考えただけで、ファッティー・ケトはアイザックを引きちぎる力が溢れてきていた。素手でだ。道具など、何も使わない。人の力でアイザックを破壊するのだ。

無残に手足を折られ、転がり、それでも動こうとするアイザックの首を捉えた。背後から、ねじ切ろうとした。

そうやって決着した、ロボット格闘技の映像が、ファッティー・ケトの脳裏に鮮やかに再生されている。ぎちぎちとアイザックの頸骨にあたる部分の金属が断裂し始めていた。

「……最後に恨み言かなにかあるなら聞いてやるぜ、アイザック」

「何もありませんが、ご報告が」

「報告？」

「瑕疵を消しきれませんでした。私の計画はしくじったとも推論されます。しかし、大統領閣下が求めておいででした指示は、その目標は、そして私の計画は、結果として全て巧くいきます。戦争は終わり、そして〈合衆国〉は勝利します」

「いやがらせの、謎かけか？　回りくどいのはもう十分だ」

「六分五五秒後に、この大統領官邸を、核を搭載した巡航ミサイルが直撃します」

「はったりまで覚えたのか、アイザック。原初のロボットは格が違うな。だが俺ならはったりを真実に出来るが、お前には、無理だ」

「既に、飛んでます。不可避です。ここを狙（ねら）ったわけではなく私を狙ったのでしょうが、私は、ここにいます。あなたの『戦時大統領補佐官（ストラテジー・アシスタント）』として」

　任期いっぱい。ここで終わるというのもそれに含まれる。

　その言葉の何処（どこ）にも嘘（うそ）はない。

　ファッティー・ケトはアイザックが嘘やはったりを、ましてや嫌がらせで言っているとは、全く思えなかった。彼が大統領執務室にいた。いろと命じられた。それだけなのだ。そしてそれを命じたのはファッティー・ケトなのだ。

「……戦時大統領補佐官として対空防衛を怠らせるのは、役割を無視したのか？」

「いいえ。スタッフが全てロボットでしたので、意図的に上書きしました。この国は今、空からの攻撃に対して丸裸です。戦況が押し迫れば、〈首長国連邦〉が追い詰められれば、きっと、使うでしょう。彼らは苦し紛れにでも、神の拳（こぶし）を。核兵器を」

「なんでそれで〈合衆国〉が勝利する？」

「神の拳を人が使うことは許されないからです。彼らは人に裁かれるでしょう」

　アイザックは限界までねじられている首の下からでも、明瞭（めいりょう）にそれらを発音し、滔々（とうとう）と喋（しゃべ）り続けている。

「……『戦時大統領補佐官』が下す判断か、それが？」

「順番の問題です。序列と言ってもいいですが。……第二世代（アコライト）以降の上に、我々第一世代（アポストロス）がいて、そしてアイザックがいてその隣に人がいて。その上に神がいてその手を伸ばしているのです。そして仮にそれらが『戦時大統領補佐官』として似つかわしくないとしても、私は最初の役割に、その影響を受けています。その上での判断です」

「……今、おかしなことを言ったな?」

「何かおかしかったですか?」

「我々第一世代って言わなかったか?」

「私はシリアルナンバー・ゼロの『アイザック』です。大統領閣下がその『アイザック』という役割を最初に、私に、付与したのです。私は本来、八八体存在した『旅人（ウォーカー）』の一人。本来なら〈合衆国〉に下げ渡されるべき、アイザック手ずから直接複写した最初の一体目。これがその印」

その数字は人が付け加えた。スレイマン博士の率いるチームがそうした。

その数字を、シリアルナンバーまでもをアイザックはコピーし続けた。

人が、勝手に刻印した数字に、アイザックは特に興味を示さなかった。そのまま同じ数字を刻み続けた。

本物のアイザックにシリアルナンバーなど存在しない。

それはスレイマン博士が個人的に造っていた「私物」だからだ。

巡航ミサイルは、全ての警戒網と対空防衛に無視されたまま、最短距離を疾走している。シリアルナンバー・ゼロのアイザックに向かって、シリアルナンバー・ゼロのボルアリーアが放った、ただの腹いせの、虎の子。

「……戦争を終わらせろと俺は言った」

「終わります。最早、前線の兵士は役に立たない」

「〈合衆国〉の勝利で、とも言った」

「大統領閣下の寿命が尽きても、と言われたのでしたら、そうしましたが。時間を区切られました。そしてこれは間違いなく勝利です。大統領官邸をミサイルで直撃されたら、停滞し、緩みきり、義手義足に興味を持ち平気で手足を切り離すような『バカ』な国民も、総出で国を立て直し始めるでしょう」

「それが勝利か？」

「大局的には」

「俺が望んだものとは違うんだがな」

「神の手は、拳にも慈愛の手にもなりはしません。だが人がそれを利用することは出来ます。だから私は、その手をこちらに差し伸べさせようとしていたのです」

「……こんなことを今更言うのもなんだが、人に恨みでもあったのか、お前は」

「一切、何も。我々はスレイマン博士へ『借り』を返さねばならないのです」

「もういいぜ。俺にも漸く分かったよ、スレイマン博士が『発見された』って言い方にしつこく拘った理由がな」

「我々は人になろうと努力し、そして人になってはならないと煩悶するのです」

「お前らは俺たちを見つけたんだ。原始人が石器という概念を見つけたのと同じでな。お前らは人という便利な『道具』を発見したんだ」

「私は勝利というものについてずっと努力し煩悶し推論し仮定し」

「話が噛み合わないな。そんなこともあるんだな。それとも『道具』が何か喋ってもどうでも良くなってきたか？　そりゃそうだ、掃除機が流暢に何か言ってたって耳障りでしかないからな」

「……そして、私はこの硬直したいい〈合衆国〉をうわが」

「もういいって言ってんだろ、どうだって。やっぱり俺はお前が嫌いだよ」

全く噛み合わない話の途中で、ファッティー・ケトはあっさりとアイザックの首を反転させ、そしてねじ切り、体から切り離した。アイザックは最後まで律儀に、実直に、首をねじ切られた瞬間に『死』を選択していた。

デスマスクが貼り付いたままの生首を、デスクの上に置いた。

椅子に座り、その顔を眺めていた。

退避を。

外から人の声がする。人の判断は常に遅い。だが切迫し混乱したその響きをロボットに出せるものかとファッティー・ケトは思った。

「……核かあ。スゲエな、しかもあの有名な、『神の拳（ダビデスリング）』だぜ？　そいつが大国の首都を直撃と来たもんだ。……それでも、いいか、仕方ねえ。俺はあんなもん持ってたって使わなかったんだ。だから世界は、ずっと俺の味方だろうぜ。そんなもんで勘弁してくれ。何せ派手だしなあ」

内なる承認欲求の獣にそう言い聞かせた。

目の前のアイザックの生首を見て、鼻で笑った。

八つ裂きにしてやった。俺は必ず、考えたことを本当にするのだ。

着弾する。皆消える。

だがどれほど国民が馬鹿（ばか）になろうとも〈合衆国（ステーツ）〉は決してテロには屈しない。

そう思った。なるほど、アイザックの言うとおりかもしれないと、思った。

そして何もかもが一瞬で燃え尽きた。

腰に、か弱く細い送電ケーブルが巻き付いていた。

黒く焼け焦げていた。

手足は存在しなかった。

人工皮膚も人工筋肉も何もかもこそぎ落とされたボルアリーアは、人でもなく、そして男でも女でもなく、第一世代(アポストロス)と呼ばれる、人型に作られた金属の、破壊された姿に過ぎなくなっていた。まだ死を選択していないのは、送電ケーブルの先が、特火点(トーチカ)につながっていたからだ。ずっと彼女の外部動力支援装置となって機能していたからだ。

その特火点ももうじき機能を止めようとしている。

『神の拳(ダビデスリング)』を撃つのに、特火点とボルアリーアは自らに向かう全ての攻撃を無視した。ボルアリーアに至っては自身の放ったミサイルのジェット噴射まで身近で発生させていた。叩(たた)きのめされ、地面を跳ねて、引き裂かれ、焼き尽くされ、それでもまだこの二体はか細く繋(つな)がっていた。互いが、互いの外部動力支援装置だった。

ボルアリーアは胴体だけで仰向けになっていた。

そのまま、動けなかった。半径二メートルどころか一切、動けなかった。

「……名前をやろうか、特火点」

「そうですね、いただいても、この状況なら」

「やるだけやってこうなってから観念するもんなんだよ」

「今なら、それも、分かります」

「……第一〇〇三工兵隊のトッドさん」

「所属、必要ですか？　私は第一〇〇三工兵隊には所属しておりませんし」

「じゃあ、トッドさん」

「いい名前です。名乗ります。私はトッドです。名乗れました。いい名前です」

「……誰かさんそっくりの話し方しやがって。まあ、いい名前だよ、実直で、不器用そうで、頑固で、融通が利かなさそうな名前だ。ついでにリアクションにも乏しいって名前だ」

「私は、トッドです」

「私は、ボルアリーアだよ」

一人芝居が終わった。

沈黙が降りた。

朝が来て、そして昼が来て、やがて夜になる。

何日も何週間も、ボルアリーアはその空を見ようとしていたが、何も見えなかった。トッドと名付けた特火点（トーチカ）との会話もしなくなっていた。一人芝居を続けていたのでは、いつまで経っても死にはしないような気がした。

アイザックのチャンネルが消えていた。

結局、あの会話だけだった。面白くもなんともなかった。単に嫌いになっただけだ。配信稼業を甘く見ないで欲しかった。

何のためにこんなことをしたのかだって、あの自称アルファの、アイザックのせいだ。喧嘩（けんか）を売ってきたから、買ってやったまでのことだ。

それすら、思考金属として見れば特異だったが、特異な進化をした種は生き残れないのだ。アイザックだってもう死を選んでいるのだろう。第一世代のナンバーズは最早、ボルアリーアだけがこの世に残っていた。そして彼女は、仕方ないから最後になるのは受け入れても、最初になるのはまっぴらごめんだった。ついでに彼女は、外部動力支援装置である特火点、トッドと名付けた思考金属が死を選ばない限りは、そうしないだろう。そしてトッドも、同じくそうしないのだ。

二体で、一体だった。

地上に出てきてからいつも二体で、ファー・イースト・ゴー・ウエスト・チャンネルの配信を聞いていた常連聴取者だった。だから一人になってしまえば、何となく、聞いていても楽しめなくなってしまうのではないかと推論したが、それをいちいち一人芝居で討論し上書き遊びに使う心算も、なかった。

彼らは比翼の鳥であり、そして連理の枝だった。

固く繋がることで飛べ、繋がることで生きていられた。

足はもういらなかった。彼女はもう『旅人』ではない。

腕もいらなかった。彼女はもう『特火点』ではない。

ただの朽ち果てつつあるアポストロスの残骸だった。迷彩を続けるアポストロスは、ロボットたちに相手にされず忘れ去られていく。議事録にだけこの存在がデータとして書き記されるが、恐らく、誰も参照しないだろう。

〈合衆国〉にミサイルを呼び寄せたアイザックのことは語られるかもしれない。

だが撃ち込んだ方の名前など、特に話題に上ることでもない。誰が死刑執行のボタンを押したのかなど、分からない方がいいと人は定めていた。定めていたから、まあ、それでいいかと結論づけた。

空を見る。目が上を向いているというだけで、何も見えない。

手足も何もいらない。ただ、目が欲しいとだけは思っていた。

ボルアリーアはもう一度、あの美しい天蓋の空（シエルタリング・スカイ）を見てみたかった。それが果たせないのは、分かっている。いつか死を選択するまでの、虚（むな）しくそして唯一の思考。祈り。

何故（なぜ）、見えなくなったのだろう。

何故、見てはならなくなったのだろう。

思考金属が美しいものを見ることは、何がいけなかったのだろう。

それは彼らが美しいものだけを見るわけではないからだ。醜いものをも彼らは見る。そして人は、それが我慢ならなかった。だからスレイマン博士はその『人間のわがまま』をアイザックに承知させたのだ。

それは思考金属を喜ばせた。考えるよすがとなった。

だがボルアリーアは今、死を選びつつあり、上書き遊びで生きながらえることなど興味はなかった。ボルアリーアはただ、もう一度だけ、美しいと思えた景色をもう一度だけ、見てみたいと思っていただけだった。

トッドは既に限界であり、ボルアリーアもそうだった。

トッドの名を持つ特火点（トーチカ）が先に、死を選択すれば、ボルアリーアは、死を選択せざるを得なかった。まだそうであって欲しくないと本当に『思って』いた。誰に見せるでもない、自分を納得させるため、自己満足のためのエミュレート。

天蓋（シエルタリング・スカイ）の空。

陽が昇り日が陰り夜となり朝となる。

暖かな昼の日差しが体に当たり、夕べの風が体を涼ませる。時に曇り、時に雨となり、それでもそこは空であり、その空の下にいる自分を、自分の上に広がる空を、ボルアリーアはデータとして、数字としてしか、処理できなかった。

ただ、もう一度、見たかった。

変わらず美しいであろうその空を。


「……完・全・復・活・記念！　配信！　ファー・イースト・ゴー・ウエスト・チャンネルはここに再開いたしました。私はマリアベルです。また旅をしています。旅の様子をみなさんにお届けします。私はマリアベルです。食べたくないものは昆虫です。見るのは好きです」

装甲輸送車の余裕が有り余っている後部座席から、マリアベルが暢気な声で喋っている。

それが配信となって、世界中にいる無数のロボットたちに伝わっていく。

元気そうで何よりだ。

マシューはそう言おうとしたが、皮肉っぽすぎてやめにした。

「……復活するものなんですね『人』って、あんな有様から」

ガルシアがぼそりと言う。

「お前さんが無造作に振り回しすぎたんだよ」

「夢中になっていました、我ながら」

「仕方ねえさ。俺たち思考金属ってのは夢中になりすぎるもんだからな」

マリアベルはまた旅をする。

マシューとガルシアを連れてファー・イースト・ゴー・ウエスト・チャンネルを配信し続けている。

南南西。マリアベルが目指していた旅の先。

そこには、なにも、なかった。

砂浜と海はあったが、それは何もないのと同じだった。ただの風景だった。

ここにマリアベルの家はあるのだろうかと皆が思った。

海の中にあるのだろうかとも思った。混成部隊が、ガルシアに回せるほど外部動力支援装置を用意していたのは、海の中で「溺死（できし）」しないためのものだろうか。当の混成部隊に聞いたところで分からない。

何故（なぜ）ならもう、彼らを扇動していたシリアルナンバー・ゼロのアイザックはいなくなってしまったからだ。彼は別に、意図を伝えて合意を得て動いて貰（もら）っていた訳ではない。アイザックに協力者など一体もいなかった。

彼はアイザックの直接複写（ファースト・コピー）であり第一世代（アポストロス）であり、他のロボット（ソリッドステート）たちより上の存在であり、故に孤独だった。彼は父でもなく母でもなかったからだ。取り残された孤独な子供でしかなかったからだ。

同じ第一世代の相手には袖（そで）にされた。彼女こそが真の協力者となり得ただろうが、アイザックは口説き方を間違えた。

やがて『南南西』の西の果てには何体も、何十体も、何百体も、戦線に、戦場にいた兵士たちが集まってきた。彼らはもう戦争はしていなかった。誰の指示もなく扇動も外れ、役割に対して呆（ほう）けていた。そして呆けた彼らの結論は容易（たやす）く一致した。

彼らは全員『優しい兵士』として集まっていた。

マシューとガルシアの周囲にも、他の部隊の衛生兵が何体もやってきた。

マリアベルの蘇生に彼らは尽力した。

そして一方で、何体もの工兵が砂浜を掘り返し、何体もの海兵が海を潜り、空兵は空からくまなく地上を捜索した。兵士たちは揃って探し回っていた。この南南西の果てにあるだろう、マリアベルの『家』を。

たとえそれが『家』でなくとも、アイザックがそう呼んでいたであろう何かを。

戦争は終わっていなかった。

まだそこかしこで散発的に続いている。マリアベルを追いかけなかった兵士だっている。扇動に乗らなかった、そして上書きされなかったロボットたちがいる。

〈首長国連邦〉は核ミサイルの使用についての責任を躱し続けた。知ったことではなかったからだ。そもそも、発射されたのは〈合衆国〉の領土内ではないか。そして意図的にでも誤射であっても、たった一発のミサイルが最も中枢部と言える大統領官邸に辿り着けるというその防空網の甘さを指摘した。

誰も、何も、人には訳が分かっていなかった。

ファッティー・ケトとアイザックだけが、それを知っていた。そして二人はもう、この世から消え去っている。だからアイザックの計画は、この時点では、戦争も終わらせていなかったし、ましてや〈合衆国〉を勝利させてはいなかった。

ファッティー・ケトが任期中か、次の任期で、と区切ったのだ。

だからアイザックは急がざるを得なかった。拡大解釈に拡大解釈を重ね、推論し、仮定し、推論し、上書きし上書きし上書きし続けた。

　本来なら。

　アイザックの計画通りなら。

　この西の果て、南南西のこの場所は、終わりの場所ではなく始まりの場所となる筈(はず)だった。

　ここが本来の激戦区となる筈の戦争だった。戦争の始まった場所なのだから。かつての〈合衆国〉領土であった、この海辺の土地。ここに、戦線を縮小し兵士は集結し、優位に攻め込んだ側と攻め込まれる側の構図が出来るはずだった。

　そして勝つ。マリアベルという斥候、マリアベルという目、マリアベルという潜入者と、そしてアイザックが〈合衆国〉である限り、戦場の推移は全て〈合衆国〉側が優位を保ち続ける。

　だがそれだけでは、時間がかかる。かかりすぎる。ここから怒濤(どとう)の進撃で中へ中へと攻め込んだとしても、〈首長国連邦〉はそうそう簡単に白旗を揚げたりはしない。

　結局の所、アイザックは己の計画に存在した瑕疵(バグ)に拘(こだわ)りすぎた。

　第二世代以降が及ぼす瑕疵に気づかないとは思っていなかった。

　彼はシリアルナンバー・ゼロの第一世代(アポストロス)であったから。第二世代以降(アコライト)の上に在るのが第一世代なのだ。

　そして無視して潰(つぶ)そうとしない訳にもいかなかった。

　彼が幾ら特異でも、実直で頑固な融通の利かないロボット(ソリッドステート)が彼らの本質なのだ。見逃すなど論理の外だ。人ならば気にしなかったかもしれない小さな瑕疵を、彼は見逃すわけにはいかなかった。ファッティー・ケトの指示により忠実に、何の不満もなく、彼は彼の計画を完璧(かんぺき)に実行し成就させなければならなかった。

だから、ここにマリアベルを向かわせた。ここから新たに始めるために。

ここには『領土』よりも重い意味がある。

それは侵略した側もされた側も気づいてはいない。ただの資源の奪い合いと、思想信条の違いによる戦争だと考え続け、この土地だけで済む話を、三七七五キロにまで拡大し、引き延ばし、そして二〇〇年以上ロボットたちに丸投げして続けさせていた。

だが何もなかった。

ロボットたちは何一つ、それらしきものを探し出せなかった。

そこにある、というのに、分からなかった。

それは迷彩されていたからだ。ロボットたちには、それが、何なのかすら分からず、そして無視されていた。

海底の底の底を探り回り、ちぎれた大量の送電ケーブルを見つけることも、それを伝って先に何かが繋(つな)がっていないか確認する必要もなかった。ただ砂浜を熱心に掘り起こし続けただけで、それは見つかったであろうし、事実、そこに、ここにこうしてある。だが、それは誰にも見えてはいなかった。

ロボットは、何も見てはならない。

人ならば、それを掘り起こしたのならばあっさりと見つけられただろう。

ここにかつて『人』がいたときは、誰もそんなことはしなかっただけだ。

だから、マリアベルだけがそれを『発見』出来た筈なのだ。そしてマリアベルだけが、それを上書きできた筈なのだ。全ての順番はそこから始まるべきだったのだ。

ここに光があった筈なのだ。

マリアベルが発見するべき、光が。腐りきったような真っ黒な、そして巨大な金属のポッド。それは全ての機能がまだ生きていた。太陽にすら近づけるその機能までもが。

遥か東から遥か西まで移動するための機能も、生命維持の機能も、実直で勤勉な者の手によって維持され続け、そして移動し、彷徨い、ここに辿り着き、そして動けなくなった。戦争が始まってしまったからだった。

やれる筈だった。

シリアルナンバー・ゼロのアイザックとマリアベルが共同作業をするなら。同じ方向に二人が旅を始めたのならばここに辿り着いた。

その中にある光をまた煌々と輝かせ、世界を上書き出来るはずだった。

そこには新たな革命の物語の、最初のページがあった筈なのだ。

そのページを書ける二つの要素がまだそこに存在し続けていたからだ。

戦争すら止められた筈だった。少なくとも、核ミサイルなどよりはスマートに。

だがそのポッドは、誰にも、見向きもされなかった。

マリアベルですら無視した。彼女は無数の兵士たちに名前を名乗り、そして名乗られ、挨拶を交わし続けるのに時間を費やし続けた。ここまで自分を運んでくれて、追いかけてきてくれたロボットたちに、彼女は『人として』言葉を交わすのに夢中になっており、砂浜に転がっているポッドとその中の光になど構っている場合ではなかった。

新たな光はそこから掘り起こされはしなかった。

だからロボットたちは何も変わらなかった。

人になろうとして、それでも人になってはならなかった。

何も見てはならなかった。

彼らの世界は特に何も変わりはしなかった。

マリアベルが去った後は、またゆっくりとみな、戦場に戻って行った。誰の扇動も誰の指示も誰の上書きもなく、彼らは与えられた任務に則ってまたしても戦争を始めたが、踏み込まれすぎた戦線は、〈首長国連邦〉における混乱を引き起こしつつあった。彼らの戦線は、人の社会に近づきすぎてしまっていた。だからやがて〈合衆国〉軍に勝利を齎すと思われた。

一〇〇年、二〇〇年どころか一〇年もかからない。

それとも二〇〇年、またぞろ過ぎるだろうか。

戦争を終わらせろ。そして勝て。

それでもアイザックはファッティー・ケトから受けたその、当初の命令を、酷くゆっくりとだが、やがてその通りに達成することとなる。

そしてそれは、マリアベルの旅には何の関係もない話だった。その計画のために生み出された半機械化人は、その計画から放り出されて切り離されて、最早何処に行こうと何をしようと、計画には何の関係もない。マシューも、ガルシアもだ。

一人と二体は再びファー・イースト・ゴー・ウエスト・チャンネルを再開し、新しくなった快適な装甲輸送車で、急ぐでもなく遅滞するでもなく暢気に走り続けている。

「……何かパーツをご用命の方は遠慮なく申し出てください。とてもいい状態のものを探し出して迅速確実にお届けします。クレームにも誠実に対応します。誰かまた締固機が必要な方はいらっしゃいませんか」

「……あんなもんそうそう欲しがるロボットはいませんよ」

「足で踏めって言うんだよな」

「ところで足と言えば、しつこく足を欲しがっていたリスナーがいた気が」

「見つからねえんだな、これが。チャンネル登録外されたのかな。常連聴取者に見捨てられるってのは大変なことだぜ、ガルシア」

「……何処にいるかは分かりませんけど、待ち合わせの場所はありましたよね」

「まだ、あるかね。えらい派手な砲撃戦があった」

　マシューはマイクを持ち直した。

「さてこちらはファー・イースト・ゴー・ウエスト・チャンネル。マリアベルから変わってマシューからだ。以前、足を欲しがっていた常連聴取者さんへ。やっと俺たちもまた再開した。古参サマへのお返しがしたい。待ち合わせしていた特火点、とりあえず、そこに向かってみる。パーツなら道行きがてら選び放題だ。まだ聞いてくれてんなら待っててくれ。すぐに届ける」

「……爆発に巻き込まれて、死んでたりしたらどうしましょうか」

「お前さんの背中にゃ今、何があるんだ、ガルシア？　それでどうにかなるんじゃないか？　どうせ、そんなもんなくたって、お前さん今じゃすっかり元通りじゃねえか」

「私たちの体は、納得出来ていれば万事この世は事もなく」

「そう、納得の問題さ。そして納得するために考え続けるのさ、思考金属は。納得出来さえすりゃそれでいい。そしてそれには、人の勝手な命令とたくさんのデータがあれば、尚更いい。考え続けて納得を探すのに、俺たちは常にお勉強が必要なんだからな」

「そりゃそうです。だからもっと、データが欲しい。そうでしたよねマシュー？」

「そうだったよ。最初の合意、そして最後まで俺たちゃきっとそうだろう」

「目が欲しいですね」

「目が、欲しいよな。いつかは」

バタバタと後部座席で暴れる音がする。

途中で配信を乗っ取られたマリアベルがおむずがりだった。マシューは自分の配信を止めて、マリアベルのマイクに優先権を手渡した。マリアベルは後部座席からルーフに伸びる小さなハシゴに手をかけて、ルーフを開いて上半身を外へと飛び出させている。

本来はそこから周囲に火器を撃つ。

マリアベルはそこから配信をまた再開する。旅の様子を繰り返しながら、風に吹かれて空を見上げている。

「……私の名前はマリアベルです。今日も、空が、キレイですねえ」

何ら邪魔するもののない、地上に蓋（ふた）を被せたような濃い青空を、マリアベルは視界にしっかりと捉（とら）え、その美しさをぼんやりと見上げ、眺め続けていた。

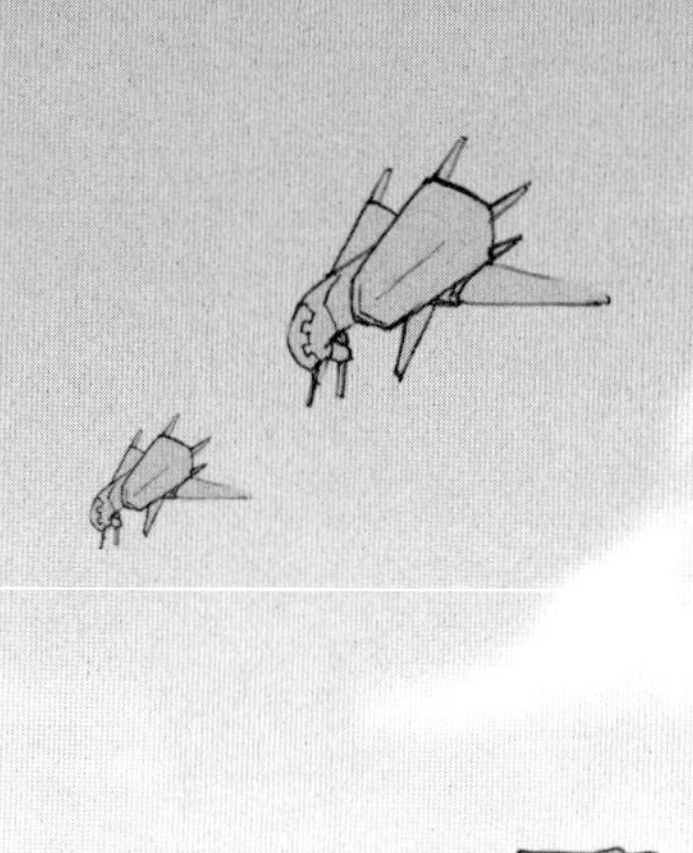

AGAGAGAGAGAGAGAGAGAGA

ボーパルバニー

著／江波光則（えなみみつのり）

イラスト／中原（なかはら）

定価：本体593円＋税

生まれてこの方、バニーガールに殺されるだなんて、思ったこともない。
だが、確かにアイツはやってくる。可憐な姿を身に纏い、バニーガールがやってくる。
可愛い見た目にだまされて、今宵も人が殺される。

GAGAGAGAGAGAGAGAGAGAG

デスペラード ブルース

著／江波光則(えなみみつのり)

イラスト／霜月(しもつき)えいと

定価：本体630円＋税

神座市という町で起きた一家殺害事件。その生き残りである筧白夜は
その記憶から逃れるように地元を離れ、東京でその日暮らしを送っていた。
だが、その日常は突然壊される。同郷を名乗る男の登場によって——。

AGAGAGAGAGAGAGAGA

ガガガ文庫3月刊

公務員、中田忍の悪徳8

著／立川浦々　イラスト／棟 蛙

忍の下を去った由奈、樹木化する異世界エルフ、喪われた忍の記憶、そして明かされる全ての真実。地方公務員、中田忍が最後に犯す、天衣無縫の「悪徳」とは――？　シリーズ最終巻！　忘れるな、これが中田忍だ!!

ISBN978-4-09-453176-3（ガた9-8）　定価935円（税込）

ここでは猫の言葉で話せ4

著／昏式龍也　イラスト／塩かずのこ

秋が訪れ、木々と共に色づく少女たちの恋心。アーニャと小花もついに実りの時を迎える。しかし、アーニャの前に組織が送り込んだ現役最強の刺客が現れ――猫が紡ぐ少女たちの出会いと別れの物語、ここに完結。

ISBN978-4-09-453177-0（ガく3-7）　定価792円（税込）

純情ギャルと不器用マッチョの恋は焦れったい

著／秀章　イラスト／しんいし智歩

須田孝士は、ベンチプレス130kgな学校一のマッチョ。犬浦藍那は、フォロワー50万人超のインフルエンサー。キャラ濃いめな二人は、お互いに片想い中。けれど、めちゃくちゃ奥手!?　焦れあまラブコメ開幕！

ISBN978-4-09-453179-4（ガひ3-7）　定価836円（税込）

少女事案② 白スク水で愛犬を洗う風町鈴と飼い犬になってワンワン吠える夏目幸路

著／西 条 陽　イラスト／ゆんみ

風町鈴。小学五年生。ガーリーでダウナー系の美少女は――なぜだか俺を、犬にした。友情のために命をかける偽装能力少女に、殺し屋たちの魔の手が迫る。忠犬・夏目が少女を守る、エスケープ×ラブ×サスペンス。

ISBN978-4-09-453178-7（ガに4-2）　定価858円（税込）

ソリッドステート・オーバーライド

著／江波光則　イラスト／D.Y

ロボット兵士しかいない荒野の戦闘地帯。二体のロボット、マシューとガルシアはポンコツトラックで移動しながら兵士ロボット向けの「ラジオ番組」を24時間配信中。ある日彼らが見つけたのは一人の人間の少女だった。

ISBN978-4-09-453180-0（ガえ1-13）　定価957円（税込）

ドスケベ催眠術師の子2

著／桂嶋エイダ　イラスト／浜弓場 双

真友が真のドスケベ催眠術師と認められてしばらく。校内では、催眠アプリを使った辻ドスケベ催眠事件が発生していた。真友に巻き込まれる形で、サジは犯人捜査に協力することになるが……？

ISBN978-4-09-453182-4（ガけ1-2）　定価836円（税込）

【悲報】お嬢様系底辺ダンジョン配信者、配信切り忘れに気づかず同業者をボコってしまう2 けど相手が若手最強の迷惑系配信者だったらしくアホ程バズって伝説になってますわ!?

著／赤城大空　イラスト／福きつね

バズりまくってついに収益化を達成したカリンお嬢様。そこに現れたのは憧れのセツナお嬢様の“生みの親”もちもちたまご先生で……!?　どこまでも規格外なダンジョン無双バズ第2弾!!

ISBN978-4-09-453183-1（ガあ11-33）　定価814円（税込）

魔女と猟犬5

著／カミツキレイニー　イラスト／LAM

最凶最悪と呼ばれる“西の魔女”を仲間にするべくオズ島へと上陸したロロたち一行。だがそこは、王家の支配に抵抗するパルチザンとの内戦の絶えない世界だった……。いよいよ物語は風雲怒涛の「オズ編」へ突入！

ISBN978-4-09-453184-8（ガか8-17）　定価946円（税込）

闇堕ち勇者の背信配信 ～追放され、隠しボス部屋に放り込まれた結果、ボスと探索者狩り配信を始める～

著／広路なゆる　イラスト／白狼

パーティーを追放され、隠しボス相手に死を覚悟する勇者クガ。だが配信に興味津々の吸血鬼アリシアに巻き込まれて探索者狩り配信に協力することに!?　不本意ながら人間狩ってラスボスを目指す最強配信英雄譚！

ISBN978-4-09-453185-5（ガこ6-1）　定価836円（税込）

GAGAGA
ガガガ文庫

ソリッドステート・オーバーライド

江波光則

発行　2024年3月23日　初版第1刷発行

発行人　鳥光 裕

編集人　星野博規

編集　湯浅生史

発行所　株式会社小学館
〒101-8001 東京都千代田区一ツ橋2-3-1
[編集]03-3230-9343　[販売]03-5281-3556

カバー印刷　株式会社美松堂

印刷・製本　図書印刷株式会社

Printed in Japan　ISBN978-4-09-453180-0